新 潮 文 庫

さざなみ軍記・ジョン万次郎漂流記

井 伏 鱒 二 著

新 潮 社 版

3706

目次

さざなみ軍記・ジョン万次郎漂流記

さざなみ軍記

寿永《じゅえい》二年七月、平家一門の人々は兵乱に追われて帝都を逃亡した。次に示す記録は、そのとき平家某の一人の少年が書き残した逃亡記である。ここに私はその記録の一部を現代語に訳して出す。

七月十五日（寿永二年）

昨日の夜、原田、菊池、松浦党《まつらとう》の人たちが、三千余騎を引率して帝都へ帰った。鎮西《ちんぜい》の謀叛《むほん》をたいらげて来た由《よし》である。六波羅池殿《ろくはらいけどの》の広場には、かがり火がたかれてあった。そのあかるみは、原田や松浦たちの姿をてらした。原田は黒い馬にまたがり、鐙《あぶみ》を踏張りすこし立ちあがり加減にしていたので、凱旋《がいせん》将軍の威風があった。しかし赤色の母衣《ほろ》は色あせて、多くの合戦や風雨に出会したことが推察され、私たちは気の毒に思った。菊池は、もえぎ縅《おどし》の鎧《よろい》を着て、鍬《くわ》がたをつけた兜《かぶと》をかぶり、二十四差した截生《きりふ》の矢を負い重籐《しげどう》の弓を片手にもっていた。彼は徒歩《かち》であった。彼の愛馬は、頬《ほお》髯《ひげ》の黒い徒卒によってその手綱《たづな》をおさえられていた。純白色の毛なみのたくましい馬で、いまにも庭のたき火にむかって突進しそうな様子をしてもがいていた。

七月十六日

帝都へ一つの悲報がつたわった。北国鎮定に出征したわが軍は、その殆《ほと》んどことごとくが越中の或《あ》る谷間に於《お》いて敗亡した。死傷者の数は八千余である。

帝都には安寧なく、家々では門や戸をとじて、人々は終日、供養の鉦《かね》をうちならしている。念仏をとなえる声は隣家へきこえ、隣家の人の念仏は、その隣家にきこえる。戦死者の寡婦《かふ》のとなえる念仏は大声である。

何ゆえ宇治《うじ》や勢多《せた》の橋をひきおとさないのだろう。何ゆえわれわれは結束しないのだろう。三位中将《さんみのちゅうじょう》にこのことを質問すると、次のように言われた。

この悲しい出来事は、今回は帝都に於てだけのことでない。遠国近国に於ても同じ状態である。木曾《きそ》の軍勢の一部は、すでに帝都に闖入《ちんにゅう》しようとしている。宇治や勢多の橋は、間もなく木曾の軍勢が彼等《ら》より他のもっと有力な軍勢に備えるために、引きおとすであろう。今は最早《もはや》、われわれは、主上を奉じて帝都を去らねばならないであろう。

私は三位中将の目に涙がたまっているのを見た。私の傍にいた三人の子女たちは大声で泣いた。

塀《へい》の外は、人馬や車の急ぎ行く物音で騒がしい。人々は六波羅池殿へむかって走って行き、また走って帰る。法橋《ほっきょう》の仲間《ちゅうげん》法師は、この騒ぎに逆上したらしく、あわただしく私たちのうちへやって来て、つまらないことを提言した。私たちの持物や品物を備前の瀬尾《せのお》という人の館《やかた》へ運んだらどうかとか、彼は瀬尾の郎党成澄《なりずみ》というものと懇意であるとか、運賃は極めて安く彼が請負ってもいいとか言ったのである。私たちは彼を嘲笑《ちょうしょう》した。天台山東坂本には、木曾の軍勢二万騎が充満しているではないか。仲間法師は悄気《しょげ》てしまって、そして帰って行った。彼は褐色《かっしょく》の布の衣を着て、兜だけ被《かぶ》って、右手には鉾《ほこ》を持ち、左手に鈴を持って、それをうちふりながら帰って行った。

今日は実に暑かった。庭の芭蕉《ばしょう》の葉は、例年より大きくならないのだと信じていたが、さきほど見ると、去年より二倍も大きくなっていることに気がついた。芭蕉の葉かげに堅固な花が咲いていた。

七月十七日

門の外で大きな声がするので、私は垣《かき》の上からのぞいて見た。体格の大きな男が裸馬にまたがり、私のうちの門にむかって何か叫んでいるのである。彼の叫ぶ言葉は、帝都の人々の使用する言葉とは変っていて、容易に了解しがたいところのものであった。けれど私は、そのおよその意味を知ることができた。――われこそは信濃《しなの》の国を出て以来、小見、合田の合戦をはじめとして、北国に於ては礪並《となみ》、黒坂、塩坂、篠原《しのはら》の城を攻め、また帝都近くに於ては、山門の大衆にむかっても、またいかなる合戦に於ても、かつて一度も敵に敗北したことのない木曾殿の家来、鳴尾五郎という名前のものである。平家一門の行った悪逆は、実に保元《ほうげん》の頃《ころ》このかた見るに見かねていたところのものである。この家の主人も、おそらく平家一門の相当の身分ある大将であろうが、その意志があるならば門をあけて出て来い。その勇気があるか何《ど》うか？

彼は藍色《あいいろ》の布の繻袢《じゅばん》を着て破れた腹巻をつけ、竹製の箙《えびら》に矢をわずかに三本さして、彼のふりまわしている弓のつるは、断《き》れたのをつなぎあわしたものであった。彼の頬や顎《あご》には一ぱい鬚《ひげ》がはえていて、彼は頭に頭巾《ずきん》みたいなものを被っていた。彼は五十歳ぐらいの男に見えたが、注意してみると二十前後の男にも見えた。彼のまたがっている馬は尻尾《しっぽ》が極端に長くその先が汚れていた。馬の四本の脚のうち、三つの蹄《ひづめ》にだけ藁《わら》の靴《くつ》がむすびつけられていた。

この珍奇な来訪者は、私のうちの人々を驚かした。人々も私と同じく垣の上からのぞいて見た。

こんな場合には当然、私の父がこの来訪者を応接すべき筈《はず》であったが、父は困惑の顔つきで、郎党の一人である三郎次を召した。そして三郎次の舎弟四郎次に八丈絹四疋《ひき》を与えることを約束して三郎次を説き伏せ、父の常用していた具足を三郎次につけさせた。三郎次は少し愚かな男であったので、私の父が教え込む言葉を、具足をつけながら幾度もききかえした。父は三郎次に一首の即席短歌を教えていたのである。三郎次は具足をつけ終るまでには、どうやらその短歌を暗誦《あんしょう》することができたらしく、彼は馬にまたがった。その馬は私の父が常用していたところのもので、たくましい馬であった。したがって愚かな郎党も、あっぱれ平家の大将軍が出陣するときの風采《ふうさい》に見えた。私は三郎次のけなげな出陣を記念するために、彼のいでたちをここに記して置こう。彼は馬に沃懸地《いかけじ》の鞍《くら》を置いてそれにまたがり、彼の褐色の直垂《ひたたれ》には、黄色の糸で岩の模様と白色の糸で群千鳥《むらちどり》の模様とがぬいとりしてあった。そして彼は紫すごの鎧をきて、鍬がた打ったる兜をかぶり、黄金《こがね》づくりの太刀《たち》を帯びていた。門をひらくと、武者——三郎次は広場に駆け出した。そして裸馬にのっている敵にむかって突進した。私は三郎次のまたがっている黒馬が、その広い胸でもって敵の裸馬を突き倒すかと思った。しかし三郎次の黒馬は意外にも急角度に馬首を変え、裸馬の周囲を一とまわりして立ちどまった。裸馬にのっている武者が手にもっていた弓を鞭《むち》にして、突進する黒馬の鼻先をたたいたからである。

二人の武者は向いあって互に相手をにらみつけた。ところが私の驚きに値したことには、裸馬の武者は脇《わき》にかかえていた棒をとり出した。そして彼は、さっき私たちが聞いたのと同じ意味のことを大声に叫んだ。彼は太刀など持っていなかったのである。私は三郎次が勝つにちがいないと思った。

三郎次は、相手の声が終っても、しばらく黙っていた。おそらく彼は、私の父が彼に教えた即席短歌を忘れてしまったのであろう。しかし三郎次の武者ぶりは誰にも劣っていなかったようである。彼は鐙をふんばり両手をひろげて立ちあがり、大音声《だいおんじょう》をあげた。

「遠くで見ている人たちは私の言う声をきいてくれ。近くにいる人たちは目でよく見てくれ。私こそは平家で有名な平中納言三位《へいちゅうなごんさんみ》知盛《とももり》といって、一騎当千のつわものである。速やかにうちかかって来い」

彼は自分自身をそういう工合に大げさに紹介したが、その言葉こそ私の父が戦場で用いるべきところのものであった。彼は大声をはりあげている最中に、二度ばかり私や父の方をふりかえって見た。

彼の言葉が終ると同時に、彼と彼の相手は、馬にまたがったまま格闘をはじめた。

裸馬の騎者は、力量に於て三郎次よりすぐれていた。彼は左の手でもって三郎次の肩をつかみ、右の手でもって三郎次の頭をつかみ、そして造作なく三郎次の首をねじ切ってしまった。三郎次の胴体からは四尺ばかりの高さに血潮の噴水がほとばしり、胴体みずからを赤く染め、土地にも血潮の斑点《はんてん》をしるした。裸馬の騎者は、三郎次の胴体が黒馬の鞍から落下するより先に、三郎次の黄金づくりの太刀をうばいとり、それを裸馬の手綱にむすびつけた。三郎次の胴体は鞍の上で安定をたもち、馬はすでに意志のなくなった騎手をのせたまま、この動物も意志を失ったかの如《ごと》く静かに立っていた。

裸馬の騎者は、あくまで盗癖がつよかった。彼はむしりとった三郎次の頭を兜から抜きすてようとして、兜の鍬形を持って三郎次の首級を乱暴に振りまわした。そこで三郎次の頭が兜の鉢《はち》から抜け落ちると、その兜を自分の頭にかぶった。

私はこの格闘のこれ以上の経過を見ていることができなかった。私は垣のかげにかくれてかたく目を閉じた。こんな残忍な出来事はあるべきことでない。私は兵変というものを嫌悪《けんお》する。けれど今度の兵変は、まだ漸《ようや》くその発端に達しようとしかけているにすぎないではないか。

七月十八日

三郎次の仇敵《きゅうてき》は、馬も鎧もすっかり奪いとって行ったということである。私には昨日の父の態度が了解できない。父の言うところによると、父は私達一族のために、したがって平家一門のために三郎次を犠牲にしたのだという。私はこういう誤謬《ごびゅう》を憎む。そして父の勇敢でなかったことは父のために気の毒であったと思う。

今は夜更《よふ》けである。去年、太秦《うずまさ》の寺に一泊したことがあるが、小川のながれる音や森の木の枝や葉のゆれる音にさまたげられて、私はとても眠れなかった。しかし今はその反対にあまり静かすぎるので眠れそうにない。——昨日の夜も眠れなかった。門の外で、だしぬけに剣戟《けんげき》の音がきこえたり、また急に静かになったり、再びその物音がきこえて、すぐに静かになったりした。その物音というのは、わずかに二三度ほど剣を打ち合す音にすぎなかった。けれど剣を打ち合せる彼等は、その何《いず》れかの者が、剣戟の音が消える瞬間に死んだのであろう。今夜もあの物音がきこえるかもしれない。

木曾の軍勢は五万余騎であるという。新中納言の言われるには、彼等よりも天台山の衆徒が先に帝都へ攻め入るであろうとのことである。この前、一門の公卿《くぎょう》十人が連署の願書をつくって山門へ送られたが、山門の大衆はその願書をうけつけなかった。すでに彼等は木曾の軍勢へ合力《ごうりき》の返牒《へんちょう》を送ったという。私達はすこしもこの事情を知らなかった。新中納言は、われわれの手後れであると申された。

私達が若《も》し個人的に没落からまぬがれようとして、落飾したり変形《へんぎょう》したりして山門の大衆に加わったにしても、それは徒労である。山門の大衆は私達と同じ階級の一つの変態にすぎなかったが、彼等は新来の勢力に合流した。私達の変態階級のみが残り、私達自体は亡《ほろ》びようとしている。三条に住いしている陰陽師《おんみょうじ》は、これこそ順序というものであると申された。

七月十九日

何時《いつ》でも出発できるように用意していなくてはならない。六波羅池殿では、今日、終日評定《ひょうじょう》があった由。私達が出発するときには、帝都のあらゆる建物へ放火するのだという。私達一門の経営の跡は、すべて空《むな》しくなってしまうであろう。私の父は庭の竹柏《なぎ》の枝に宿っている風蘭《ふうらん》の葉一つにさえ愛着があると言った。改築された朱雀門《すざくもん》の大柱のほぞには、私の幼いときの名前が三つも書いてある。あの柱も焼けてしまうに違いない。かつて私は朱ぬりの柱の焼ける有様を見たことがある。恰《あたか》も巨大な鉄棒が白熱して火焔《かえん》を噴出するのと同様に見えた。

衣紋《えもん》のあわせかたや烏帽子《えぼし》のかぶりかたまで、すべて何ごとも六波羅様でなければ威張れなかったのだけれど。私たちの六波羅！　それは私たちの父であり母である。

七月二十日

木曾の家来と称する狼藉者《ろうぜきもの》が再び門前に来た。一昨日の男とは別の男で、今度の者は更に残忍であったという。私は出て見なかった。彼等は私たちからすべてを奪いたいのだ。食慾がない。恐怖のためであろう。

七月二十一日

今日も木曾の家来が来た。彼等は婦女子には危害を加えない。軍律が行きわたっているのであろう。こういう軍勢は合戦に強いに違いない。

七月二十二日

今日は木曾の家来が三人も来た。私たち一門の意志が、恰も妖怪《ようかい》の行路病者になっているのだ。その妖怪は足を食われ手の指をひきぬかれて、しかも恐怖に身をふるわせてばかりいる。けれども何等の方法もありはしない。

午後、修理《しゅり》大夫《だいぶ》の館に行く。父の書状を持って、侍五騎を連れる。その途中、蠅松《はいまつ》殿の裏門のあたりで、木曾の侍一人に出会した。彼は何処《どこ》で強奪したものか烏帽子をかぶり、それを六波羅様にかぶっていたが、袖《そで》のかかりや指貫《さしぬき》の輪にいたるまで、実に頑固《がんこ》な着こなしかたをして牛車《ぎっしゃ》に乗り、ふんぞりかえっていた。彼は某《なにがし》の大臣に買収されて、その館を訪問していたにちがいない。牛は見事に飼われた逸物《いちもつ》である。帝都第一流の牛飼でなければ、これほどまでに飼いそだてられるものでない。

木曾の侍は私たちが近づくのに気がつくと、彼は気取った手つきで扇をつかいはじめた。私たちは彼と並んで馬を進めたが、彼は若しも私達が敵対すれば何時《いつ》でも応戦する意志の目くばせをしてみせた。彼はその牛飼に「扇のつかいかたはこれでいいだろう。都会人らしく見えないか？」という意味のことを質問して、しきりに扇をつかってみせた。私たち主従六騎は、彼の言葉つきの風変りなのをきいて、失笑した。すると彼は大声で牛飼に言いつけた。

「車をとめろ、車をとめろ！」

そして彼は変則にも車の後側からとび降りて、太刀をぬき、喚《わめ》きながら私に斬《き》りつけようとした。私の侍一騎は、この狼藉者の右の腕を斬り落した。地面に落ちた腕は、単独に太刀の柄《つか》をにぎっていた。私は私の侍を制止して、敢《あえ》て片腕の不具者を殺させなかった。不具者は彼の腕を遺棄したまま逃走して、土塀の曲り角に姿をかくした。

私は興奮した。修理大夫の館にかけつけてみると、そこでは人々が笛を吹く稽古《けいこ》をされていた。

七月二十五日

昨夜、深更に及んで、法皇は右馬頭《うまのかみ》たった一人を御供にして、御所を出《いで》させ給《たも》うた由。御行方《おんゆくえ》を知るものは一人もない。

――中略――前《さき》の大臣《おとど》をはじめ一門一族の人々は主上を奉じて帝都を出発した。私の父はいつもうたいつけている短歌や朗詠をくちずさみ、自分が狼狽《ろうばい》していないことを示そうとしたが、私は父が常軌を逸していることに気がついた。父は砂金を入れた大きな袋を馬の鞍にむすびつけるとき、その袋が破れて、破けたところから金色の砂が絶えずこぼれ出るのさえも知らなかった。

私達の旅は、その前途が遠いらしい。そして誰もその目的地を知っていない。夕暮れどきになって、私達の同勢は七千余騎であるということが概算された。夕方の太陽は、私達の進んで行く正面の方角に沈んだのである。日が暮れてしまうと、帝都の方角では空が一面に赤くなり、その明るみは、うなだれて馬にまたがっている人々の後姿を照した。若し後をふりかえってみる人があったとすれば、空の赤色の明るみが、その人の悲しげな顔を照明したであろう。私たちは帝都を出発するとき、六波羅殿、小松殿、八条四条その他、一門の人の家々三十余箇所、ならびに一族郎党のそれぞれの宿所、京白川の五万軒の民家に火をかけて、一せいに燃えあがらせて置いたのである。けれど人々は、急ぎ足に前へ進もうとしなかった。

私は馬上で居眠りをしがちであったので、しばしば侍たちに注意された。

今宵の野営の陣に於《お》いて、これをしたためる。

七月二十七日

昨夜は数人の雑兵《ぞうひょう》が脱走した。けれど誰も彼等《ら》を非難するものはない。私達は旅の目的地を知らないからである。

今日は七月二十八日であるかもしれない。私は正確な月日を失念した。しかし私は、僚友に質問するのを我慢しよう。相手を悲しませるだけである。日附《ひづけ》というのは、希望を抱いている人にとってだけ必要であろう。

夕刻すぎたころ旧都（福原）に着いた。三年前の夏まで、私たちはここで暮したのである。そのころ私は、歩道の石だたみの上を駈《か》けまわることを最も好んだ。私の沓《くつ》はささやかな音をたて、その音は歩道の両側に並ぶ土塀に何と好ましく反響したことであろう。私はわざと蹴鞠《けまり》を歩道にころがし、その後を追いかけたのである。けれど今は最早、その石だたみには苔《こけ》が密着し、しき石のことごとくの隙間《すきま》には、種々なる草が生い茂っている。げんのしょうこ、おおばこ、すすき、おみなえし、等々。

人々は分宿した。私は浜御所に宿泊することになった。この建物も他の建物と同じく荒廃してしまって、軒が曲り、屋根に大きな穴があいている。その穴から夜空と月が眺《なが》められる。廻廊《かいろう》には数多《あまた》の海鳥が群がって羽ばたきしている。

七月二十八日

二十九日であるかもしれない。

朝早く内裏《だいり》に火をかけた。火焔は泉殿に燃えうつり、つづいて松陰殿、馬場殿、二階桟敷《さじき》殿、雪見御所、岡《おか》御所、浜御所という順序に焼けてしまった。浜御所の築垣《ついがき》には、おびただしく蔦《つた》がからみついて、蔦の葉は、漸く秋色ふかかろうとしているところであったが、火焰にあおられて、ひとたまりもなく蔦の朽葉に変化した。

人々は民家を訪ねて、米石《べいこく》を買収した。絹一疋の代金で米一石一斗の計算であった。帝都の相場より安いと人々は言っていた。一軒の民家で、私は年老いた婦人に質問された。何の理由で旧都の建物を焼くのであるかと彼女は質問したのである。私はそれに対する答えをしないで、彼女にこの土地をたちのくようにすすめた。海岸には大船や小船が集合していた。誰かが手まわしよくまねき寄せておいたものであろう。人々は先を争ってそれ等の船に分乗し、沖《おき》に漕《こ》いで出た。木曾の軍勢の一部が押しよせたという流言がつたわったからである。

七町ばかり漕ぎ出たとき、私たちは、味方の三人の騎者が船に乗りおくれていることに気がついた。三人の騎者は海の中へ馬を乗り入れて、手をうち振り何か叫んでいるらしかった。私たちの船にむかって、待ってくれと頼んでいたらしい。

ところが私たちは、渚《なぎさ》に二十余騎の木曾の兵が馬を駆けさせているのを発見した。彼等は彼等の軍勢の偵察隊であろう。私たちの船からは二人の侍が遠矢を射た。敵の二十余騎は勢いよく馬を駆けさせながら、船に乗りおくれた三人の騎者を標的にして矢を放った。矢は水面に達すると水中に潜り、それから静かに浮び出《い》で、水面に横わろうとした。敵の二十余騎は、その必要もないのに渚を駆けまわり、恰《あたか》も馬場に於て馬上弓術を稽古するときのごとき軽快な態度であった。

このささやかなる退却戦では、三人の騎者も敵兵も何等の損傷をうけなかった。三人の騎者は弓を高くさしあげながら、私たちの船に近づいて来た。尾張守《おわりのかみ》と長門守《ながとのかみ》と備中守《びっちゅうのかみ》とであった。彼等は船に近より、乗馬の鞍から船に乗りうつった。彼等の鎧《よろい》からは海水がしたたったのである。

彼等の乗馬は海中にとりのこされて、この三びきの動物達はそれぞれの騎者を哀願の目つきで眺めた。けれど私たちの船も他のいずれの船も、すでに人馬を満載していたので、気の毒な三びきの馬を収容してやらないことにした。船の人々は弓を振ったり叫んだりして、三びきの馬を渚へ追いかえそうとした。しかし動物達はそれぞれ自分の騎者を敬慕して、船のあとを追って来た。彼等はいずれも水面から首を高くさしあげ、しばしば甲高《かんだか》くいななないた。朝の太陽はその光線の工合でもって、三びきの軍馬の姿を逆さまに水面に映し、そこに斬新な動物模様が描かれたのである。動物達は疲れたらしく、苦しげに泳いだ。

長門守は矢をとって弓をしぼり、彼の愛馬をねらっていたが、やがて次のように呟《つぶや》いた。彼の愛馬は常々の性格から推察すると、溺死《できし》するまで騎者のあとを慕って来るであろうと呟いたのである。しかし長門守は矢を射放ちはしなかった。彼は弓を舷《ふなばた》に置いて、その弦《つる》が潮に濡《ぬ》れて用をなさないと人々に告げた。私たちは安堵《あんど》した。

尾張守の乗馬は、泳ぐことが達者ではなかった。次第に私達の船と遠ざかりつつあったが、追いかけることを断念して、渚の方へ泳いで行った。そして脚の立つ浅瀬まで泳いで行くと、私たちの方をふりかえって二度ほどいなないた。備中守の乗馬は私の知らない間に姿をかくした。溺《おぼ》れてしまったのであろう。この馬は月毛であった。

八月十六日

私達の船では、三位中将が最もはげしく船《ふな》えいされた。三位中将は、ふなばたから手をさし出して海水を掬《すく》おうとされたが、どうしても駄目《だめ》であった。何故かというに、三位中将は悲しさのために手の指に少しも力をこめることができなかったからである。すでに私も船えいしていたが、私は海水を両手で掬い、口を含嗽《うがい》することができた。私と三位中将とは、ふなばたに二人ならんで海水へ手をさし出していたが、三位中将は私に含嗽する様子を装って海水を飲んでは毒になると仰有《おっしゃ》った。私達の兵船は戦友の兵船も飲用水を失いつつあったので、私達はお互に水を節約しようとしていたのである。三位中将は従卒に命じ、私のために器に一ぱい飲用水を持って来させた。私は飲んだ。

昨日、陸地へ飲用水を汲《く》みに行った兵船は、夕方になっても私達のところへ帰って来なかった。その船の船腹には、竜頭丸という文字が書いてあった。今朝まで私達は船の速力をゆるめながら待っていたが、それでも竜頭丸は帰って来る気配がなかった。三郎成澄《なりずみ》の申すには、たぶん竜頭丸の船夫《かこ》達が逃亡して兵卒達は帰ることができなくなったのであろうというのであった。人々は三郎成澄の説に反対も賛成もしなかった。人々は黙っていた。おそらく人々は、竜頭丸に乗っていた人達自らが、陸つたいに逃亡したことを考えついたのであろうと思われる。

八月十七日

今日は終日、主上の御船と私達の船とが並行して進んだ。御船の船首近くに御殿の模型みたいなものが設けられてあった。三郎成澄は御船の船夫達に、あの御殿は誰が造ったのかと質問した。船夫達は九郎丸が造ったのであると答えた。三郎成澄は九郎丸とはどういう人物であるかと質問した。一人の船夫が艪《ろ》をこぎながら、自らが九郎丸であると答え、そうして、彼は帝都の御殿をまだ一度も見たことがないために、或《あるい》は彼の造った御殿は宮中の礼式にかなっていないかもしれないと言った。三郎成澄は、あの屋根の上に飾ってあるものは何かと質問した。九郎丸という船夫は、あれは船板を削ってこさえたものであって、彼の考えでは鳳凰《ほうおう》の鳥のつもりだと答えた。成澄は淡路《あわじ》から召された武士であるが、彼も御座所のことについては何も知らなかったらしい。三位中将の仰有るには、三郎成澄はあまり饒舌家《じょうぜつか》なので困るということであった。三位中将は三郎成澄を呼びよせて、成澄に極くつまらない役名を与えられた。成澄は甚《はなは》だ喜んで、彼の興奮状態は夜になっても消えなかった。彼は主上の御船の船夫九郎丸と夜おそくまで談話した。私は彼等の談話により、彼等が私達一門の階級や勲等をあくまでも尊重していることを知った。彼等は私達の階級に附属することができるならば、彼等の故郷へ帰らなくてもいいとさえ思っているらしい。私は彼等の慾望こそ笑止なものであることを知っている。しかし私達の階級は、彼等のそういう慾望を利用しなくては彼等を支配することができないだろう。彼等は私達の階級を支持するために、規則や制度によって傷ついて、そして彼等自ら苦しむのである。

今宵、ただいま私達は、小さな島に碇泊《ていはく》しているのである。私達の兵船は岸近くの海上に互に纜《ともづな》によって結びつけられ、私達は島に上陸しているのである。岸近くの兵船には五人の武装兵がいる。そして武装兵は船をあやつる術《すべ》を知らない。したがって誰もこの島から脱走することができないだろう。私達は互に安心して眠ることができる。

この島は箕島《みのしま》という名前であるという。明日も私達はこの島で休養するということである。

八月十八日

島は三つの岡《おか》の集まりみたいである。岡と岡との間のくぼみには竹藪《たけやぶ》がある。私は竹藪のなかを通りぬけて岡の頂上にのぼった。そこは殆《ほとん》ど平坦《へいたん》な草原で、私は一本の灌木《かんぼく》のかげに宇治大納言が休息していられるのを見つけた。大納言は年老いたる功臣である。

彼はそこに足をなげ出して坐《すわ》り、何かしきりに咀嚼《そしゃく》しているところであった。白い頤鬚《あごひげ》は随分きたなくよごれ、頤が動くにしたがって頤鬚が動いた。彼は私に、連日の航海で疲労しはしないかとたずねた。私は疲れてはいないが船よいする癖があると答えた。老人は私にもそこへ足をなげ出して坐れと言って、それから次のように話した。

――私はもう暫《しばら》くしか生きていない老人であるが、どうしてこんなに生きていたいのか自分でもわからない。この疑問に答える人間は一人もないであろう。私達は何処の場所へ逃げて行くのか誰も知っていない。

そう言ってこの年老いた功臣は、やさしげに私の頭に手を置き、私に幾歳になるかと質問した。そして彼が寝間着姿のまま食事をしているのを見つけられたことは、一生の不覚であると告白した。

この島は大きな川の川口にある。川の水がこの島にぶっつかり、左右にわかれて二つのながれとなって海にそそいでいる。

八月十九日

室の津《むろつ》という港に上陸した。古めかしく且《か》つささやかな漁師町である。私たち全員は武装して、婦女達のみでなく私達若年のものも薄化粧して町にくりこんだ。沿道の民は低くひざまずいて私達を出迎えた。若《も》しこの町の人達が私達に反抗する気配があったなら、私達は町全体の民家に火を放とうというのであった。町の後の山に小さな高矢倉《たかやぐら》が急設され、一隊の兵士が派遣された。私達は本陣を山の麓《ふもと》に敷いた。山の中腹から私達の陣を見おろすと、それは全くの密集部隊になっていた。

私は一軒の民家の庭に梨《なし》の木を見つけ、梨の木の傍に一人の少女が立っているのを見た。それは私の乗馬が坂をかけのぼり、この家の庭を横ぎろうとするときであった。少女は花卉《かき》の種子みたいな黒い瞳《ひとみ》におどろきの様子を示して私を見た。彼女は極く拙《つたな》く六波羅《ろくはら》風に頭髪をむすんでいた。おそらく彼女は、今朝ほど平家の子女達の風俗や頭髪を見て、それを早くも真似《まね》たのであろう。これは六波羅に於てさえも最新流行の髷《まげ》の型で、しかも結婚した女の結髪風俗であったのだ。私は梨の幹のかげにかくれた少女を十分に眺めようとして、私の乗馬をとどめた。彼女は幹から顔を半分ほど現わして私を眺めていたが、それは赤面した可憐《かれん》きわまる顔であった。彼女は帝都からやって来た一人の騎馬武者を物珍らしく思ったのに違いない。或は彼女は私を直《す》ぐに好きになったのかもしれない。私は六波羅言葉で彼女に質問した。

――その梨の実は熟しているようだが、私達が帝都を出発するとき、帝都に於てはまだ梨の実は熟していなかった。今はすでに秋たけなわである。

少女は梨の木の幹にすっかり顔をかくして次のように答えた。私は彼女の田舎言葉を好ましく思った。

――よく走る馬に乗って坂路をかけのぼっても危険ではなかったか？　この梨の実は熟してはいないけれど、若し渇きを覚えるならば幾箇《こ》でも食べていい。

私は馬から降りて馬の手綱《たづな》を彼女に持たした。そうすれば彼女は幾ら恥かしくても、家のなかに逃げこまないからであった。彼女は恐怖のために青ざめた顔をして、手綱の最も端を指でつまみ、若し馬があばれだせば何時《いつ》でも逃げだせる姿勢をつくっていた。私は彼女に、彼女の父や兄弟が留守であることをたしかめてから、竹竿《たけざお》でもって梨の木の枝をたたいた。梨の実は私の乗馬の首や鞍《くら》の上に落ち、かたい地面に降りそそいだ。水っぽくて固い果実が土地を打つ音をたてた。何という爽《さわ》やかな音であろう。私は竹竿ではげしく木の枝をたたいた。梨の実は少女の足もとに一せいに降りそそいだ。けれど彼女は恐怖のために目をつむり、梨の実が彼女の肩を打っても身動きもしなかった。

同じ日の夜――

約束の時刻に約束の場所で、私はその少女に会った。

私は夜警の戦友にとがめられても言いのがれできるために、私も夜警の人びとと同じ風俗をして出かけたのである。約束の場所というのは断崖《だんがい》のふもとの砂浜で、もすこし時刻がおそければ満潮の波はこの砂浜を海にしてしまうかもしれなかった。彼女は海水の干満時刻を正確に知っていたが、密会の場所を心得ていなかったというべきである。私は私達の会合の多感をそそるために、何故こんな場所を指定したかと彼女にたずねた。こんな波打際《なみうちぎわ》では直ぐにも潮が満ちてくるであろう。お前はほんの短い時間だけ私に会うつもりで、こういう束《つか》の間の干潮の場所を選定したのであろうと、私は彼女にそういう無理なことを言った。彼女は驚きの表情で私の顔を眺《なが》め、そして私の顔をよほどしばらく眺めた後、私の質問を否定する意味で彼女の頭を小刻みに左右に振った。それから大きな溜息《ためいき》をもらしてうなだれたが、すでに彼女は泣きだしていた。

半分に欠けた月が――私はこういう形の月をしばしば帝都の私の家で眺めたが――赤鉄鉱《せきてっこう》色の光をはなって向うの島の上にあらわれた。その光は私から顔をそむけた少女の頭髪と頸《くび》を照明した。私は彼女が今は念入りに襟《えり》くびにまで化粧をほどこしていることに気がついた。けれどおそらく彼女は一箇の鏡を持っているだけであったのか、それとも急ぎがちに化粧したものかそのいずれかであったのだろう。襟くびの化粧はその技術が完全であるとはいえなかった。彼女の頭髪の結いかたは、昼間のときよりも更に私達の六波羅風のものに似て、それが月光を浴び、結髪したてであることが明らかであった。

私は彼女に泣くのを止《よ》させるために、その頭髪はお前に似合い且つ完全に六波羅風であると言った。私の語尾は何故か少しふるえた。彼女は直ぐに泣くのを止して、この頭髪は母に手つだってもらって結いあげたと言った。そして彼女は、ここの砂浜では少し大声にしゃべっても、誰にもきこえはしないと言うのであった。

私は彼女に、潮のしぶきが私の衣服をぬらしてもかまわないと告白した。彼女も彼女の衣服が波にぬれてもかまわないと言った。そうして二人はお互に相手の肩に手を載せた。

――誰か私たちがここにいるのをのぞき見しているものはないだろうか？　そういって私は彼女にたずねたが、こういう類《たぐい》の質問は、一刻も速やかに相手に愛慾の衝動を起させるものである。なるほど私の相手は、私達の頭上にそびえる断崖を見上げ、彼女はその姿勢のままで遠慮深く腕をのばして私の背中を愛撫《あいぶ》しようとした。けれども彼女はあまり遠慮深くその腕をのばしたので、彼女の肘《ひじ》が私の太刀《たち》の柄《つか》にさわったにすぎなかった。私は彼女の肘の上に私の手を置いた。かつて帝都に於て舞楽を見物したとき、私は舞台の二人の男女が私達の愛撫のしかたと同様の仕種《しぐさ》をしたのを見たことがある。

私達は身動きもしないで砂浜の上に立っていた。彼女は肘を私の太刀の柄におしつけたまま根気よく断崖を見上げ、私は彼女の肘を私の手でもっておさえていたのである。彼女が私に告げた言葉を、六波羅風の言葉に記してみよう。彼女の談話を彼女の発音通りに記すことは、私には困難である。

――生命を保護するために、その生命を危険にさらすことは愚かなことではありませんか？　あなたが若しも私の願いを半分でも許して下さるなら、私はお願いいたします。合戦のときには、いつも危険でない場所へ避難してください。あなたは明日の朝になればここを出発して、二度と再びここに帰っていらっしゃいませんでしょう。私は二度と会えない人にこんなことをお願いして、一たい何になるものでもございませんでしょうけれど、私は何か一つあなたの注意をひくことがらに関係していることを、あなたに申しあげたくてたまりません。合戦のことよりほかには、あなたの注意をひくものはございませんでしょう。万一にも、あなたが合戦をお避けになりたいあまり、ここに駐屯《ちゅうとん》している人達の群を脱走なさるならば、それは私の最もよろこびとするところでございます。私はあなたの後を追って行くことができるからです。私はどうしてこんなに二度と会えない人を好きになったのでございましょう？

　彼女は幾らか大胆になって、私の太刀の柄を物珍らしげに眺めた。そしてこの柄は雨にぬれても錆《さ》びはしないかとたずねたり、ほんのすこし刀身をぬいてみてもいいかと質問したりした。

　私は彼女の純情に感動すべき筈《はず》であったが、それよりも彼女の衣服や頭髪のにおいによって有頂天になっていた。私は片手を彼女の肩にのせ、彼女がそれを嬉《うれ》しがって何か気持のよいことを囁《ささや》いていてくれさえすればそれでよかったのである。今は私は私達の階級以外の人から厚意を示してもらいたい。

その次の日――

土地の人々は私達の出発の有様を見物した。

人々は群をつくって見物していたが、二十人ばかりの年若い女たちは、それぞれ群をはなれて好みの場所に立っていた。そして昨夜、私と彼女と会合した砂浜には、彼女が立っていた。彼女たちは孤独に置かれたことを相手に思いしらせたのである。私たち五千余人のうち、切実にこの土地の子女から見送られているものは、二十人以上であることが確実であった。けれども私達の兵船では、誰も彼女たちにむかって手をふるものがいなかった。私は砂浜に立っている彼女にむかって何かの合図をしたかったが、それを我慢した。そのかわり具足の一本の紐《ひも》を結びなおすようにみせかけて、手を肩まであげた。砂浜の彼女は五六歩ほど前に走り出て、彼女も手を肩まであげた。

船が岬《みさき》の突端で針路を変えたので、彼女は私の眼界から去った。

女官たちの乗っている船を追い越すとき、年老いた女と若い女と二人で仲たがいしているのを見た。年若い女はうつむいていた。慎しみ深く泣いていたのである。

正午すぎ、海岸の彎曲《わんきょく》した場所に船をつけた。何の理由でこんな不意の碇泊をしたかについて誰も説明するものがいなかった。他の船が岸に漕ぎよせるらしかったので、それより先に他の船も同じ方角の岸に漕いで行ったにすぎなかった。

私達は砂浜におりた。砂浜というよりも大つぶの砂礫《されき》ばかりの渚《なぎさ》であった。誰一人として、何の目的でここに船をつけたかということを、問いただそうとするものもいなかった。

——同じ日の夜

附近の民家三十六戸に火をかけて焼く。残忍に殺戮《さつりく》が行われた。我軍の徒卒二十人、主として兵器を修繕する任にあたっているものが脱走したからである。間諜《かんちょう》の通牒《つうちょう》により、附近の土民が潜行的に私達の徒卒二十人を買収したことが判明した。私達は指令により、それぞれ三十騎ずつの人員で各所の民家を包囲して、焚火《たきび》の焔《ほのお》を藁《わら》屋根の軒に燃えうつらせた。私の引率する三十騎は、岡の上の貧しげな民家を包囲した。この民家は繁茂したカラタチの生垣《いけがき》によってとりかこまれていた。私は部下の三十騎に命令して、その生垣に沿うて騎者を駆けさせた。帝都の馬場に於《お》いて騎馬教練する時のように、私の部下はかけ声をあげようとした。けれど私は彼等に沈黙を命じ、できるだけ乗馬の蹄《ひづめ》の音をたかくひびかせるために、迅速な足なみで駆けるように命令した。そして私も彼等の仲間に加わって馬を駆けさせた。カラタチの見事に伸びた枝が私達の行手にはみ出して、しばしば私の具足をひっかいた。私は太刀でその枝を切った。

軍馬の蹄のひびきは、この貧しげな民家に住む人を驚かせたにちがいない。戸が細めにひらかれて、そこから年老いた男の半身があらわれた。月のあかるみがその姿を照した。肘までしかない袖《そで》の寝間着をきていたのである。

私達が二十回ほど生垣の周囲を駆けたとき、岡の麓で三軒の民家が燃えはじめ、同時に喚声がきこえた。私は部下の騎士を一列横隊に整列させ、次のように訓示した。

――この侘《わび》しげな家屋は空家であると思う。しかし、われわれは指令をうけて夜襲に来たものである。人員一名は、この空家に火をかけよ。

最左翼の騎士は焚火を把《と》り、カラタチの垣のなかに走りこんだ。

私達が残忍に殺戮を行えば行うほど、私達は無力な民衆に反感をもたれ、私達の部下は脱走できなくなる。しかし私は脱走したい。誰よりも先に味方から逃れて行きたい。

岡の麓のところでは、民家三軒が燃え尽し、その附近の六軒の民家が燃えあがる最中であった。それ等の民家を包囲している人たちは、それを引率する隊長の好む方法によって、それぞれ民家を攻撃していたのである。

藁屋根の片側が半分ばかり燃えつつあった一軒の民家では、その屋根の棟《むね》に二人の裸体人物が乗っていた。一人は年老いた男で他の一人は私よりも年若い子供であった。彼等二人はいずれも頑丈《がんじょう》な弓を持ち、その裸体の背中に、紐によって肩からつるした竹製の矢筒《やづつ》を負っていた。彼等の肢体《したい》は炎に照明されて真赤な色に見え、彼等の頭のすぐ後には、煤煙《ばいえん》で穢《よご》れた月が見えた。

私は私の部下を針葉樹の木立のなかに集合させ、屋根の上の人物が鮮やかな技術で弓を射放つ光景を見物した。屋根の上の年老いた人物は、危っかしい足場に立っているにもかかわらず、彼は正式な射法によって、われわれの僚友に対抗した。彼は間もなく藁屋根と一しょに焼亡してしまう境遇にあることにも気がつかないかの如く、一本ずつ矢を大事に使用した。それは彼が死の直前まで沈着であったことを証明するに足るのであるが、彼の放つ矢はわれわれの僚友に多大な損傷を与えたのである。

屋根の上の年若い人物は片膝《かたひざ》を棟に載せ、たった一本のこっている矢を矢筒から抜こうとした。そのとき、彼は不覚にも弓を前方に突き出したので、焔は彼の弓弦《ゆづる》を焼き断《き》った。断られた弓弦は断れるときの作用によって弓を反りかえらせた。けれど年若い人物は、あまり狼狽《ろうばい》しないで彼の矢筒を年老いた戦友の肩にかけてやった。そうして彼は断れた弓弦を結ぶために屋根の棟にまたがっていたが、安定を失い屋根から顚落《てんらく》した。そのとき彼の顱頂部《ろちょうぶ》には一本の矢が突き立っていた。彼は弓弦をつなぐと き子供が玩具《おもちゃ》をいじるときみたいにうつむいていたのである。

捕虜の数は五名、そのうちで発狂者が一名。捕虜たちは、二十名の脱走者の行方を知っていなかった。五名の捕虜たちは嘘《うそ》を言わないとくり返して言った後、若《も》し発狂している一人の男の生命を助けてくれるなら、彼等の生命を犠牲にしてもいいと開陳した。われわれは捕虜たちを渚につれて行き、その首を斬《き》った。発狂している男は、鳥獣みたいな叫び声をあげるにすぎなかった。私たちはこの男の首も斬った。

野営の陣に帰ってみると、岡の上の民家はまだすこしずつ燃えていた。黒い煙だけが空にたちのぼるのである。この火事が終るのを見とどけないと私は眠りに就くことが出来ないだろう。

ただいま徒卒たちは私の傍に寝て、彼等は夜襲の経過について談話している。野営の陣においてこれをしたためる。

その翌日――

今度は陸路を棄《す》てることになった。けれども私は航海による逃避行をあまり好まない。船のなかでお互に些細《ささい》なる行きちがいによって反目することは、とうてい我慢ならないのである。船のなかでは人々は怒りっぽくなるにもかかわらず、寧《むし》ろ変態的に慇懃《いんぎん》な様子を装い、そして沈黙がちになる。

お昼時刻に一つの島に到着した。

この島は周囲七里くらいであろう。南端の港に私たちの船は碇泊したのである。この島の土民は、すでに敵軍に対して合力の通牒を送ったという。私達は渚で形ばかりの酒宴をひらき、軍勢を三つの部隊に分けて土民を攻撃することにした。

私達の部隊は一つの岡を城廓《じょうかく》に見立て、要所に浅く堀《ほり》をほり、仮の高矢倉をつくって垣楯《かいだて》を設けた。二つの部隊は海岸づたいに東西に分れて出発した。しかしこの島は土地の起伏に誇張があって、高矢倉の上から全体の戦況を眺めることができなかった。私達は徒卒の報告により、敵兵は激戦を避けているらしいということを知ることができた。

私は高矢倉の頂上に立って、岬の一端に建てられた合図の赤旗がどんなに動くかを見守っていた。海路から敵が現われたときには、旗は左右に三回ずつゆれ動く約束であった。私は高矢倉の頂上に建てられている旗の柄《え》を持って、第二回目の報告が到来するのを待った。若し私たちの東軍が敗走する場合には、私はその旗を三回ずつうち振る。その合図によって、港の兵船は港の向側に漕《こ》ぎよせて、敗走する味方の兵を収容する手筈《てはず》である。西軍を指揮する人物は甚《はなは》だ見識高い人であったので、彼は出発する際に私にその旗を振る必要はないだろうと告げた。

第二回目の報告が到来した。西軍は松の木の繁《しげ》っている山の斜面において二人の土民を射殺して、七軒の民家を焼きはらったという報告である。そして土民の死体から奪いとった武器は、この地方で製造されたものではないという。矢の根は新しく製造されたもので、白く銀色の光を放っているそうである。土民等の所有する武器は、確かに都会地から輸送されたものに違いない。――以上の報告をもたらした徒卒は兜《かぶと》をぬぎ、鬢髪《びんぱつ》の汗をふきながらしばらく私の傍に立っていた。彼は港の兵船や沖合《おきあい》の方を眺め、容易に高矢倉から降りて行こうとしなかった。四囲の秋景色が彼をそうさせたのであろう。岡の中腹に生えている幾株もの野生の柿《かき》の木は、海の紺碧《こんぺき》の色を背景にして、朱色の果実は特に濃い朱色に見えた。

同じ日の午後――

私は高矢倉の頂上で戦況を見張ることを止し、その任務を宮地小太郎という侍に交代してもらった。

宮地小太郎はこの附近の島嶼《とうしょ》――参の庄という地域内に住む土着の侍である。彼は高矢倉にのぼって来ると、私と私の徒卒たちにむかって片膝ついて敬礼した。そして彼といっしょに高矢倉にのぼって来た徒卒たち三名は、彼等も同じく片膝ついて彼等の侍大将の敬礼のしかたを真似《まね》た。合戦時に於ては慇懃すぎるほどの敬礼である。私は彼等主従それぞれ四名のつらだましいが気に入った。

私は宮地小太郎が凡《およ》そ幾つくらいの年齢であるかを推定することができなかった。彼の眉間《みけん》には老人みたいに、または生活の苦渋にうち負かされた人みたいに深い皺《しわ》が網代型《あじろがた》に刻まれていた。彼の言葉や発音は、よほど辺鄙《へんぴ》な土地でなければ通用しないものであった。そういう事情のもとにあったにもかかわらず、彼の音吐《おんと》は潑剌《はつらつ》として、それを聞く私の心地を朗らかにしてくれたのである。

彼は片膝をついたままの姿勢で私に告げた。われわれの六波羅言葉に言いなおしてみればおよそ次のようであった。

――ただいま招聘《しょうへい》によって参上したわれわれ主従四名のものは、今日の合戦に際してこの高矢倉で、見張の任務に就くことを、一生の光栄と思うものである。われ等四名のものは去る月の下旬、瀬尾《せのお》太郎及びその嫡子宗康《むねやす》の急造した篠《ささ》の迫《せまり》という城廓に駆けつけ、瀬尾父子のために声援をおしまなかった土着の士卒たちである。われわれ四名は見張の任務を怠りなくつとめるであろう。

宮地小太郎は立ちあがって、いかにも満足げに仮普請《かりぶしん》の望楼に陣取った。私は彼の弓杖《ゆんづえ》ついた後姿を眺め、また私自身の所持している弓を眺めた。彼の弓は私の弓より三倍以上の太さであった。彼の服装は実直むきで、紺地木綿のだぶだぶなほど大きな直垂《ひたたれ》に黒糸おどしの鎧《よろい》を着て、赤銅《しゃくどう》づくりの太刀を帯び、今日の合戦に殆《ほと》ど射つくした石打ちの矢を、かしら高に負いなしていた。そして彼は鍬《くわ》がたうった兜を脱いで高紐にかけていたが、その兜の竜頭《りゅうず》は折れまがり、竜が空をにらめつける姿になっていた。この青い色の爬虫類《はちゅうるい》は口をあけて細い舌を出し、その舌は午後の太陽を浴びて細く金色に光った。

彼の徒卒たちは、彼等《ら》の首脳といただく宮地某と同じく満足げに、それぞれの部署についた。彼等三名のものは、丸太で出来ている望楼の欄干につかまって、一様に片手を額まであげて遠方を見わたした。何という、じっていな歩哨《ほしょう》のしかたであったことか。彼等は各自に極めて不足がちな服装をして、背の一ばん高い徒卒は、かきの直垂につけ紐して、肥満した体格の徒卒は、布の小袖にあずま折りしていた。他の一人は、ほころびの出来た腹巻を着て、たしかに分捕品《ぶんどりひん》らしい、いかものづくりの太刀を腰につるしていた。そうして、彼等は申しあわせたかのように、山うつぼや竹えびらを肩から紐でつるし、若干の矢を用意していたのである。

私は高矢倉から降りて、私の徒卒たちを垣楯《かいだて》のかげに休息させ、侍一騎を連れ三位中将の陣に駆けつけた。

野生の柿の木が疎《まば》らに生えている岡をくだるとき、私は三位中将の郎党三郎兵衛に追い越された。彼の馬の腹が私の馬の鼻づらをかすめ去るとき、彼は手に持った弓を高くさしあげて私に笑って見せた。彼が勝ちいくさの報知をもたらして駆けつけたことに私は気がついた。けれど三郎兵衛がそんなに乗馬にたくみであろうとは意外である。彼は勾配《こうばい》を一直線に駆けおりることができた。彼が三位中将の陣営のなかに駆けこむと、彼の馬は三位中将の直ぐ目の前で立ちどまった。そのとき三郎兵衛は鐙《あぶみ》を踏張り上体を前方に突き出して、たぶん優勢な戦況について報告したのに相違ない。三位中将の周囲にいた侍大将や士卒たちは、或《あ》る一つの作用によって動かされるように一せいに二三歩前に歩み出た。なかには弓をさしあげたものもある。三位中将は単に微笑していられた。私が陣営まで駆けつけたとき、すでに三郎兵衛は報告を終り、彼は敏捷《びんしょう》なやりかたでもって馬首の向きを変え、再び戦場に駆けつけようとしたのである。

三郎兵衛の乗馬は直ぐには駆けださないで、先《ま》ず勢いよく後脚だけで立ちあがった。馬は戦場に出かけることが嬉《うれ》しくてたまらないもののごとくであった。三郎兵衛は危く落馬しそうになったが手綱《たづな》を短く握りなおして馬のたてがみに鎧の胸を密接させ、彼の顔には一面に満悦らしい微笑がうかんだ。そして乗馬がもとの姿勢に立ちなおると、三郎兵衛は馬の首を手のひらで軽くたたき、恰《あたか》も彼はそんなにふざけるものではないと彼の乗馬に言いきかせているかのごとくであった。馬はその騎手が胸を張って手綱を握りなおすと、それと同時に首を細長く前方に突出して目ざましい速力で発足した。たてがみは風に撫《な》でつけられ、三郎兵衛の背中の母衣《ほろ》は風にふくらんだ。騎馬武者の勇ましい出立《いでたち》ぶりである。

三郎兵衛の乗馬が岡のてっぺんに消えてなくなると、陣営には一種の喧噪《けんそう》が醸《かも》し出された。或るものは人混みのなかを潜《くぐ》りぬけ、一つの人混みのかたまりは他の一つの人混みのかたまりと合体し、またそれが二個の人混みのかたまりに分離した。駈《か》けだすものがあった。立ちどまっているものがあった。柿の木につながれた幾十ぴきもの軍馬は、首を幹にこすりつけたりいないいたりした。

これ等の雑沓《ざっとう》の群からすこし離れた場所に、三位中将の老僕が独《ひと》りぼっちで枯草を刈り集めていた。彼は黒い色の頑丈な兜をかぶり、手に小さな刃物を持って、彼の雇主の乗馬のために秣《まぐさ》を刈りとっていたのである。枯草のくさむらには一本の折れた矢が土にささっていた。老僕はこの矢を避けて草の一かたまりを刈り残していた。

老僕は味方の人びとや雑沓に対して背中をむけ、草刈作業をつづけながら濁音を帯びた声で勝手な歌をうたっていた。それは、虞氏《ぐし》の涙は頬《ほお》に幾条もつたわりながれているという意味の歌や、陽春二三月になれば水と草とが同色であるという意味の詩であった。これ等の詩歌は、かつて帝都に於てこの老僕の雇主である三位中将が、しばしば愛誦《あいしょう》されていたものである。

けれども遺憾千万であったことには、私は次のような場面に遭遇しなければならなかった。それは陰惨な陣営を爽《さわ》やかに見せようとするわれわれ一門の、風雅な気分を台なしにする挿話《そうわ》である。

私は甚だ残念であった。――中務卿《なかつかさきょう》の御舎弟は女官たちの乗船に侍従しているべき筈《はず》の人物であるにもかかわらず、彼はこの多端を極める帷幄《いあく》のなかに割りこんで来て、三位中将の傍に行き一つの提案を述べたてた。彼はその習癖として、どんな場合にも女官たちの側近にいる役目を所望したがる人物であるが、今回の戦にもその目的を達し、彼は女官たちといっしょに渚《なぎさ》の船でおとなしくしていなければならないわけになっていた。けれども彼は女官某《なにがし》の君の提案であると称し、三位中将に対して愚昧《ぐまい》な意見を開陳した。

今回の合戦では、すでにわが軍の勝利が明らかである。渚の船から眺めていても、それがわからなくてどうしよう。女官某の尼をはじめとして船中の人びと一同の喜びは並たいていでない。この勝ちいくさは専《もっぱ》ら故入道相国《しょうこく》の加護によるものであるが、それと同時に三位中将の戦略のよろしきと出陣した士卒たちの戦功とによるものである。もとより士卒たちの中には、ひときわすぐれて手がらのある勇士もあるであろう。論功行賞よろしきを得るように希望する。ついては、この勝ちいくさを契機として、われわれはこの島のこのあたり一帯の岡に内裏《だいり》を造営し、この島を風光明媚《めいび》な帝都としたい。女官某の尼はそれを主張し力説されている。われ等もその提案に賛成するものである。ただいまこの岡からも眺望《ちょうぼう》されるように、今は最早、主上の御所は渚に碇《てい》泊《はく》している一艘《そう》の兵船にすぎないのである。これまでの史上に、海上に行宮《あんぐう》があったという例は見ないであろう。直ぐにも附近の荘園《しょうえん》に下知《げち》して内裏造営にとりかかる必要がある。そういう提案であった。

三位中将は次のように申された。

今回のいくさは確かに勝ちいくさであるが、われわれ一門の更生を占うに足るほどの合戦ではない。今回の敵兵は単にこの島に土着する豪族や農奴にすぎないのである。けれども何故われわれがこの貧弱な敵軍に対し、こんなに大がかりな陣を布《し》いたかを理解していただきたい。われわれがこの作戦によって占いたいと思った主要な事項は、どのくらい間近くまで木曾《きそ》の軍勢がわれわれを追跡しているかを知りたいということなのである。もしも木曾の大軍が間近く攻めよせて来ていれば、自信にみちている彼等はこの大がかりな作戦を見て、必ずわれわれにむかって殺到しないではいないだろう。その結果は、われわれは多くの兵を失い、また多くの脱走者を出したであろう。そういう犠牲を幾らかでも少しにしたい目的から、岡のてっぺんには高見櫓《たかみやぐら》を急設し、岬《みさき》の渚には兵船を用意している。けれども本日の戦況によって判断すれば、敵軍はその先発部隊さえもこの附近に到着してはいない。今日の場合では、都会地で製造された武器だけがこの島まで送りとどけられていることがわかった。おそらく帝都に於ては重大な事変が勃発《ぼっぱつ》しているにちがいない。われわれはこの隙《すき》に乗じ逃亡をつづけなくてはいけない。せっかく中務卿の御舎弟の御言葉ではあるが、内裏の造営という提案には反対である。

中務卿の舎弟は造営の費用を捻出《ねんしゅつ》する方法や、新しい帝都の道路の美観ということについておしゃべりした。彼の言うところによると、帝都の道路は幅を広くし且つ一直線でなければならない。鋪石《しきいし》は滑かでなければいけない。そういう道路の両側には必ず大規模な民家が建造される。われわれはこの道路の美観により、並びにこれに類するその他の事情により人心を収攬《しゅうらん》することができるであろう。民衆は彼等の努力によって平和や秩序を彼等のためにつくり出そうとして、彼等はわれわれに権勢を与えなくてはならない立場に彼等自ら運びこまれて行く。民衆というものはどんなに困難な状態に置かれても、われわれには不思議でならないほどの忍従と労役により、われわれに権勢を提供しないではいないものである。

三位中将は静かに答えられた。

――今、われわれ一門の没落に直面し、そういう汚辱にみちた言語を述べるものは、脱走することさえもできない怯懦《きょうだ》な精神の人である。われわれは、こういう人物のおしゃべりより、あの岡の頂上の高矢倉に立って弓杖ついている人物を愛好する。彼の姿は鳩胸《はとむね》で不恰好《ぶかっこう》であるが、彼は望楼の見張兵として、よくその任務をつくしつつある。あの直立不動の鳩胸の姿は、今日の戦場風景に於て最も私の感懐をそそるものの一つである。

夕暮れ近くの時刻になっていた。私は陣営を出て垣楯《かいだて》のなかに引返して行った。私の徒卒たちは垣楯のかげに整列し、一ばん年長の老卒を仮の隊長にいただいてささやかな陣を布き、私の帰隊を待っていた。

同じ日の夜――

私の部隊は、明朝早く出発して敵軍の偵察にあたることになった。そのために私は兵船五艘と捕虜の土民（二十名の漁師）とを三位中将から依託された。

今は夜ふけである。私は陣中のかがり火の明りによってこれをしたためている。海の上の行宮は一艘の大型の兵船であるが、その船をとりかこんで警護しつつある数艘の小舟に於て、衛士《えじ》たちの焚《た》く幾つもの火が大小不揃《ふぞろ》いに燃えている。このごろの彼等は焚火をおろそかにしているようである。

宮地小太郎主従四名は今日から新しく私の部隊に編入されることになった。さきほど小太郎は私のそばにやって来て、私がこの日記を書いているのを珍らしげに見守っていた。彼は私のためにかがり火を熾《さか》んに燃してくれ、陣中の出来事をつたえたりした。その話によると、左中将は浄土をなつかしむのあまり入水《じゅすい》されたということである。この左中将は、かつて笛と朗詠とを私に教授してくれた才学すぐれた人であった。当時、彼は私がまだ幼少であったにもかかわらず、律呂《りつりょ》の理論を無理にも私に諳誦《あんしょう》させたものである。

その翌日――

私は偵察部隊の侍大将に任命された。しかしこの部隊を指揮する実権は私にはない。

泉寺の覚丹《かくたん》という剃髪《ていはつ》の武士にその実権が与えられている。兵の脱走を防ぐために、その苦肉の策として三位中将が私をこの公課につかせたのであろう。帝都を逃亡して以来、今日までの私たちの見聞によれば、公達《きんだち》の指揮する部隊から脱走を企てた兵卒を出したことは稀《ま》れなのである。三位中将は最初この侍大将の役目を修理大夫《しゅりだいぶ》の末子に与えようとされたらしかった。けれども修理大夫の末子は夜営の陣中でも、彼の父といっしょでなくては眠れないという淋《さび》しがりやの子供である。私はたった一人で枯草の上にでも眠ることができる。私の頬ひげは手のひらで触るとざらざらするくらいに濃くなっている。私はまだ一度も敵兵の首を斬《き》りおとした経験はないが、遠矢の距離に於て敵の楯《たて》を深く射あてたことがある。

泉寺の覚丹はいつも私のそばを離れないで、どんなに些細《ささい》な下知をするときにでも私と評定《ひょうじょう》する。それは彼が徒卒たちに対し、私を実際の侍大将らしく見せようと心がけているからであろう。彼のこの日のでいたらくは、かちんの直垂に黒糸おどしの鎧を着て漆黒の太刀を帯び、二十四さしたる黒幌《くろほろ》の矢を負い、塗籠籐《ぬりごめどう》の弓を絶えず胸だかに脇《わき》にはさみ、兜《かぶと》を脱いで高紐《たかひも》にかけていた。僧形《そうぎょう》の彼の頭は上手に剃《そ》られてなかったので、剃傷や剃りのこしの部分が目についた。どんな貧弱な法師でも、こんなぞんざいなことはしないだろう。けれども彼は軍事ならびに学問の達者であって、また儀礼にも通暁《つうぎょう》している。かつて彼は勧学院の無類の秀才であったということである。私たちの兵船が渚を出発するとき、三位中将を先頭に官位ある人びとが渚に立って私たちの出発を見送ってくれた。私たちの兵船では軍馬がいななないた。

泉寺の覚丹は私に告げた。

――早く漕ぎ出すことに致したい。こんな大げさな見送りを受けては全くやりきれたものではない。これこそ、よくない六波羅《ろくはら》風俗である。軍馬には秣《まぐさ》を十分に与え、垣楯を厳重にしなければならない。

泉寺の覚丹は出発の合図をした。兵船は渚を離れ横隊をつくって沖に出た。この法師は船中に私と並んで席を占め、彼は船ばたの垣楯から頭をのぞかせ、渚の見送人たちを眺《なが》めながら眠そうにしていた。

私たちの兵船が岬の端を迂回《うかい》するとき、泉寺の覚丹は居眠りをはじめた。掠《つたな》く剃られた大あたまが具足の上に載り、その坊主あたまが前後にゆれつづける有様は幾回となく私に微笑を催させた。けれども彼は、私たちの兵船が一列横隊の隊伍《たいご》を乱す度ごとに目をさました。私たちの兵船が小さな島のそばを過ぎ去るとき、彼は目をさましたばかりでなく、その島を胡散《うさん》くさげに眺めた。

私たちの出かける目的地は、すでに私たち一門のものが一夜そこに駐屯《ちゅうとん》して来た室の津という港である。いま私たち偵察隊はこの港まで後がえりして、そこで敵軍の動勢をさぐるのである。われわれ一門一族のものが、結束して逃走をつづけるためにその必要がある。

この海辺では幾つもの岬が銀杏《いちょう》の乳房みたいにながく海に突き出して、港の民家は渚の近くに建ちならんでいる。岡の中腹にも疎《まば》らな配置に於て茅《かや》づくりの屋根が見える。私は早く上陸して岡の中腹の一つの民家を訪ねたい。そこには、私の乗馬姿を好きでたまらなかった少女がいる筈である。

私はもう一度あの少女に会いたいと思う。何かの口実を考えて、私はこの前ここに宿営していたときのように一人で坂みちを馬で駆けのぼってみよう。そしてこの前、私と彼女がはじめて友だちになったときと同じように、彼女の家の庭に馬を乗り入れて馬に池の水を飲ませよう。その池のほとりには一株の梨《なし》の大木が生えている。

私がそういう秘密ごとを計画したにもかかわらず、私たちの偵察部隊は休息する余裕がなかった。泉寺の覚丹は兵船を港内に碇泊させ、人員に上陸を禁じた。覚丹の言うには、どうしても上陸しなければならないとすれば、船夫《かこ》たちを一人ずつ一枚ずつの船板に縛りつけてからでなければ駄目なのだという。実際その通りである。

昨日から私の配下に加わった宮地小太郎は、この土地の地理に精通している。泉寺の覚丹は小太郎を案内役に選び、彼等二人だけ上陸することになった。そうして覚丹は上陸するに際して次のように私に告げた。
――もしも鏑矢《かぶらや》が音をたてて諸賢士の頭上をかすめて飛んだなら、どんなに爽快《そうかい》にきこえる鏑の響きであったにしても、急遽《きゅうきょ》、兵船を漕《こ》ぎ出して本陣まで逃げるがいい。それは敵の部隊を発見したという合図である。すべての人員に、決して上陸を許してはいけない。この泉寺の覚丹一人の働きで蹴散《けち》らすことが困難であるような敵兵には、ここにいる十倍もの味方の軍勢をもってしても、とうてい太刀打ちできないであろう。そ
覚丹は兜をかぶり、つけひげの紐をしめて、そのひげを壮快な所作でひねった。そして彼は弓を高くさしあげて、船ばたから馬を海に乗り入れた。潮の飛沫《ひまつ》は彼の具足を濡《ぬ》らし、かちんの直垂を濡らした。彼の乗馬は鼻づらを空にむけ、やがて浅瀬に達したとき、はじめて大きく呼吸したように見えた。小太郎の乗馬は、覚丹の乗馬に遅れたことが気になったのであろう。渚にあがると急速力で駆けだした。その後《うしろ》から覚丹の乗馬がそれを追い越そうとした。二人の騎馬武者は一度も私たちの方をふりむかないで棗《なつめ》の林のかげにかくれた。
彼等二人の姿が見えなくなると、私は一人の船夫を呼んで、港内に乗りすてられている小型の舟を徴発して来るようにいいつけた。その船夫は殆《ほとん》ど裸体姿になって粗末

な兜だけかぶっていた。彼は私の命令に合点が行くと兜をぬいで私の前に置き、そうして海に滑りこんだ。私はその兜の鉢金《はちがね》を鑑定して気がついた。これは私たちの敵軍の手によって鋳造されたものである。鉢がねの恰好《かっこう》が、まるで蝸牛《かたつむり》の殻《から》にそっくりである。

徴発した小舟を伝令の早船として使用することにした。私は五名の徒卒をその小舟に乗せて上陸させ、彼等に覚丹や宮地小太郎の消息をたずねて来るように命じたのである。

正午すぎになって、上陸していた五名の徒卒たちのうち二名のものが渚に現われた。彼等は小舟に乗り私の船に漕ぎつけて来た。次のような彼等の報告によれば、覚丹と小太郎は軍事を怠っていたと断定してもさしつかえない。

——選抜されたわれわれ五名のものは二手にわかれ、私達二名のものは、砂の上にしるされた乗馬の蹄《ひづめ》の跡を見ながら進んで行った。約二町ほど進んで行ったとき、私達は乗馬の脚あとを見失った。路《みち》が小石で石だたみになっているからである。そこには民家が路の両側にならんでいた。私達は一軒の民家の入口で、眼病らしい老人が青石の上に腰をかけているのを見た。老人は私達の質問に答え、二人の騎馬武者は遠方に駆け去ったと答えた。再び或る一軒の民家の庭で、私達は四人の若い婦人が立話をしているのを見た。この民家は私達の推察によると、たぶん娼婦《しょうふ》たちの集まる家である。おそらく四人の婦人もそういう種類のものにちがいない。彼女達はいろいろの讃《さん》辞《じ》でもって私達を歓迎してくれた。ところがその家の南に面した広場のなかに、幾つもの馬の足跡がつづいているのを私達は見つけることができた。同時に広場の姥女樫《うばめがし》の木の下に、われわれの欣慕《きんぼ》する勇士の愛馬二頭を見つけることができた。それ故、われわれは無断でその家に闖入《ちんにゅう》した。ところが、われわれの尊敬する二人の勇士は、部屋のなかで具足を着けたまま胡坐《あぐら》をかき、そこに二人の女子も同席して飲食していられる最中であった。

全く意外なことである。

——泉寺の覚丹殿はすでに酩酊《めいてい》されていた。われわれ二人のものにも、遠慮なく盃《さかずき》をあげて飲めと仰有《おっしゃ》った。われわれ二人のものは辞退した。盃は大きな皿《さら》に似て、その色は褐色《かっしょく》であった。われわれはそういう盃を珍らしいと思う。宮地小太郎殿は酩酊されていなかった。うつむいて腕組されていた。その席にいた二人の女子も、同じくうつむいていた。われわれは、かつてこの女子の顔を、どこかで見たことがあるように思う。しかし今はそれを思い出すことが難かしい。

二人のものは報告を終ると彼等の兵船に乗りうつった。そして小舟は、その次に渚に現われた三人の偵察の徒卒と、見知らぬ女子一名とを私の兵船に運んで来た。徒卒の報告は次のようであった。

——われわれ三名のものは、ここに土民の女子を捕虜にして来た。それについて先《ま》ず了解を得ておきたいと思う。われわれはこの女子を敵軍の支持者とみなして捕えて来た。この女子は同じ年輩の女子たち数名といっしょに、半ば朽ちかけた家屋のなかで筵畳《むしろだたみ》を織っていた。そしてこの女子は声だかく、わが軍の行動を嘲笑《ちょうしょう》していた。われわれ三名のものは、その声をききとることができたのである。女子たちの笑い声や筵を織る音は戸の外まで洩《も》れて来て、それゆえわれわれは歩行を停め、この女子が讒《ざん》謗《ぼう》を放ったのを逐一ききとった。この女子は平家一門の軍勢を、恰も摘みとられた蜥蜴《とかげ》の尻尾《しっぽ》であると比喩《ひゆ》嘲笑し、彼女自ら音頭をとって筵畳を織る彼女の朋輩《ほうばい》たちを笑わせていた。これは明らかにこの女子が、下賤《げせん》なる敵軍に対して思慕の情を抱く所以《ゆえん》である。われわれ三名のものは、その家屋に突入し、この不逞《ふてい》きわまる犯人をとりおさえた。斬罪《ざんざい》に処すべきであろうかどうかについて、御処断を願いたい。しかし泉寺の覚丹殿と宮地小太郎殿の御行方については、あらゆる方策を尽してみたがついに探知することができなかった。

捕虜の女は私の前に立ち、その見にくい顔や襟《えり》くびは恐怖のために皮膚が総毛だち、瞳《ひとみ》は一つの方角を見つめたまま動かなかった。彼女は両手の指をひろげ、肘《ひじ》を伸ばそうとする気力もなく、また腕をちぢめようとする気力もなくなっていた。彼女は瘦馬《やせうま》の如《ごと》くばかばかしく瘦せ細っていた。

彼女を捕えて来た三名の徒卒のためには、彼等の労力を認めてやらなくてはならない。けれどこの捕虜の女は放免してやらなくてはならないであろう。私は彼女にたずねた。

――お前は実際に、私たちのことを摘みとられた蜥蜴の尻尾だと思うか。

捕虜は田舎言葉で、まことに悪うございましたと答えた。

――お前は三人の兵士にとりおさえられたとき、蹴られたり殴られたりしたか。

蹴られたりはしなかったが、三人の兵士たちは彼女の肩や胸の筋肉をつまんだりしたと彼女は答えた。

――お前は私たちの敵軍の動静について知っているか。お前はこのごろ新しくやって来た気の荒い兵士を見かけたことはないか。

そんなものは見たとは思わないが、今度ここへ来るという人馬の糧秣《りょうまつ》は、この土地にも用意されていると彼女は答えた。渚に沿って、ところどころの民家に、敵軍に合《ごう》力《りき》したこの近傍の土民たちが、敵軍の兵糧《ひょうろう》や軍需品を運びこんでいるという。

――お前は注意ぶかい婦人である。私はお前を放免する。お前は田圃《たんぼ》の細みちを帰って行き、これまでのように莚畳を織ったり笑ったりしてもよいだろう。

彼女は小舟に乗せられて送りとどけられた。小舟から渚の砂の上におろされると、彼女は悲鳴をあげて快速力で走りだした。ところが小舟を操縦して行った船夫は、彼も彼女の後を追って逃亡を企てた。私たちの兵船から一本の矢が放たれた。矢は、遁《とん》走《そう》して行く船夫に命中して肩を背後から貫いた。

夕方になったころ、渚づたいの遠方にあたって一条の煙が立ちのぼった。私は徒卒たちの判断にまかせ、その煙は粗忽《そこつ》から出た火事の煙であろうと思っていた。けれども、その煙が消えない間に、また一つの煙が立ちのぼった。それは矢張り遠方にあたって立ちのぼる煙であった。最初の煙よりも、道程にして約十町も近くの距離にあった。一たい何の煙で、また何のための煙であろう。この二条の煙が消えない間に再び別の煙が立ちのぼった。矢張り遠方にあたって見える煙であって、第二番目に立ちのぼった煙よりも、約十町も近くの距離に見えた。こういう順序と間隔とを保って、次第に幾条もの煙が空に立ちのぼった。これ等《ら》の煙は、後から立ちのぼるものほどこの港に接近していたのである。

最後の煙の火元は、岡の麓《ふもと》にある大きな構えの民家であった。その家の屋根棟《やねむね》に白い煙が吹き出そうとしたとき、棗の木の森かげから二人の騎馬武者が現われた。泉寺の覚丹と宮地小太郎である。私は無闇《むやみ》に嬉《うれ》しくなって自分の具足を扇で打ち、凱旋《がいせん》する二人の勇士にむかって大声に叫んだ。徒卒たちの歓声が私の叫び声を消した。

二人の勇士は、土民が敵軍に貢《みつ》ぐ兵糧に火を放って来たのである。

二人のものは馬を海に乗り入れて、泉寺の覚丹は乗馬の背中から私の兵船に乗りうつろうとした。宮地小太郎も私の兵船近くまで馬を泳がせて来たが、彼は馬を泳がせながら偵察の経過を報告した。

――われ等は一つの事情のために偵察を手間どった。その事情というのは軍事に関係しない些細《ささい》な出来ごとであるが、甚だ混《こ》み入っていることがらであると思われる。われ等は飲食してから後、海を見ながら馬を走らせた。やがて砂の上に刻まれたおびただしい車輪の跡を発見した。われ等はそれを好箇《こうこ》の道案内とした。そして数多《あまた》の俄《にわか》仕立ての倉庫を捜し出した。われ等は襲撃した。われ等は火を放った。

宮地小太郎はそういう簡単な報告をして、彼の兵船の方へ馬を泳がせて行った。泉寺の覚丹は、馬を兵船に連れこむのに手数を要した。あまりひどく駆けさしたので馬は疲れていた。覚丹の報告も簡単であった。

――われ等は甚だ手間どった。或る民家に於《おい》て、われ等はわれわれ一門の女子二名に遭遇した。われわれ一門が一夜この地に宿営した際、くだんの女子二名は脱走して娼婦となっていたものである。すでに何ものも言うべきことはない。

そういう覚丹の報告は、私には瞳を射ぬかれたよりも打撃であった。覚丹は不吉らしい顔もしないで遠くに立ちのぼる煙を眺めていた。そして彼が潮にぬれた具足をぬぎ、ゆったりと垣楯《かいだて》に肘をついたところは、あくまで不敵なつらだましいの僧兵に見えた。まことに頼もしそうな勇士に見えた。ふと私は、脱走したい本心を彼に打ちあけたかったのである。

九月二十四日

もう私たちは五日余もこの港に兵船を寄せ、陸上の見張をつづけている。しかし、敵兵の動静はいっこうにわからない。きのうは棗の森かげから二人の騎馬武者が現われて、大音声《だいおんじょう》をあげ私たちを罵《ののし》って逃げ去った。けれども、その騎馬武者の他には敵兵の姿は現われず、部落や街道すじにも別段さわがしい気配が見えなかった。私たちは武装して船ばたに垣楯をめぐらし、夕方ちかくまで戦機をねらっていたにもかかわらず、部落の或る一軒の民家では庭さきで婦女子たちが収穫物の整理に忙殺されていた。その平和らしい光景によれば、敵が間近に押し寄せているであろうとは思われない。

おそらく、きのうの二人の騎馬武者は、敵の偵察部隊の最前哨《ぜんしょう》であろう。彼等は棗の森かげから現われると渚まで一気に馬を駆け寄せて、いざといえば私たちの弓勢《ゆんぜい》を避けるため馬首を横に向け、そうして私たち一門の悪口雑言《あっこうぞうごん》を叫んだ。私は闘志の燃え立つ思いで弓をとり、尚《なお》、傍《かたわら》にいた老練の宮地小太郎に言いつけて、渚の騎馬武者を射させようとした。そして先ず私が立ちあがって弓を引きしぼると、その武者は馬首の向いている方角にすばやく駆け去って木立のかげに姿を消してしまった。宮地小太郎は左の足を船ばたに載せ、弓杖《ゆんづえ》ついて苦笑していた。彼は敵の敏捷《びんしょう》な行動に舌を巻いていたものにちがいない。私の傍にいた泉寺の覚丹も、あの騎馬武者の手綱さばきは上々なものであると言っていた。しかし覚丹も小太郎も、敵の叫んだ悪口雑言についてはべつに気にする様子も見せなかった。保元平治《ほうげん》このかた私たちの一門が悪政を行い、栄華にふけって下民《げみん》を苦しめたと、二人の騎馬武者は口々に罵ったのである。その大音声は部落の人びとの耳にもきこえたであろう。いずれ劣らぬ破鐘《われがね》のような蛮声であった。一人は漆黒の馬に乗って白羽の矢を頭高《かしらだか》に負い、朽葉色《くちばいろ》の唐綾縅《からあやおどし》の鎧《よろい》を着ていたが、彼は弓筈《ゆはず》を持って高らかに弓を差上げ、その弓で私たちの方を差招いてこのように名のりをあげた。

「そこにいるのは、源氏か平家か名のれ。それともまた、その船は物見遊山《ゆさん》の船がかりか。漁人《ぎょじん》野叟《やそう》の釣船《つりぶね》か。かく申す自分こそは、雪ふかい木曾の故郷を出てこのかた、数多の合戦に一度も不覚をとったことのない木曾殿の郎党として武功ある、中津の十郎景盛《かげもり》の家来、遠矢の重太の一子、五郎というものである」

私たちは遠矢の重太というものは勿論《もちろん》のこと中津の十郎というものも知らないのである。しかし重太の一子五郎と名のる下賤の身をもって、彼はよく飼い太らせた馬に乗り、侍大将の着用する唐綾縅の具足に身をかため、黄金《こがね》づくりの太刀《たち》を着けていた。きっと彼の乗馬や具足などは、私たち一門の侍大将を討ち果して奪いとった戦利品にちがいない。もう一人の騎馬武者は、鹿毛《かげ》の馬に鏡鞍《かがみぐら》を置き、そのいでたちだけは殊勝げに見えていた。しかし彼は赤革の胴巻に同じ革の冑《かぶと》を着け、太く短い弓を持っていた。この男の名のる言葉は甚しく訛《なまり》を帯び、六波羅育ちの私には耳ざわりよくきくことができなかった。彼は木曾の山奥の木樵《きこり》そのままの男であろう。おそらく木曾の軍勢は、私たちを殲滅《せんめつ》させる目的で追撃戦にとりかかろうとしているにちがいない。

しかし今日は打って変って平穏無事であった。私たちの兵船では、泉寺の覚丹が頭痛がすると言って、その剃髪《ていはつ》の頭を剃《そ》りなおした。彼は頭を剃りながら、宮地小太郎を相手に保元平治の合戦談を語り合った。小太郎は最早《もはや》老齢の土着の侍であるが、生年十九歳の既往には新院の御所のあの華々しかったという合戦の時、帝都において春日《かすが》おもての寄手《よせて》の軍に参加したこともある。また義朝《よしとも》の乱には、二十歳で待賢門の寄手の軍に参加した。その合戦の有様を思い出すと、小太郎は今でも胸がときめくというのである。

泉寺の覚丹は古今の学に通暁《つうぎょう》し弁舌もさわやかである。実戦の経験があるのかどうかわからないが、彼は頭を剃り終ると軍扇を手にして述懐した。

「われわれ弓矢とる身の語り草として、思わず口の端《は》にのぼしたく思うのは筑紫《つくし》の八郎の働きである。八郎は敵ながら天晴《あっぱ》れ鬼神をもひしぐ豪勇であった。新院の御所の戦に、伊藤六の胸板を射とおして伊藤五の袖《そで》に突き立った八郎の矢は、三年竹の節近かな矢竹に羽根は山鳥の尾をもってつくった、おそるべくたくましい大矢であった。つづいて大庭《おおば》平太の左の膝《ひざ》を片手切りに射落して、余勢をもって平太の乗馬の太腹を打ちぬいた八郎の鏑矢《かぶらや》は、鏑の音が新院の御所じゅうに鳴りひびき余韻ながく尾をひいた。凛乎《りんこ》としたその矢風のほどは、われわれもののふの思うだに胸がおどる。おそらくこの鏑の音は、青空に爽《さわ》やかに鳴りひびいたであろう。合戦の醍醐味《だいごみ》は、武人たちますらおさびて戦うそのことにある」

覚丹はそう言って、そこだそこだというかのように軍扇で彼自身の膝を打った。ところが宮地小太郎は、新院の御所の戦に筑紫の八郎のその矢の響をきいたと言った。覚丹は「ふうむ」と呻《うめ》いたきり黙っていたが、どこで彼はそういうことを調べたのか、やがてその鏑矢について説明した。八郎の鏑矢は目柱《めばしら》に角をたて、風かえしを厚くらせ、鏑から上が十五束《つか》あったというのである。しかし小太郎は、その鏑は馬の太腹を突きぬけたとき砕けて散った筈《はず》であると言った。覚丹はまた「ふうむ」と呻いて黙り込んでしまった。八郎の矢風の激しさが、覚丹にはよくせき肝に銘じたのであろうと思われる。

同じ日の夜

泉寺の覚丹の提案によって、私は私たちの兵船五艘を船筏《ふないかだ》に組ませた。それは雑人《ぞうにん》らが万一にも、船をあやつって脱走するのを警戒するためである。

覚丹は陸地の情勢を偵察するために、宮地小太郎ならびに捕虜の土民一名を連れ小舟に乗って上陸することにした。しかし覚丹は甲冑《かっちゅう》を着けないで、僧兵時代から愛用していたという大薙刀《おおなぎなた》を持ち、悠々《ゆうゆう》と詩を朗詠しながら小舟に打ち乗った。彼は薙刀を小腋《こわき》に抱え、「園に棗あればその実をくらう。心に憂いあれば唱《うた》いまた唱う」と朗詠するのであった。つづく宮地小太郎は、老兵には不似合な萌黄《もえぎ》おどしの鎧で重く身をかため、竜頭の歪になった兜をかぶり、二十四さした切斑の矢を負い重籐の弓を持っていた。小太郎は今宵の偵察を疎《おろそ》かにしてはならないと勇み立っていたのだろう。
彼は私の前に進み出て、九国内海の水軍の作法によって片膝を突き、

「暫時《ざんじ》の間、小舟を借用いたしたい」

と言い残し覚丹の後に従った。

捕虜の土民は貝型の兜をかぶり小舟を漕ぎ出した。小舟は闇のなかに消えた。陸地も海も真暗であった。私たちの兵船では、士卒たちが垣楯のかげに居並び静かに陸の様子を窺《うかが》っていた。ときどき士卒たちが坐《すわ》りなおすと具足の触れる音がした。それは何となくきなくさいような感じの物音で、私は子供のとき金属の触れあうこの音が嫌《きら》いであった。しかし、いつの間にそうでなくなったのか、今ではこの音は私の気持を引きしめてくれる。私は太刀を研ぐ音なども子供のときには嫌いでたまらなかったが、けさも宮地小太郎が私の太刀を研ぐ音で楽しく目をさました。夢うつつでその音をきいていると、どことなく胸のときめくような心地がする。小太郎は太刀を研ぐのが上手である。

夜がふけてから覚丹と小太郎は無事に帰って来た。連れて行った捕虜の土民は、覚丹と小太郎が民家に立ち寄っている間に逃げてしまったということである。一軒の民

家に、私たち一門の内藤兵衛の下婢《かひ》が身を潜め、この港の土民相手にいかがわしい真《ま》似《ね》をしながら暮しを立てている。これは私たち一門の誇を傷つける所業に相違ないが、覚丹と小太郎はこの下婢に会って大事な情報をきくことが出来た。有為転変の激しさに殆ど呆然《ぼうぜん》とさせられるような情報である。さすがに覚丹も苦笑した。

「諸行無常、わが山門の仏法も護摩《ごま》も芥子《けし》も、きょうを限りのしろものか」

覚丹のきいてきた情報によれば、すでに帝都では去月九日に法皇の勅によって除目《じもく》が行われ、木曾は帝都の守護職に任ぜられた。十六日には、私たち一門百六十三人の殿上《てんじょう》における御簡《ぎょかん》が削り去られ、同時に私たち一門一族は朝敵と見做《みな》された。そして天下一日も主上なかるべからずという朝臣九条兼実《かねざね》の議によって、四の宮が御践祚《ごせんそ》になった。後鳥羽天皇と申し奉《たてまつ》る由《よし》である。

私たち一門一族が朝敵となり果てたことについて、私は夜明け近くまで覚丹と語り合った。覚丹は私たち一門のものが、法皇をお連れ申さなかったことが失態であったと力説した。しかし南都北嶺《ほくれい》の徒が大旆《たいはい》のもとになびかなかったことも、こういう世情に立ちいたる原因の一つである。いま身をもって大旆のもとに馳《は》せ参じていると自負する覚丹は、山門の大衆の悪僧ぶりを見て憮然《ぶぜん》たるものがあるだろう。

宮地小太郎は覚丹の傍に端坐して、私と覚丹の談話に最後まで耳を傾けていた。そして私が日記を書くときいつもそうしてくれるように、小太郎は私のために篝火《かがりび》をたいてくれた。私はその篝火の明るみで今宵もこの日記をしたためる。

九月二十六日

きょうは空に鱗雲《うろこぐも》が見えたが海はよく凪《な》いでいた。泉寺の覚丹は宮地小太郎といっしょに上陸し、内藤兵衛の下婢に情報をきいて来た。世間の取沙汰《とりざた》では、木曾はこの西国へ討手を差向けようとしているらしい。しかし法皇はまだ木曾にその院宣《いんぜん》を給《たま》わるに至らないだろうという。木曾は新帝の御践祚の際、法皇に対し奉り北陸の宮を立てようと主張したが用いられなかった。それを不本意に思っているのだろう。生来乱暴な木曾の振舞は、このごろ傍若無人の極になっているという。木曾の兵は糧食が乏しいので手あたり次第に掠奪《りゃくだつ》し、収穫期に近い青田の稲をそのまま軍馬の飼料《むし》にする。公卿《くぎょう》をはじめ帝都の人心は安らかでない。木曾の人望は地におちた。法皇は寧ろ摂関家と関係の深い奥州の藤原一族に、木曾追討の院宣を下されるだろうという。

この情報をきいて私は胸を撫《な》でおろす思いであった。今はもはや私たちは帝都の動乱に乗じ、その隙《すき》に西国で勢いを盛りかえすのが上策である。しかし覚丹は空を仰いで言った。

「ささて、あの雲は末世の末法を嘲《あざ》ける雲のように見ゆる」

覚丹の説にしたがえば、法皇の院宣はおそらく乾坤一擲《けんこんいってき》をねらっている鎌倉の源氏がお受けする。そうして源氏の同族が相争い、近い将来にこの世の生地獄を出現して見せる。きょうも内藤兵衛の下婢が言っていたが、去月十六日、平家の一門百六十三人の官爵《かんしゃく》が削られたとき、同じ一門の平大納言、内蔵頭《くらのかみ》、讃岐《さぬき》の中将父子だけの官爵は削られなかった。これは主上ならびに神璽《しんじ》宝剣を事なく都へ返し入れ奉るべきよう、これらの諸卿に仰せ下されたからである。しかし何故これらの諸卿は謹んで官爵を辞退申し上げ奉らなかったのだろう。この一事によって、われわれ平家の一門一族は逆賊の汚名を着ることになる。しかも讃岐の中将のごときは一身の安全を保つ所存から、世を韜晦《とうかい》すると見せ毎日のように白い鷹《たか》を手に据え嵯峨《さが》や大原の山野へ狩に行く。その安閑とした姿を目のあたりに見たという或る流浪《るろう》の物識《ものし》りが、けさほどそういう噂《うわさ》をして内藤兵衛の下婢の宿所を発足したそうである。

たぶんその流浪の物識りは、彼自身も世を韜晦している人物であろう。時と場合により世を韜晦することは男子のたしなみであるが、場合によっては大きな恥辱であるとその物識りが内藤兵衛の下婢に語ったという。下婢はその物識りと夜の白々となるまで語り明かし、尚《なお》、重大な情報を手に入れたということである。

それによると、私たち一門の一部の人達は、すでに筑前のくに御笠《みかさ》の郡《こおり》、太宰府《だざいふ》に行きついている。そして原田、菊池、臼杵《うすき》、戸次《へつぎ》、松浦《まつら》など九国の諸党の合力によって、仮御所を造営中だという。したがって私の率いる五艘の兵船は、謂《い》わば主部隊を見失っていたといわなくてはならない。私たちは帝都を逃亡して、福原から磯《いそ》づたいに逃げのびて来たが、あまり先を急ぎすぎ互に連絡を保つことが出来なかった。私は新三位中将の下知により、殿《しんがり》軍の一部隊として五艘の兵船を率い敵軍の動静を窺っているものである。

私たちは急遽《きゅうきょ》、筑紫に馳せ参じる必要がある。私は泉寺の覚丹と相談して、今宵の潮順を待ってこの港を出て行く手筈《てはず》にした。

同じ日の夜

いま私たちの兵船は縦隊にならんで進んでいる。先頭の船には、このあたりの潮流の工合に通じている宮地小太郎が乗り、私は一ばん終りを行く船に乗っている。いま私は胴の間で心細い篝火を頼りにこの日記を書いている。覚丹は武卒数名を連れ舳《へさき》に出て、船列が乱れないように監視をつづけている。

私はこの船が港を出発する前に、薪水《しんすい》糧食を積み入れるため武卒十数名をつれて上陸した。そしてわずかな時間をさき、従卒一人をつれ梨《なし》の木が庭に生えている民家に立ち寄った。かつて私たちが大部隊でこの部落に宿営していたとき、私は梨の木のある民家の少女と知合いになった。彼女は崖《がけ》の下の渚《なぎさ》で私に会ったとき、ただ黙って私の太刀の柄《つか》に手を触れながらうなだれていた。私は彼女の六波羅風に真似た頭髪を見て、この身だしなみは何ものにも換えがたい心尽しだと思った。私はいつもそう思うが、私の一ばん嬉《うれ》しいことは、私たち一門以外の階級のものから好意を示されることである。

きょう、私は彼女の家の庭さきに暫《しばら》く立っていた。しかしまだ夕方にもならないのに、入口の戸が固くとざされて人のいる気配が見えなかった。庭の梨の枝は随所に手荒く折りとられて枯枝になり、地面には腐れた果実が幾つも落ちていた。この家はあばら家になったと告げているかのような有様であった。私は衝動的に彼女の行方《ゆくえ》を尋ねたいと思ったが、それも断念しなくてはいけないことに気がついた。私の従卒は裏口にまわりまた表に駆け出して来て、そうして枝の折れた梨の木と私の顔を見くらべていた。それは私たち一族の習慣として、そういう場合に私たちが必ず拙《つたな》い一首を詠《よ》みあげるのを従卒は心得ていたからである。私は歌など朗詠しなかった。

船はいま瀬戸にかかっているらしい。潮の流れが押し寄せて船腹でその流れが引き裂かれているような趣である。艫に出ていた覚丹は私の傍《かたわら》に来て、ここは口無しの瀬戸という袋小路《ふくろこうじ》のように見える海であると言った。かつて彼は山門の恵亮僧正に随行して厳島《いつくしま》に参詣《さんけい》したとき、このあたりで何百ぴきもの海獣が游泳《ゆうえい》して行くのを見たそうである。

私は艫に出て夜の海を見た。月はまだ出ていなかったが、陸の渚と島の渚が行手の左右に迫っているのが見受けられた。私たちは十数日前には三位中将の部隊に属し、この島の裏側の片岡に駐屯《ちゅうとん》していたのである。しかし三位中将は私たちが偵察に出かけた後、私たちを置き去りにして何の報告もなく、筑紫に向けて出帆した。覚丹がきのうの夜、内藤兵衛の下婢にそういう情報もきいて来たが、何か出しぬかれたような気持である。

九月二十七日

私たちは夜明け前に玉の浦という港に碇泊した。港の正面にどっしりとした島があった。ここも口無しの瀬戸に似て海が川のように細長くなっている。

島の磯近くに、一艘の夜釣《よづり》の小舟がいた。覚丹は兵卒に命じ、小舟の漁夫をこの兵船に連れて来るように言いつけた。兵卒は艫に出て長い鉤縄《かぎなわ》を投げ、そうして小舟を手もとに引きよせると、いきなりその小舟に乗り移って漁夫を抱きあげた。漁夫は何か悪質の制裁を加えられると思ったのだろう。抱きあげられたまま手を合せ、御勘弁を、というようなことを口走った。その有様を見ていた覚丹は、手荒くしてはならぬと呼ばわったが、兵卒は無茶苦茶に小舟を乗り傾け、組討ちの恰好で漁夫を兵船のなかに連れ込んで来た。覚丹は、ひと先ずかんらかんらと打ち笑った後、漁夫を私の前に連れて来て訊問《じんもん》した。この漁夫の素姓ならびに玉の浦というこの港の状況について、事こまやかに問いただしたのである。

漁夫は彼自身が、生捕りにされたのではないことにまだ気がつかなかったと見え、私たちの前に蛙《かえる》のように平伏し顔をあげようともしなかった。見るからに、びくびくものの様子であった。この男は屈強そうな恰幅《かっぷく》をして、刺子《さしこ》縫いの腰までしかない紺の胴衣を素肌《すはだ》に着けていた。したがって彼が立ち上るとその股間《こかん》は露出して、新しい稲藁《いなわら》を急所の中ほどのところに結びつけているのが見えた。彼が必要以上に平伏していたわけは、一面この股間をかくすためであったのだろうと思われる。

漁夫の陳述によると、彼は生年二十九歳になる。この港町の片ほとりの山波《さんば》という磯に住む栄螺《さざえ》という寡婦《かふ》の一子、鯖《さば》という名前の釣船頭である。彼の言葉には古歌の文句を引用したような訛《なまり》があった。私には彼の答弁が半ば以上わからなかった。しかし彼と覚丹との問答をきいているうちに、私にもその大体の意味がわかって来た。最早、この港町やこの附近一帯の領分は、木曾に合力した十郎蔵人《くらんど》の新領になっているらしい。港の裏山西国寺山の要害には、十郎蔵人の家の子と郎党が麓《ふもと》の迫《せまり》を掘切って立籠《たてこも》っているそうである。この麓の迫というのは、一方は海、一方は入江、一方は堀《ほり》、裏山は、山の背つづきで展望のきく要害である。

この山は海に迫って富士型にそびえ、私たちの兵船からも間近く仰ぎ見ることが出来た。有明月《ありあけづき》の登ろうとする時刻であったが山はまだ黒く見え、頂上に露出している大きな岩だけがほの白く見えた。

覚丹は鯖という漁夫に、もうすこし寛《くつろ》いだ気持になれと言って、櫟皮《くぬぎがわ》染めの小袖《こそで》を引出物にとらせた。鯖は初めて顔をあげ嬉しそうな顔で覚丹を見ていたが、覚丹が十郎蔵人の郎党は掠奪狼藉《ろうぜき》を働いているかとたずねると、鯖はまた蛙のように平伏して答えた。

もちろん十郎蔵人の郎党は掠奪狼藉しているという。しかしそれよりも、このたび筑紫から攻めのぼるという水軍の掠奪はまだおそろしそうだというのである。すでに周防灘《すおうなだ》、伊予灘《いよなだ》、音戸《おんど》あたりを往来する荷積船は、紀《き》の通助とやら名乗る代官のため没収されたという。

私は思わず覚丹と顔を見合せた。紀の通助は、私の父新中納言の所領長門《ながと》の国の代官、紀の刑部大輔《ぎょうぶのたいふ》通助のことである。私は子供のときに見た通助の面《つら》だましいを覚えているが、彼は決して海賊など働くような人間ではない。私の父の鑑識によれば、通助は経綸《けいりん》の才にすぐれ任地をよく治め、しかも人となり至って風雅であった。覚丹は黙念としていたが、やがて鯖に、汝《なんじ》らは筑紫の行在所《あんざいしょ》の噂をきかなかったかとたずねた。鯖は行在所と申すものの噂はきかないと答えた。覚丹は最後に、この近海の水路について鯖にたずね、そうして武卒たちに言いつけて鯖を小舟に送り還《かえ》さした。

夜は白々と明けはなれた。覚丹は舳に出て先頭の宮地小太郎の船に向い、海路を変え島かげにかくれるように合図をした。

小太郎の船は帆をあげた。つづいて私たちの船も帆をあげて、小太郎の船を先頭に港をぬけ出し西をさして帆走した。

陸には民家がたくさん並び、遠く港の裏山の中腹には五重の塔や堂宇が建っていた。一衣帯水をなしているその対岸の島には、岡の麓に民家が一軒もなかった。

島の西端は岬《みさき》が細長く伸び、その突端の地盤が海にころがり出して小さな飛島になっていた。この岬をまわって島の南側に出ると、海は南に打ちひらけ、陸地の方は島山のかげにかくれて見えなかった。覚丹は宮地小太郎に合図をした。私たちは、さざら波の打ち寄せる磯に船をつけ、五艘の船の舳艫《じくろ》をならべて船筏《ふないかだ》に組みあわせた。私は覚丹の提言で従卒雑人《ぞうにん》らを遠ざけて、宮地小太郎を招いて三人で談合した。さきほど鯖という漁夫も言っていたが、それが風聞であるにしても、或《あるい》は真実かもしれない世間の取沙汰である。いずれ私たち一門は帝都へ攻めのぼるにちがいないとはいえ、いまは秘かに鋭気を養い西国一帯の人心をあつめるべきである。私たち一門の総帥、先の内大臣ともあろう私の肉親が、それに気のつかない筈はない。もしも鯖という漁夫の言った世間の取沙汰が事実なら、私たちの一門は帝都へ攻めのぼるため、もはや太宰府を出発しているのだろう。さもなければ、太宰府の行在所には何か異変が起っているのにちがいない。そのいずれにしても、私は一日も早く一門の陣営に馳せ参じたい。私は覚丹の意見を求めた。

覚丹は大事な談合にもかかわらず、例によってかんらかんらと打ち笑った。彼の説によれば、私たちの一門は筑紫を追い出されたのだという。もちろん行在所にも何か異変が起ったにちがいないが、安住の地を見つけようとして一門一族さまよい歩いているのだろうという覚丹の説であった。しかし覚丹は、もはやこのような羽目に立ちいたった上は、われわれ五艘の兵船で駈《か》けめぐって、この附近一帯の地域を確保する必要があると言った。

宮地小太郎は、ともかく世間の取沙汰を確めてみる必要があると言った。彼はこの近在の因島《いんのしま》という一つの島を領有していた土着の豪族である。附近一帯の地理人情にも言葉にも精通し、このたびの取沙汰を確めに出かけるには唯一の適任者である。彼はその適任者としての務めをはたすため、兵船一艘を借受けたいと申し出た。しかし兵卒を率いて行くというのではなく、雑人数名だけを借受けたいと言った。覚丹は膝《ひざ》を乗り出して、しからばこの泉寺の覚丹も後学のためいっしょに出かけたいと言った。小太郎は意外だというような顔をしていたが、敷楯《しきだて》に手をついて頭をさげ、それは思いがけないこの身の面目であると言った。

私は小太郎の申し出に承諾を与え、なお覚丹にも兵船一艘を率いて行くように言いつけた。覚丹は喜んでそれを受け、小太郎に従来からの小太郎の手兵三名を必ず率いて行くように言いきかせた。小太郎は初め私たちの軍門に馳せ参じるとき、手兵わずかに三名をつれて参加したのである。この三名のつわものは、小太郎にとっては謂《い》わば恩顧譜代の家来である。おそらく数多《あまた》の武卒のうちから選りすぐって連れて来たものにちがいない。この三名のつわものは具足だけは貧しげなものを身につけているが、みな一騎当千の骨格風貌《ふうぼう》をそなえている。

覚丹は今度こそ四囲の情勢からして一合戦まぬがれないことを覚悟したのだろう。率いて行く武卒たちの武器を精密に点検し、彼自身も本格的に華々しく武装した。彼は紺地に緑の唐草《からくさ》模様を染めぬいた直垂《ひたたれ》に黒糸おどしの鎧《よろい》を着て、鍬形《くわがた》うった五枚かぶとの緒《お》をしめ、鯱《いかもの》づくりの太刀《たち》をはいていた。そして大中黒《おおなかぐろ》の矢を頭高《かしらだか》に負い塗籠《ぬりごめ》籐《どう》の強弓を小腋《こわき》に持っていた。威風あたりをはらうこのいでたちは、どこから見ても僧兵くずれの出陣ぶりとは見えなかった。宮地小太郎はいつもの通り萌黄匂《もえぎにおい》の鎧を着け竜頭の歪《いびつ》になった兜を被《かぶ》り、二十四さした切斑《きりふ》の矢を負い重籐《しげどう》の弓を持っていた。彼は別に新しい黒糸おどしの鎧を一領所持しているが、着古した萌黄おどしの方が気に入っているらしい。萌黄のその派手なおどしの鎧には、若年のころ帝都にいたときの忘れ難い武勇の思い出がこもっているのだろう。

小太郎は三名の手兵と兵卒十名ならびに雑人十名を連れて船に乗った。覚丹は十名の武卒と雑人十名を従えて別の船に乗り、覚丹の船を先頭にして出帆した。覚丹は船の舳に立ち、弓を小腋にはさんでいた。その傍に雑人の一人がうずくまり、覚丹の愛用する赤柄の大薙刀《おおなぎなた》を持っていた。そして恰《あたか》もそれを旗じるしのように立てていた。

私は残りの三艘をまた船筏に組ませた。そして捕虜の土民に命じ舵《かじ》の損傷した箇所を修理させ、なお軍馬の踏みぬいた船板を別の板にとりかえさした。毀《こわ》れた楯《たて》を削って船板に造りなおすのである。捕虜の四名のうち一名は鍛冶《かじ》を心得、一名は木工を心得ている。他の二名は弓具の製法を心得ている。このように手職に応じ彼等を随時に使役するために、あらかじめ覚丹が彼等を捕虜にしたのである。彼等はその不当な身の上を観念しているらしい。私の言いつけを待つまでもなく、毀れた船板を細く割り、篝火《かがりび》用の松明《たいまつ》をつくった。そして魚油を採るため彼等は夕方になるまで魚を釣っていた。せめて釣でもするのが唯一の慰めであったかもしれない。釣は鍛冶の捕虜が一ばん上手であった。他の三人の捕虜が一ぴきも釣り上げない間に、鍛冶職は黒い鯛《たい》のような魚を四ひき釣りあげた。

私は鍛冶職の使用している釣鉤《つりばり》を見たが、彼の手製になるという錨型《いかりがた》の鉤であった。釣糸は、死んだ軍馬の尾をつなぎあわせたものだという。

以前、この船では三頭の軍馬を飼っていたが、痩《や》せ細って三頭とも倒れたので死骸《しがい》を海に棄《す》てた。しかし鍛冶職は、いつの間にその死骸から尻尾《しっぽ》をぬきとったのだろう。死骸を海に棄てるとき、私は三度ともその有様を見ていたが、鍛冶屋がそういう早業をするのは気がつかなかった。鍛冶屋の釣糸が白い馬尾であるところから見ると、彼は私の乗馬きさらぎの尾をぬきとったのだろう。きさらぎは、私たちが六波羅を立ち退《の》くとき、私の厩《うまや》から牽《ひ》き出して来た馬である。私の愛馬であった。その死骸を船ばたから海に棄てるとき、どぶんという音がすると同時に私の胸は痛く締めつけられるようであった。遺品として鞍《くら》と鐙《あぶみ》だけは残したが、さきほど私は鍛冶職に鞍と鐙を引出物として与えた。彼が私の従卒を介し、私のために鏃《やじり》二十四個を謹製したいと申し出たからである。

鍛冶屋は私の与えた鞍をひどく賞讃《しょうさん》した。それはいちめんに銀細工の金具をほどこした鞍で、賀茂《かも》の鞍造り安光の作である。この鞍は私の父が白楽天の詩の白馬銀鞍《ぎんあん》という句から思いついて、帝都きっての名匠といわれていた安光に造らせた。かつて六波羅全盛のとき私はきさらぎにこの銀鞍を置いて打ちまたがり、手に鷹《たか》を据えて太秦《うずまさ》あたりを徘徊《はいかい》したことがある。それは六波羅好みであると同時に私の父の趣味にも適していたようである。私は知っている。六波羅好みとは浮身をやつすことであった。しかし私は私たちの父であり母である六波羅がなつかしい。

同じ日の夜

私は従兄の右衛門督《うえもんのかみ》と年上の姪六代《めいろくだい》に、いずれも送るあてのない書翰《しょかん》をかいた。それを読み返してから破きすてた。

九月二十八日

覚丹も小太郎もまだ帰らない。

私は、通称十町ひと飛びの治郎治という従卒に、山の頂にのぼって見張をしているように言いつけた。治郎治は三日分の糧食を携えて出かけたが、昼すぎになると山から一散に駈け降りて崖《がけ》を滑り下って来た。彼は波打際に立って息せき切って注進した。いましも覚丹どのの兵船と小太郎どのの兵船が、海の彼方《かなた》に帆走って行くのを見たと喚《わめ》いた。しかしその二艘《そう》の兵船の後《うしろ》から、六艘の敵の船が追跡していたというのである。

十町ひと飛びの治郎治は私の船にのぼって来て、見て来た情況について仔細《しさい》に報告した。治郎治はこの島の可なり高い山のてっぺんに登り、あちらこちらの海や陸を眺《なが》めていた。すると私たちが昨日未明に立ち寄った港から、六艘の船が帆をあげ前後一列にならんで現われて来た。その後から覚丹どのの船と小太郎どのの船が現われて、この二艘の船は六艘の船を追い越すと舳《へさき》の向きを変えて矢のように走って行った。そこで六艘の船も矢のようにその後から追跡して行った。味方は無勢で敵は多勢である。豪勇覚丹どのも、老練小太郎どのも、或は涙を呑《の》んで敵の鋭鋒《えいほう》を避けられたのかもしれない。或はまた一合戦するにしても、策略をもって広々とした海上に敵をおびき出そうとされたのかもしれない。確かに二艘の船は味方の船であった。この十町ひと飛びの治郎治は、遠見のきくことにかけては自信がある。この治郎治の見た目には断じて狂いがない。

そう言って治郎治はひと息ついた。

私は直ちに援兵を繰出す必要を感じ、味方の船がどの方向を指して帆走ったかとたずねた。ところが治郎治は面目なさそうにうつむいた。

治郎治は船が南に向って帆走って行ったことだけは見とどけた。それを見たのは今朝《けさ》がたのことであったという。彼はその報告のために大急ぎで山を駈け降りたが、途中で道を失い見覚えのない磯に出てしまった。磯づたいに船の居る場所を捜そうとしてみたが、その磯は両袖に峻《けわ》しい断崖《だんがい》をひかえ、その断崖は海に突き出していた。磯づたいに進むことも山の姿を見とおすことも出来なかった。それで治郎治は降りて行った跡に引返し、もう一度もとの山に登って漸《ようや》く帰って来たということであった。

私は従卒の小弥太というものに命じ、大儀であろうが今から山の頂上に登り、夕方まで見張をしているように言いつけた。そして十町ひと飛びの治郎治に、さがって休息するように言いつけた。治郎治はしょんぼりとした恰好《かっこう》で、まだ手をつけていなかった糧食を小弥太に譲った。私は治郎治のその恰好を不憫《ふびん》なものと思ったので、治郎治に汝《なんじ》は小弥太と同行したいなら出かけてもよいと言った。治郎治は勇躍して小弥太といっしょに出かけて行った。

捕虜の鍛冶屋は磯の岩かげで鏃《やじり》を鍛えていた。彼は同囚の二人の弓具職人を助手にして、けさ早くから金槌《かなづち》の音を響かせて鍛冶仕事にとりかかっていた。この鍛冶屋が私に差出した見取図によると、このたび彼が私のために謹製するという矢の根は、すこし長めに殺《そ》いだ矛《ほこ》型の鏃で桜すかしになっている。私の未熟な弓勢《ゆんぜい》では、こういう鏃はときどき標的からそれるだろうと考える。私の左手は右手にくらべ数段と力が不足している。

捕虜の木工は山の松の木を伐《き》り倒していた。この木工も私の手もとへ見取図を差出した。それは茅葺《かやぶ》き屋根の仮小屋と思われる図であった。私たちは明日にもこの磯を引き払って行くかもしれないが、木工はすでに崖の根の姥女樫《うばめがし》の大木の下に地ならしの縄張りを設けている。地鎮《じしず》めの榊《さかき》の枝も立てている。その地面に見取図のように家を建てるつもりであろう。彼は杣《そま》仕事《しごと》に耽《ふけ》ってときどき杣歌さえもうたっていたが、気らくそうに立ち働く彼の姿を見ていると、私はむらむらと彼の心懐が羨《うらや》ましくなって来るのであった。

夕方ちかくなって、高い崖の上の一本松に一羽の鷲《わし》が舞い降りた。雑人どもはそれを見つけてわいわいと立ち騒いだ。捕虜の弓具職は雑人を介し、強弓を引く丹の季成《にすえなり》という武者に、どうかあの鷲を射とめてもらいたいと申し出た。その鳥の翼を矢羽根として謹製したいというのであった。季成は、汝ら静かにせよと雑人どもを叱《しか》りつけ、すばやく小手をはめ重籐の弓に弦《つる》を張り、二本の染矢をとって磯に降り立った。彼は先ず松の木のてっぺんの鷲を睨《にら》み、静かに矢をつがえて弓を揚げた。そうして暫《しばら》く満《まん》に引き設け、弦音たかく切って放った。鷲は翼をひろげ飛び立とうとしたが、そのまま崖下めがけて落ちて来た。季成は早くも二の矢をつがえていた。しかし鷲は胸を射ぬかれて磯に落ちたので、むしろ季成はきまり悪そうに弓を伏せて引きさがった。

捕虜や雑人どもは手を拍《たた》いて喜んだ。高安という雑人は崖下へ駈け出して行った。この雑人は鷲を抱きとると、遠くから私の方に向ってそれを捧《ささ》げて見せた。その処置について私の意向をうかがったのだろう。私は手を振った。雑人は血にぬれた矢をぬきとって、鷲を弓具職のいる方へ持って行った。いずれこの鷲の羽根で作る矢が出来あがったら、私は強弓の季成にそれを一そろい取らせようと思っている。

季成は船に立ち帰り、波打際で濡《ぬ》らした狩衣《かりぎぬ》の裾《すそ》をしぼっていた。雑人どもはまたもやわいわいと騒ぎだした。見れば、海上の南方にあたって、大きな島の右手に帆を張って行く数艘の船が見えた。船は夕陽をまともに受け、その数は八艘と見えた。しかしその八艘のうち先頭を行く船とその次を行く船は、覚丹の乗っている船と小太郎の乗っている船にちがいなかった。その後にしたがう六艘は、大型の荷積船と見えた。都合八艘の船が前後一列にならび、互に整然とした間合を置いていた。武卒等も雑人等も口ぐちに、あの二艘は味方の船だと叫び、或は覚丹どのの船だ、小太郎どのの船だと口走っていた。私の気のせいか先頭を行く船の舳には、鎧を着けた覚丹らしい人物が突っ立っているような気持がした。私は従卒に命じ、のろしの煙をひとすじ揚げさした。夕凪《ゆうなぎ》の時刻のため、煙は私の思いのまま、ひとすじになって空たかく立ちのぼった。私が固唾《かたず》を呑んで海上を見ていると、向うを行く八艘の船列の先頭に立つ船に、艫《とも》のところからひとすじの煙が出た。その煙は後方に吹き散らされて低く海面に棚引《たなび》いた。

私は従卒に煙を二すじあげさした。すると向うの八艘の船の先頭を行く船は、もうひとすじ舳のところからも煙を出した。それはことごとく胸を撫《な》でおろしたような思いから、反《かえ》って感涙を催させられたほど嬉《うれ》しい合図であった。八艘の船は右手の他の一つの島かげにかくれた。

日が沈んだ。私は深須《ふかす》の九郎という大音声で名のある武者を呼び、われわれの兵船二艘は敵の六艘の荷積船を分捕ったり、と披露《ひろう》するように言いつけた。私の代りに大きく叫ぶように言いつけたのである。深須の九郎は心得て私の前を引きさがり、舳に突っ立って得意の大音声で呼ばわった。

「みなみな、本日わが陣中に得た吉報をきけ。わが兵船二艘はまさしく敵の糧船六艘を分捕ったり。また明日は、敵の兵船十艘を分捕ることも難《かた》しとやせぬ。すなわち朝《あした》に一城を抜き夕べに一城を抜く。戴天《たいてん》の仇敵《きゅうてき》を打ち亡《ほろ》ぼせ。みなみな、今ぞ奮い立つべきときである」

そこで武卒も雑人も捕虜の土民さえもみな声をそろえ、ここぞとばかり鬨《とき》をつくった。わが水軍の作法により「ウッフーイ、ウッフーイ、ウッフーイ」と高らかに喊声《かんせい》をあげたのである。

同じ日の夜
兵卒も雑人も一同、喜色満面であった。私たちは帝都を逃亡して以来、まだ一度も本日のように鬨をあげる機会を持たなかった。
私は深須の九郎や丹の季成など数名の武卒を集め、覚丹らの分捕った船についてさまざまの想像をめぐらしながら語り合った。そして十町ひと飛びの治郎治が途方もない注進をしたことについて笑っていると、恰度《ちょうど》そこへ噂《うわさ》の当人の治郎治と小弥太とが帰って来た。彼等《ら》は船中の活気だっている模様を見て、武卒や雑人たちの語り合っている話の内容に早くも気がついた様子であった。彼等は夕方ごろ味方の船が敵船を引率するのを見たと簡単に報告し、二人とも疲労している様子で私の前を引きさがった。ことに治郎治は前に見当ちがいの注進をした手前、ひとかたならず面目なさそうな顔をしていた。

風が出て小雨が降りだした。久しぶりにきく雨の音である。

九月二十九日

覚丹と小太郎はお昼ごろ帰って来た。六艘の荷積船に兵糧《ひょうろう》を満載し、まだその上、大型の五艘の船に新しい部下を仕入れて帰って来た。覚丹といい小太郎といい、いずれも武勲赫々《かくかく》たるものである。留守隊のものどもは期せずして「ウッフーイ、ウッフーイ、ウッフーイ」と喊声をあげて凱旋《がいせん》隊を歓迎した。

しかし覚丹も小太郎も、意外に落ちつきのない顔をしていた。小太郎は私の船に乗り移ると挨拶《あいさつ》もそこそこに、船の配置や兵の勢ぞろいを指図すると言って私の船から出て行った。覚丹は周囲のものを遠ざけて手短かに報告した。

このたびの戦利品は、六艘の船に積んだ兵糧と、五艘の船に乗せた兵一百四十六名である。但《ただし》、兵一百四十六名のうち四十二名は宮地小太郎の旧部下で、六十名は弓削《ゆげ》島《しま》の豪族弓削通泰の部下である。これは弓削通泰が部下と共にわれわれ一門に恭順の志を見せたので連れて来た。残りの者は、走島《はしりじま》の豪族松永入道の部下であるが、入道の留守を幸い宮地小太郎の働きによって四十四名だけ引きとった。兵糧は十郎蔵人《くらんど》の所領地、玉の浦の麓《ふもと》の迫《せまり》という城廓《じょうかく》の倉庫から盗みとって来た。この兵糧は彼等田舎武士を帰順させるため、飾りに見せる好餌《こうじ》として先ず最初にこれを玉の浦の倉庫から盗みとった。しかし今回のわれわれの遠征を、泉寺の覚丹の乱として青史に記録することだけは遠慮していただきたいと思う。何となればこの遠征は、すべて宮地小太郎の指図とその豪胆無比な働きによって、われわれ風情《ふぜい》でさえも始終ことなきを得たからである。

覚丹はまるで駈足《かけあし》のようにして忙しげにそう言って、引きつづき筑紫における平家一門の噂を報告した。もしこの噂が事実であるとすれば、私たちの一族一門は惨《みじ》めすぎるといわなければならない。

九国には原田、菊池、臼杵《うすき》、戸《へ》次《つぎ》、松浦《まつら》の諸党がいる。これらの諸党は主上を迎え奉り平家一門に合流し、太宰府に行営《こうえい》をいとなんで主上を護衛し奉っていた。しかるに今年二月ころには、まだ原田ならびに菊池らは平家に反旗をひるがえしていた。その追討使として下向《げこう》していた刑部卿《ぎょうぶきょう》三位藤原頼輔《よりすけ》の子頼経《よりつね》は、国司代としていまだに筑紫に在国する。はじめ頼経は平氏の代官として下向したものであるにかかわらず、法皇の院宣《いんぜん》と称し平家一門の太宰府入りを妨害した。そうして尾形の三郎という素姓《すじょう》不明の強力無双の野盗を味方につけ、更に臼杵、戸次、松浦などを語らって太宰府に攻め入った。その軍勢三万余騎、どっとばかりに押し寄せて来た。原田、菊池の党は主上の護衛として防戦につとめ、その間に平家の一門はとるものもとりあえず主上を奉じて落ちのびた。折から篠《しの》つく大雨が降りだしたが、駕輿丁《こしかき》は早くも逃走し御輿《みこし》を進めまいらせるものもない。主上には腰輿《たごし》に召されて筥崎《はこざき》まで落ちさせ給うたということである。かくして、平家の一門は再び主上を奉じ山鹿《やまが》の城に立籠《たてこも》ったが、敵の襲来するという噂をきいてその城を逃げだした。そして小舟に乗って浦づたいに豊前《ぶぜん》のくに柳浦というところに落ちついた。それが今月の十日のことであったという。流離の身には浦吹く風も身にしみる。十三日の月明の夜、左中将は小舟に乗り念仏を唱えながら入水《じゅすい》された。しかし左中将が入水されようとも左少将が悲しい音の笛を吹かれようとも、敵の三万余騎はそんなことには容赦をしない。平家が柳浦にいれば柳浦に攻め寄せて来るだろう。宇佐に逃げれば宇佐に襲来するだろう。この有様を知った長門の浦の紀の通助は船を仕立てて主上を迎え奉り、四国に渡しまいらせ讃岐《さぬき》の屋島に着け奉った。平家の一門も、通助の献上した五百余艘の船に分乗して漸くのこと讃岐に渡ることが出来た。過日、われわれは玉の浦で半裸体の漁夫を糺明《きゅうめい》した際に、まさにこの噂を裏書きする世間の取沙汰《とりざた》をきいたではないか。

覚丹はそう言って無意味に兜の緒を締めなおした。彼はまだ兜をぬぐことも忘れていたが、これより直ちに神速をもって出陣すべきだと言った。手後れになっては内海の制海権を得る機会を失ってしまうというのであった。

私は涙をこぼすまいと努めながら甲冑《かっちゅう》をつけ、黄金《こがね》づくりの太刀をはいた。そうして二十四さした白羽の矢を頭高に負い、私の三挺《ちょう》の弓のうち一ばん重い重籐を持った。覚丹は私のいでたちを前後左右から点検し、肩が張って見えるように兜を猪首《いくび》に着けてくれ、采配《さいはい》をとって私の腰帯に工合よく差してくれた。

私は覚丹と打ちつれて船から出た。

磯には軍兵が四つの陣にわかれて勢ぞろいしていた。向って左手に私たちの武卒が横列をつくり、その斜め後の陣には、宮地小太郎が先頭に出て、総じて黒っぽい鎧が多く見える五十名内外の武卒が横列をつくっていた。それとすこし離れて右手には、人数六十名ばかりの兵卒が横列をつくっていた。覚丹はこれを弓削の通泰の一党であると言った。この横列の斜め後には、四十余名の兵卒が横列をつくっていた。その陣の先頭に紺糸おどしの鎧を着て立っているのは、きのう首尾よく鷲を射落した丹の季成であった。たぶん季成は宮地小太郎の指図でその陣の旗がしらに立っていたのだろう。これは覚丹の説明を俟《ま》つまでもなく、走島から間引きされて来た松永入道の旧部下である。

私は覚丹の案内で、磯の袂《たもと》のところにころがり出ている平ったい大岩の上に出た。その高みから見渡すと、軍兵の配置は形式において鶴翼《かくよく》の陣型をつくっていた。水軍を扱い慣れている宮地小太郎は、こういう陣型に軍兵を勢ぞろいさせなくては気持がひきしまらないのであろう。

はじめ私の従卒五名は、鶴翼の陣型の埒外《らちがい》に立っていた。しかし私が岩の上に出て軍勢を見渡したときには、従卒等はすでに岩の下に立っていた。従卒の一人は岩の上に出て、手に持っていた床几《しょうぎ》を据《す》えて引きさがった。

覚丹は床几の傍《かたわら》に膝を開いてうずくまり、弓を左の小脇に抱えた。私は落ちついた動作で床几に腰をかけ、ゆっくりと采配を腰帯から抜きとって膝の上に立てた。それと同時に軍兵一同は、申し合せたように弓を持ちなおし「ウッフーイ、ウッフーイ」と喊声をあげた。波打際のところに集まっていた四人の捕虜も、声をそろえて「ウッフーイ」と叫んだ。

私は床几に腰をかけたまま軍兵一同に出陣の令を発した。それは出陣の令というよりも一場の訓辞というようなものになった。

「みなみなに告げる。みなみなの凜々《りり》しき風貌に接し本懐の至りである。いまや秋天高く肥馬《ひば》いなゝき勇む。正義のいくさに出るはこのときである。われらの敵は、畏《かしこ》くも一天万乗の君を波路はるかに筑紫に流し奉《たてまつ》った。つづいて屋島に流し奉った。その敵を討てよ。さらば誠忠の将士は期せずしてここに集まった。その誠忠の将士は、誰々ぞ。曰《いわ》く、豪勇無双の弓削の通泰とその一党。曰く、松永党の諸人数。曰く、宮地小太郎とその一党。曰く、わが平家一門の家の子郎党。われらはこれより錦《にしき》の御旗をすすめて行こう。神かけて、われらは錦の御旗を奉じている」

私の訓辞が終ると軍勢一同、再び「ウッフーイ」の鬨《とき》の声をあげた。それは軍勢一同が、私に固く誠忠を誓ったしるしの叫び声なのである。

同じ日の夜

私たちはいま大三島《おおみしま》という島にいる。きょうの合戦で私たちは兵十二名を失って敵兵二十人を倒し、敵兵一百二人を味方につけた。

私たちは一つ一つの島を討ち従えながら屋島に行く。

いま私は疲れている。早く眠らなくてはいけない。

正月二十九日（寿永三年）

きょう夜明け前に、私たちは先鋒隊《せんぽうたい》として須磨浦《すまのうら》に着岸した。かねて見覚えのある鉄拐《てっかい》の峯《みね》には、ところどころに雪が消え残っていた。まだ私たち一門が福原の都住まいをしていた当時、私はこの峯を霊峯《れいほう》として崇《あが》めるように父から教訓されていた。或《あ》るとき、二羽の鶴がこの峯の中腹に舞いおりるのを見たことがある。私たち一門の福原の屋敷跡は全く廃墟《はいきょ》と化していた。崩れ落ちた瓦《かわら》と礎石が跡をとどめているだけである。萱《かや》の御所、二階の桟敷《さじき》殿の焼跡は、すでに麦畑に開墾されている。浜の御所の焼跡には、掛小屋づくりの貧弱な民家が建っている。私は配下の兵船十艘を船筏《ふないかだ》に組ませ、士卒を福原の民家に分宿させた。私は泉寺の覚丹の提言により、部下の掠奪《りゃくだつ》を禁じ女色を堅くいましめた。泉寺の覚丹は僧形に身をやつして世情の偵察に出た。

日が暮れてから覚丹が帰って来た。彼の報告によると、すでに帝都では改元の儀が行われ元暦《げんりゃく》と改められたということである。そして去る二十一日には、これまで帝都を横行していた木曾の軍勢が、鎌倉の軍勢の一と打ちによって脆《もろ》くも滅亡したそうである。覚丹はその合戦の有様を、旅の向い礫《つぶて》から詳しくきいて来たという。鎌倉の軍勢は六千騎、これが二隊にわかれて帝都に押し寄せた。一隊は蒲《がま》の冠者《かんじゃ》を大将軍として勢多《せた》に押し寄せ、一隊は源九郎《げんくろう》を大将軍として宇治に押し寄せた。木曾の軍勢は二千余騎であった。これも二隊にわかれて宇治と勢多を守ったが、先ず宇治が敗れ源九郎の軍に河を渡された。源九郎の軍は直ちに数隊にわかれて攻め寄せた。木曾は敗戦と見て院の御所に馳《は》せ参じ、法皇を奉じて臨幸を強請したてまつろうとした。このときすでに東軍は、木幡《こはた》、八条、伏見に攻め寄せていた。木曾は止むを得ず臨幸の願いを断念し、院中を駆け出《い》で宇治の残兵三百余騎をもって六条河原に東軍を邀《むか》えた。しかし散々に打ち破られ、勢多の一隊と合流するため粟田口《あわたぐち》から長坂を越え、近江《おうみ》に落ちた。東軍は洛中《らくちゅう》に乱入した。源九郎は時を移さず御所の門前に駆けつけ、門外にあって馬上から声高らかに奏聞《そうもん》した。勅状により頼朝《よりとも》の使者として舎弟義経《よしつね》、宇治路を破って参上つかまつったる趣を奏聞したのである。法皇には御感《ぎょかん》あらせられ、中門の外の御車寄の前に下馬伺候する源九郎を御覧あそばされた。このとき源九郎に従う面々は、畠山の次郎、渋谷の小太郎、佐々木の四郎、梶原《かじわら》の源太、安田の三郎という五名の荒武者であった。法皇にはこの東国武士の生国氏名年齢を御下問あって、彼等の面《つら》だましいといい骨柄《こつがら》といい、まことに頼もしく見ゆると仰せられた。

また一方、勢多の渡しを守っていた木曾の兼平《かねひら》の軍勢は、蒲の冠者の率いる東軍に田上《たかみ》の貢御瀬《くごせ》を渡された。兼平の兵は五百騎である。多勢に無勢、散々に打ち破られて大津に退く途中、粟津の原で敗残の義仲に行きあった。義仲の兵はわずか七八騎に打ちなされていた。このとき時刻は入相《いりあい》ちかくであった。兼平は伏せていた旗を高くたてた。すると森かげや溝《みぞ》のなかから、討ち洩《も》らされた木曾の残兵が馳せ集まって、その勢四百余騎になった。義仲は北陸道に逃れて行くつもりかもしれなかったが、すでに蒲の冠者の大軍に取り囲まれていた。木曾の軍はきびしく攻めたてられ、四百余は三百騎となり、二百騎となり、百騎となり、二十騎となり、漸く駆け破ったときには主従二騎となっていた。その一騎は兼平であった。兼平の箙《えびら》には矢が七八本ほど残っていた。義仲はおそらく自害して果てようと思ったのだろう。兼平が防ぎ矢を射ている間に粟津の松原の方に逃げだした。兼平は矢を射つくして、鐙《あぶみ》踏張り突っ立ちあがり、寄せ来る大軍に向って大音声《だいおんじょう》をあげた。

「いかに東国の人びと、承れ。これは信濃《しなの》の国の住人、木曾の兼遠《かねとお》の一子である。国《おん》を出てよりこのかた十幾度の合戦に、まだ一度も不覚をとったことのない木曾殿の御乳人子《めのとご》、今井の四郎兼平というものである。この名前は汝等《なんじら》の大将軍鎌倉殿も御存じである。汝等、この兼平を討ちとって、鎌倉殿より勧賞《けんじょう》を承れ」

丁度そのとき、義仲は馬から降りようとして兼平の方を振りむいた。義仲のその内かぶとに一本の矢が突きたった。可なりの傷手《いたで》であったろう。義仲は、かぶとの真向《まっこう》を鞍《くら》の前輪に押しあてて、うつ伏した。そこを駈《か》け寄って来た東軍の郎党の手で討ちとられた。兼平は馬にまたがったまま腹をかき切った。そして太刀のきっさきを口にふくみ、馬からまっさかさまに落ちた。太刀は兼平の項《うなじ》に貫いていた。この日、義仲は赤地の錦《にしき》の直垂《ひたたれ》に唐綾《からあや》おどしの鎧を着て、鍬形《くわがた》うった五枚かぶとを被《かぶ》り黄金づくりの太刀をはいていた。馬は木曾の鬼蘆毛《おにあしげ》という逞《たくま》しい馬であった。

木曾や兼平のこの最期は、もはや洛中洛外に知れわたっているにちがいない。泉寺の覚丹よりすこしおくれて偵察に行った宮地小太郎も、覚丹と大同小異の報告をもたらした。

今宵、深更に及んで後続の大人数が上陸した。主上の叡船《えいせん》も警固の船も着岸した。しかるに主上におかせられては、万一の敵の夜襲にそなえて御上陸あそばされない。和田の浜辺に叡船を近づけさせられ、海上にあってそこを御遷幸《ごせんこう》の御陣所とあそばされている。衛士《えじ》は渚《なぎさ》におりて篝火《かがりび》の手筈《てはず》をととのえているが、敵の目を忍ぶため火はかかげない。私の宿所では、いま宮地小太郎が焚火《たきび》をたいている。その焚火の明るみで、今宵もまた私はこの日記をしたためている。泉寺の覚丹は焚火に背を向けて眠っている。

正月三十日

いわゆる元暦元年正月三十日である。しかし私はあくまでも寿永三年正月三十日と記したい——寿永三年正月三十日。

きょうは早朝から防禦《ぼうぎょ》陣地の工事に忙殺された。土民や雑人《ぞうにん》を使役して、しがらみにする大木や垣楯《かいだて》にする石を運搬させ、高櫓《たかやぐら》を築く木材を山から運び出させるのである。

三位中将から与えられた陣地見取図によると、このたび私たちのたてこもろうとする城砦《じょうさい》は南北がせまく東西に長くひろがっている。東は生田《いくた》の森を大手の木戸口と定め、西は一ノ谷に城廓《じょうかく》をかまえる予定である。その間、三里を隔てている。大将軍の陣は福原であろう。見取図によると、ここには高櫓が建てられ、湊川《みなとがわ》、板屋戸、須磨にも軍兵の籠《こも》る垣楯が設けられる趣である。北は山の麓から南は海の遠浅にいたるまで、しがらみや垣楯が張りめぐらされる。なお、一ノ谷には主上の御遷幸陣地を造営し、一ノ谷の西には後陣を長く引き、室《むろ》、高砂《たかさご》、明石《あかし》の浦《うら》まで陣型をひろげる模様である。一ノ谷は長さ四町余、横二十間、谷口から波打際まで凡《およ》そ一町余。一ノ谷から二ノ谷に到る間には、二町四十間にわたって絶壁がつづいている。この絶壁に沿い、私たち一門の陣屋が設けられることになっている。一ノ谷の主上の御陣所には、周囲に土手を立てめぐらし、内裏《だいり》、屋敷、ならびに陣地は、合計二十間四方の見積りである。内裏の前面には風よけの樹木を移し植え、庭前には筧《かけひ》をひき、ここを皇居となし奉るのである。

泉寺の覚丹はこの見取図を見て、図面の上ではなかなか由々しき籠城《ろうじょう》の構えだと言った。そして彼は天の一角を睨《にら》み、この城廓の工事は一日も早く完成しなければならないと言った。なぜかというに、帝都では源九郎が木曾追討の後始末を大急ぎに急いでいるからである。木曾の降人《こうにん》樋口《ひぐち》の兼光をはじめ木曾の残兵を捕えると、即日ことごとく獄門に懸けている。勝ちいくさであるにもかかわらず、源九郎がこのように戦後の始末を急ぐのは、一日も早く帝都を出て平家一門と雌雄を決せんがためにちがいない。彼は平家追討の院宣を法皇に願い奉ったということである。法皇におかせられては、去る二十一日の夜、院の御所で御評議をお開きになったと巷間《こうかん》みな洩《も》れ承っている。しかるに本日は突如として、私たちの一門に対して法皇からの密詔が下って来た。来《きた》る二月八日には和睦《わぼく》の使者を差向けるによって、それまでは決して戦を起してはならぬとの仰せである。なお、この旨は源氏の将兵たちにもくれぐれも申し含めてあるによって、平家のものどもそのつもりで安徳天皇ならびに神器を奉じて都へ還《かえ》られたいと仰せらるる密詔である。これは院の御所の朝臣たちが、神器を無事に帝都に迎え奉るための計略だろう。われわれは一日も早く築城を完成させる必要がある。神速の源九郎は、もはや出陣の用意をしているかもしれない。——泉寺の覚丹は、法皇からの本日の密詔について、そういう穏やかならぬ見解を述べた。しかも彼は天の一角を睨み意気昂然《こうぜん》として述べた。

きょう宮地小太郎の指揮に属する人夫のうち、二人まで怪我をした。一人は誤って材木の下敷きになり肩の骨を折った。一人は怠けて逃げ出そうとするところを目附《めつけ》の士卒のために腕を打ち砕かれた。いずれも湊川の民家から徴発されて来た中年ものの人夫である。二人とも命に別条ない。彼等は傷の癒《い》え次第すぐまた働きに伺いたいと誓った後、なさけなそうな顔をして帰って行った。しかし湊川でも福原でも土民たちは、もはやたいていどこかに逃げ出している。私の宿所にあてている民家でも、けさ起きてみると老若十人の一族が行方しれずになっていた。この現象について覚丹は、民衆というものが一ばんよく世の動きを感じると言った。源氏がここに攻めよせて来る前兆だというのである。しかし私たち一門の人びとは法皇の密詔を半ば信じ、城廓の構築もべつだん急ぐような様子はない。

薄暮、兵船四十艘を率いて能登守《のとのかみ》が和田の浜に着岸された。能登守は去る九日に屋島を船出して、内海の島々に転戦しながら本日到着されたのである。このたびは、塩《し》飽《あく》ならびに来島《くるしま》の海賊衆と和議をととのえて帰られたという。その噂《うわさ》はたちまち陣営じゅうに知れわたり、泉寺の覚丹も今後は明石の浦以西の制海権がわが手に帰したと言って喜んだ。かねがね宮地小太郎も塩飽の大海賊はおそるべきものだと言っていた。小太郎も昨年まで備後《びんご》因島の海賊の頭領であった。それが私たち一門に合流し、三位《さんみ》中将の仰せで私の配下に所属した。彼は実直一徹の老武者で海上の戦術に練達し、今では豪傑の覚丹と肝胆相照す仲である。

今宵も小太郎は熾《さか》んに焚火をたいている。覚丹は木の枝で灰の上に字を書いたり消したりして、ねむそうにしながらも木の枝で書く写経に余念がない。いま彼は、勧学院の秀才時代における若き日のことでも思い出しているのだろう。

正月三十一日

福原の陣地の高櫓が落成した。その頂には幾十流ともなく平家の赤旗を立て、そこに登っていた三位中将の老いたる馬丁は太鼓を打ち鳴らし、ときどき「ウッフーイ、ウッフーイ」と喊声《かんせい》をあげていた。

きょう私は終日、崖《がけ》の下に積み重ねてある材木に腰をかけ、宮地小太郎が人夫を指揮するのを見物した。小太郎は垣楯の内側に冬葉のある樹木を植えさせて外側に逆茂《さかも》木《ぎ》を打ちたてさせた。鹿砦《ろくさい》と風致林とを兼ねそなえた垣楯である。工事見廻りに出張された三位中将も、この垣楯はなかなかよく出来ていると仰有《おっしゃ》った。間もなくして、同じく工事見廻りに来た私の父は、風致林などつくるひまに崖の根に堀《ほり》でもうがった方がいいだろうと言った。このたび籠城を主張される三位中将と、帝都急襲を主張する私の父は、このように垣楯の体裁についてまで意見が一致しない。概《おおむ》ね小松宗家の血をひく人たちは、いつの場合にも激戦を避けようとする傾きがある。

生田の森の柵《さく》は七分通り出来あがっていた。搦手《からめて》の一ノ谷の柵は、まだ三分の一も出来ていないということである。

覚丹は今朝早く高取の峯《みね》に出かけて行った。彼は私たちの今度の軍規によって、掠《りゃく》奪《だつ》と女色が禁じられているので無聊《ぶりょう》に苦しむと愚痴をこぼし、人夫たちといっしょに逆茂木の伐採に出かけたのである。しかしその軍規は、彼自らの提言によって出来たものである。

日没後、私と覚丹と小太郎の三人は焚火の周りに鼎坐《ていざ》して、東軍の兵について語りあった。しかしまだ未熟な私は、練達の小太郎と博識の覚丹の話を黙ってきくだけである。覚丹は東軍の兵数五千騎ぐらいだろうと推定した。小太郎はその兵数二千騎ぐらいだろうと推定した。はじめ六千余騎で攻めのぼって来た東軍は、木曾の軍勢二千余騎をたった一日で殲滅《せんめつ》させてしまった。東軍も可なりの創痍《そうい》を受けているにちがいない。その創痍はどの程度まで癒えているかという懸案であるが、覚丹と小太郎の概算には二倍以上の開きがある。これは覚丹が、源九郎の戦略と武勇を無上に高く評価している証拠である。しかも東軍は宇治勢多の合戦が終ってから、まだ軍勢の補充が出来ていないそうである。このように覚丹に高く評価されている源九郎は、よほど智勇兼備の名将にちがいない。

覚丹の説がもしも事実なら、源九郎は神器を失うことなど意に介していない。ただ一途に平家に対する復讐《ふくしゅう》の念に燃え、いかにして私たち一門を打ち挫《くじ》くか専《もっぱ》らそのことに苦心している。今こそ亡父義朝の怨《うら》みをはらすときだと思っている。彼は闘志に燃えている。彼は天嶮《てんけん》や要害をおそれない。頼朝の大眼目は関東だけを領有する望みであるが、源九郎は頼朝の命がなくても院宣がなくても平家を亡ぼす決意であろう。覚丹の言うところによると、源九郎のそういう復讐の念は「会稽《かいけい》の恥を雪《すす》ぐ」覚悟というのだそうである。覚丹は「会稽の恥」という言葉の由来について、こまごまと宮地小太郎に説明した。小太郎もその言葉は最近どこかできいたことがあるようだと言った。このごろ流行しはじめた言葉である。

覚丹は源九郎の噂をするのに「源九郎」と呼びすてしたが、小太郎は源九郎のことを「御曹司《おんぞうし》」と敬称した。しかし小太郎は覚丹ほど「御曹司」の武勇を高く評価していない。小太郎の説によると、源氏では鎮西《ちんぜい》八郎と悪源太《あくげんた》を最後に武勇が種ぎれになった筈だという。彼はかつて保元平治のころ平家の軍に馳せ参じ、待賢門の戦にも河原《かわら》おもての戦にも奮戦した経験がある。そのときの鎮西八郎や悪源太の豪勇ぶりが、よくせき骨身にこたえて印象されたのであろう。いかに「御曹司」とはいえども、八郎大明神や源太明神には及ぶまいというのであった。しかも、このたび平家の総勢は二万七千余にも達している。畿内近国、山陽、南海、九国の軍勢が、私たちに荷担している。小太郎は自分の味方に加わった兵が、みな自分と同じように忠勤をはげむと思っているらしい。

二月一日

きょうは左中将ならびに私の父の供をして、乗馬で丹波路の地形を見に行った。一ノ谷から塩谷を経て、下畑、多井畑《たいのはた》、三木、小野、三草のあたりまで行って見た。東軍の一隊は必ずこの道に迂回《うかい》して来るだろう。左中将や私の父は合計四十騎を従えて、私たち同勢はときどき速歩で馬を駆けさせた。私は塩谷を過ぎたとき初めて気がついたが、いつの間にか十町ひと飛びの治郎治が私の乗馬の後から駈足でついて来ているのであった。彼は騎馬武者といっしょに疾走することを唯一の好物としている男である。きょうもおそらく駈けだす機会をねらっていたのにちがいないが、徒歩では可なり難行軍であったろうと思われる。それでも彼は路傍の梅を折りとって、花を散らさないようにお土産《みやげ》に持って帰るだけの余裕を見せた。

丹波路は非常に道幅が狭い。多井畑という部落の先は山路にかかり、そこからさらに道幅が狭くなっている。その山路は山瀬に掘り流された窪《くぼ》みを伝わって行く一本筋の路である。騎馬で進むのは到底困難なばかりでなく、側面から夾撃《きょうげき》されたらひとたまりもない。

帰りには下畑あたりで日が暮れたので、私たちは治郎治を先に立てて夜路を帰って来た。私の陣所に帰って見ると、覚丹が焚火に暖まりながら宮地小太郎のために兵書を講じていた。おそらく彼は小太郎の切なる懇望によって、とうとうその巻物をとり出して来たのであろう。かつて私たちが屋島の陣屋にいたときにも、覚丹は小太郎が再三再四それを所望しなくては巻物をとり出して来ようとしなかった。なぜかというに覚丹は、小太郎がそういう兵書などことごとく暗誦《あんしょう》しているのを知っていたからである。小太郎はただ自分の暗誦したことがあるなつかしい兵書を、自分の畏敬《いけい》する豪傑にじっくりと大きな声で朗読してもらいたかったのだろう。

小太郎は端然として坐《すわ》り、覚丹の朗読するのをきいていた。覚丹は焚火に背中を向け、巻物をひろげて或る一齣《ひとこま》を幾度もくりかえし朗読していた。覚丹も小太郎もその一齣をよほど慎重なものとしていたにちがいない。

「故に、兵は拙速を聞くも、いまだ巧にして久しきを観《み》ざるなり。故に兵は拙速を聞くも……」

小太郎は静かに私の方を振りかえって、静かに坐りなおして私に会釈《えしゃく》した。覚丹は巻物をたたみ、それから鄭重《ていちょう》に私に会釈した。私は丹波路の道幅や細い山路や地形について、見て来たままを彼等に物語った。しかし覚丹は私より以上に丹波路の事情に通じていた。

きょうは波の音が至っておだやかである。

例によって覚丹は、焚火に背を向けて眠っている。小太郎は私のために、焚火を熾んにたいている。さきほど覚丹が梅の枝を見て、彼の若年のころ愛誦していたのを思い出したという漢詩。

雑　詩

已《すで》に寒梅の発《ひら》くを見る
また啼鳥《ていちょう》の声を聞く
愁心　春艸《しゅんそう》を視《み》て
玉階に向つて生ずるを畏《おそ》る

作者は唐の王維《おうい》、字《あざな》は摩詰《まきつ》、太原《たいげん》の人。この詩は立春の作であるという。

二月二日

東軍が明朝早めに攻め寄せて来るという噂がつたわった。しかしまだ二三日はここまで攻め寄せて来るとは思われない。どこの陣地でも、士卒、雑人、土民、みな一如となって応急の防備工事を施した。二位大将は、わが一門における豪勇随一の誉ある能登守に、丹波路の三草山の防ぎを命じられた。どういうものか能登守はその任務を辞退された。海戦のとき大いに働こうとの考えかもしれない。代りに新三位中将が三草山に向って出発された。

明朝の敵軍来襲を伝える合図は、その方角において法螺貝《ほらがい》または竹筒の音、勢ぞろいの合図は太鼓の音である。覚丹と小太郎は早くから寝床についた。

二月三日

きょう敵軍の来襲するという噂は流言であった。源九郎の故意に放った流言であろうということである。私たちの軍勢が帝都を急襲する機先を制し、源九郎は帝都を出発したと見せかけたのであろう。また事実、源九郎はすでに帝都を発足し、いまごろは強行軍しているだろう。

お昼すぎ、仮陣屋で大評定があった。私は覚丹の入れ智恵で、私の父に次のように提言した。

われわれ誰しも覚悟しているように、東軍は大手の生田の森と搦手《からめて》の一ノ谷を襲撃する。しかし搦手の敵軍は、大手にくらべ大迂回する必要がある。彼等は帝都を発足すると直ちに丹波路を選ばなくてはいけない。亀岡から園部、篠山《ささやま》に出て、三草山を越え、播磨《はりま》の国に出て印南野《いなみの》を南下する。彼等がそういう大迂回をしている間に、われわれは生田の森から討って出て、帝都を急襲するのが良策である。寡兵《かへい》の東軍は大手と搦手に二分され、大手の東軍がさらに寡兵になっているのはいうまでもない。われ等はこのときが到来するのを待っていた。もしも搦手の敵が源九郎の軍勢なら、まさに千載一遇の機会である。いまや、われわれは二万数千騎の大軍をもって、大手の蒲《がま》の冠者《かんじゃ》の軍勢を蹴《け》散《ち》らすべきである。帝都を急襲すべきときである。われわれの夢にも忘れることのできない帝都に還《かえ》るは今である。われわれの懐しい父であり母である六波羅に還るときは今である。

私は覚丹がそう言った通り、そのように煽動《せんどう》的な言葉をもって私の父に告げた。父は私の顔をつくづく打ち守り、汝は天晴《あっぱ》れな者になったと感嘆した。その目には涙さえ宿っていた。

しかし仮陣屋における大評定では、籠城《ろうじょう》の方針に一決したという。小松宗家の人たちが、私の父や能登守の主張をしりぞけたということである。

覚丹は非常に落胆して、その日はもう一とくちも口をきかなくなった。それで私もがっかりした。宮地小太郎も、ひとしお意気銷沈《しょうちん》していたようである。しかし、さきほど小太郎は、風致林を施した崖下の陣地に出かけて行った。覚丹は例によって焚火を背にして眠っている。

二月四日

きょうは故入道相国の忌日である。和田の浜辺の叡船では仏事が行われ、そこかしこの仮陣屋でも念仏の鐘を打ち鳴らす音がきこえていた。

東軍は明後日まで三日間は攻め寄せて来ないという噂がつたわった。明後日は悪日、明日は西ふさがり、今日は入道相国の忌日である。平家の仏事を妨げるのは罪が深いと源九郎が評定していたという噂であった。しかしこの噂も源九郎が故意に放った流言かもしれない。その実、彼は私たちの防禦《ぼうぎょ》工事が完備しない間に、一日も早く攻め寄せようと強行軍をつづけているだろう。もしも彼が帝都を発足するに先だって、そういう流言を放つように準備しておいたとすれば、彼は丹波路に迂回しているのにちがいない。

私は叡船の仏事に詣《まい》った後、束帯をつけたまま父の陣所を訪ね、父や舎弟たちと最後の挨拶《あいさつ》をとりかわした。敵の軍勢がいよいよ迫って来ていることが感じられたからである。父はもはや覚悟をきめていた。私は溢《あふ》れ出る涙のため口をきくことが難かしかった。本年十一歳の舎弟も十歳の舎弟も、私の涙に誘われて彼等は声をあげて泣きだした。父は私が束帯をつけて泣いているのを見苦しいと思ったのであろう。汝は若年とはいえ武蔵守《むさしのかみ》ではないかとたしなめたが、父もそのまま口をきくことが出来なかった。

母は叡船に伺候しているということであった。私は母に会わないで私の宿所に帰って来た。そして束帯をぬぎ具足をつけようとしていると、具足の傍《かたわら》に今朝ほどまで覚丹の佩用《はいよう》していた太刀が落ちていたのに気がついた。その太刀の柄《つか》には折りたたんだ白絹が結びつけてあった。白絹には覚丹の達筆で、拙者はこの城砦《じょうさい》を脱走するが、いつでも気の向くとき拙者の行く先に訪ねて来てくれという意味のことが書いてあった。彼の行く先は生野路《いくのじ》の棚田というところだという。そうしてこの太刀は、これを脱して相贈る、平生一片の志と思えよと、書き添えてあった。

覚丹は今朝、能登守が三草山の防ぎに参加されたので、殊《こと》のほか落胆していたようである。もはや平家には生田の森から討って出る大将が一人もいなくなったので、覚丹は平家の前途に愛想をつかしたのにちがいない。彼はおそらく仏事中の慌《あわた》だしさを利用して、僧兵時代から愛用しているという朱の柄の大薙刀《おおなぎなた》を担いで悠々《ゆうゆう》と立ち去ったのであろう。

二月五日

きのう泉寺の覚丹が私の陣から脱走して行った思いがけない出来事は、私にとっても覚丹に師事していた宮地小太郎にとっても衝撃的な大事件であった。覚丹は私の配下に属する将卒のうち自他ともにゆるす抜群の豪傑であった。彼は陰陽学と天文の応用によって世情の動向を知り、われわれ一門のため一日も早く有利に兵火を切りあげようと肝胆をくだいていた。その心情はまことに絶讃《ぜっさん》に値するものがあった。

しかし覚丹が脱走したという動かせない軍規違反は、私たちの軍規によれば直ちにそれを評定所に報告する必要があった。私は宮地小太郎に言いつけて、覚丹の残して行った証拠物件を軍の評定所へ持参させようとした。覚丹は日ごろ佩用していた蛭巻《ひるまき》の大太刀と、これを脱して相贈る平生一片の志と思えと書いた白絹のきれを残して行ったのである。宮地小太郎はその大太刀と白絹のきれを持って宿所を出て行ったが、間もなくして非常に窶《やつ》れ果てた顔つきで帰って来た。小太郎は私に向って無言のまま鄭重《ていちょう》に一礼し、無言のまま部屋の片隅に退いてまたもや一礼した。そうして、何か申しわけない罪を犯して引据えられた土民たちがするように、彼は膝《ひざ》の上に両手を重ねて深くうなだれた。一目瞭然《りょうぜん》、それは彼が畏敬《いけい》する覚丹の罪状を押しかくすため、証拠物件をどこかそこらに隠匿《いんとく》して来たものにちがいなかった。しかも、生田の森の城内かまたは一ノ谷の城内に行って来たと見せかけるにしても、虚偽を演ずることのへたくそな小太郎はあまりにも短時間のうちに帰って来た。私のこの宿所から生田の森の陣所までは往復二里六町、一ノ谷の陣所までは往復二里十町の道程である。いずれにしても彼は騎馬で出かけたと私に見せかけることを忘れていたようである。しかし私は彼を糾問《きゅうもん》することを止め、御苦労であったとただ一言そう言って暗黙のうちに彼のとった処置に了解を与えた。かつて泉寺の覚丹が私に教えてくれた金言によれば、こういう場合に私は見て見ぬふりをすべきであった。一軍の将というものは、覚丹の表現によると部下に対し「猥《みだ》りに糺《ただ》さず、もってその志を犯さず、機を失わしめず」と心得るべきだというのであった。

私は寧《むし》ろ覚丹の脱走したことを宮地小太郎に知らせなかった方がよかったかもしれない。もしこの出来事が部下一同に知れわたると私の配下全体の士気にかかわるのはいうまでもない。ところが私の従卒十町ひと飛びの治郎治は、早くもこの機密を嗅《か》ぎつけたらしい。この者は、走ることも人並はずれているばかりでなく、秘密の噂をきつたえることにも抜目がない。治郎治は今暁《こんぎょう》まだ暗いうちに宿所に駈けつけて来て、泉寺の覚丹どのが飄然《ひょうぜん》と舞い戻られたように見ゆると注進した。さきほど一ノ谷の城《き》戸口《どぐち》で、夜営の焚火《たきび》を見ていると、大薙刀を携えた覚丹が焚火のそばを悠々と通りすぎるのを見た。それで急いで注進に及んだというのであった。私は思わず快哉《かいさい》を叫び、そしてこういうときのいつもの習慣で治郎治に小袖《こそで》を与えたが、堅く彼をいましめた。汝等ごとき雑輩は、豪勇覚丹について余計なことを言うものでないと叱咤《しった》して、彼を戸外に追い出したのである。

私は宮地小太郎を連れて宿所を出ると、今は廃墟《はいきょ》になっている岡《おか》の御所の焼跡に駈け登り、覚丹の帰るのを待ち受けた。そのときの私のいつわりない気持をいえば、覚丹と顔をあわせるのが何となくきまりが悪いような心地であった。宮地小太郎は恰《あたか》も覚丹を三千里外に郊迎《こうげい》するかのように、儀式ばって私のかたわらに膝をついていた。

すでに東天は白み、浜の御所の廃墟や福原の旧道には朝靄《あさもや》が立ちこめていた。やがて岡の麓《ふもと》の朝靄のなかに、薙刀を杖《つえ》にしてのっしのっしと歩いて来る覚丹の姿がぼんやり現われた。私はきまり悪いのを忘れて軍扇を高く打ち振った。小太郎も軍扇を高くさしあげて「ウッフーイ、ウッフーイ」と、わが水軍の方式で鬨《とき》をあげた。時ならぬこの鬨の声は、覚丹でなく浜の御所の陣にいた兵卒たちの反響を呼び起した。その方角の靄の底から「ウッフーイ、ウッフーイ」と呼応する声が起った。つづいて萱《かや》の御所や二階の桟敷《さじき》殿の焼跡の方角でも、それに応じる声がきこえた。靄の上層に浮かびあがって見える望楼では、この無意味な鬨の声をとりしずめるため太鼓を打ち鳴らした。「ドンドン、ドドン、ドンドン、ドドン」という築城工事を急がす太鼓の音である。私と小太郎は岡を駈けおりて靄のなかに身を沈め、そうして覚丹といっしょに宿所に帰って来た。

覚丹は決して気まぐれで帰ったのではない。彼は脱走して行くみちすがら、私の部隊のたてこもる鹿砦《ろくさい》に不備な点があったのをふと思い出して、これを注意するためにわざわざ引返したのである。崖下《がけした》に設けられている私の部隊の鹿砦は、崖の上から奇襲して来る敵に対し、崖の根から離して柵《さく》を打ち立ててある。これは三位中将から下附された見取図により、小太郎が担当構築したものである。覚丹はこの柵を崖の根に近寄せて打ちたてるべきだと言った。

しかし私たちはもはや柵を立てなおす暇がない。昨夜入手された情報にも、敵軍は明日の正午を期して押し寄せて来ると声言しているということである。すでに決戦の機がさしせまり、柵を立てなおす余裕がないことは、覚丹もよく知っている筈《はず》である。彼は心にかかる陣備のこの欠陥について、ただ一とことそれを言ってしまいさえすれば気がすんだのだろう。

宮地小太郎は覚丹の提案により、私の配下の雑兵と土民たちを使役して、崖下の柵外に壕を掘りめぐらした。敵の軍馬を崖の根に釘《くぎ》づけにさせるためである。

覚丹は、きょう一日じゅう宿所に閉じこもり、かねて着手すると言っていたわれわれ都落ちして以来の記録を書きとめていた。この記録は「寿永記」と名づける浩瀚《こうかん》な書になる筈だということだが、彼はそれを書き終るまで討死したくないと言っている。しかし彼は幸いここへ引返して来たついでをもって、源九郎の鋭鋒《えいほう》と手並を一つ味わって行きたいと言っていた。

例の通り私は、いま囲炉裡《いろり》の焚火の明るみでこれをしたためている。宮地小太郎は囲炉裡の向側に端坐してひかえ、焚火が消えないように見張っている。覚丹は小太郎と並んで大あぐらをかき、彼の「寿永記」の執筆に余念がない。戦時中とは思われない平和な家庭における一夜のように思われる。

二月六日

昨夜、三草山で合戦があった。敵将源九郎は不意に夜討をかけ、いわゆる火牛の法を用いてわが軍に大きな痛手を負わしたということである。三草山は丹波と播磨の境にある。この陣は謂《い》わばわが軍の山の手の防禦陣地である。この防禦陣が潰滅《かいめつ》した。その手のわが軍の大将小松の新三位中将、新少将、丹後の侍従など、崩れたって播磨の高砂《たかさご》の浦まで逃げ、その浦浜から船に乗って屋島に向け一路敗走したという。大将軍のうち一ノ谷の本陣に逃げ帰ったのは、備中守ただひとりだけであった。本陣では備中守や侍大将の注進で、はじめて敗戦であったことに気がついたという。

以上は、けさほど私の陣所に駈け戻って来た従卒十町ひと飛びの治郎治の報告である。彼はお昼ころまた陣所に駈けつけて来て、三草山の敗れについて詳しく報告した。

敵は帝都を出発して以来、二日路を一日にかけて進軍し三草山の東の入口、小野原というところに陣を布《し》いていた。敵の大将軍は源九郎、侍大将は土肥《とい》の次郎、その子孫太郎、稲毛の三郎、佐原《さわら》の十郎、熊谷《くまがい》の次郎、榛谷《はんがい》の四郎などという剛の者である。わが軍は三草山の入口に陣を布いていた。ところが敵はきのう夜に入ってから三草山を越え、子《ね》の刻ごろわが軍の不意を襲って来た。どっと鬨をつくって山の上から駆落とし、野にも山にも在家にも火をかけ、ひしめき合ってわが軍を攻めたてて来た。その勢、都合一万騎と見えた。わが軍は都合二千騎ばかり、またたく間に蹴散らされた。しかし、わが軍の山の手の後陣を承っていられた能登守は、越前守の軍勢と共に長坂峠で支えられた。

治郎治が以上のように報告して引きさがると、それと入れかわりに一ノ谷の城から安芸《あき》の右馬丞《うまのじょう》が使者として来た。このたび山の手の防ぎが敗れたについて、能登殿、越前の三位は一万余騎をもって長坂峠の陣に着かれている。薩摩守《さつまのかみ》、但馬守《たじまのかみ》、若狭守《わかさのかみ》は、二万余騎をもって搦手の一ノ谷の西の木戸に布陣された。新中納言、従《じゅ》三位の中将は、五百騎をもって大手の生田の森に向われた。その他の大将軍は福原と湊川《みなとがわ》とに分れ、それぞれ布陣されることとなった。それで私の部隊二百騎は、夢野に布陣していた左馬頭《さまのかみ》の軍に合体し、援軍として大手の生田の森に出陣するようにという指令である。

すでに私は夢野の大神宮の神前に詣《もう》で出陣の祝いをとり行い、この崖下の陣地を死守する覚悟をきめていた。これは大手の大将軍である私の父、新中納言の指令によるものである。しかし右馬丞の伝令とかれこれ喰いちがいが生じたので、直ちに一ノ谷の本陣へ弓削《ゆげ》の九郎を急使につかわした。

弓削の九郎は晴れの使命に喜び勇み、彼の愛馬さび月毛《つきげ》に打ち乗って陣を出た。彼は右馬丞の鹿毛《かげ》を追いぬき、なお東から西に駆けくだる赤革おどしの騎者を追いぬいた。彼が矢のように速やかに森かげに消え去ったとき、その森かげから馬に乗った泉寺の覚丹が現われた。覚丹は搦手の敵の状況を偵察に行って来たのである。覚丹はいつも戦闘の開始される前には、必ずひとりで敵の状況を偵察に出かけるが、彼のように偵察好きな武者は珍らしい。

覚丹は搦手の敵兵が三隊にわかれて押し寄せようとしていると報告した。下畑の松原に約一千余騎、多井畑の松原に約二百余騎、塩谷の松原に一百余騎、都合その勢一千三百余騎であるという。十町ひと飛びの治郎治の言った敵兵一万余騎という見積りは、三草山の敗軍の将、備中守の物におびえた結果の見誤りであろう。覚丹の乗って帰った権太栗毛《ごんたくりげ》は、臀《しり》のところに遠矢の擦り傷を受けていた。覚丹はその擦り傷に馬の涎《よだれ》を塗り、そうして大鵬《たいほう》という彼の控えの馬に鞍《くら》を置きかえた。

弓削の九郎は二半ときばかりたってから帰って来た。彼の報告によると一ノ谷の本陣では、汝の属する部隊は一ノ谷の西の城戸《きど》に向うべしと先《ま》ずそう仰せられたということである。それで彼が、さきほど安芸の右馬丞どの御伝令として、生田の森に向えとの仰せであったと伝えると、しからば生田の森に向えと仰せられたという。それでまた、生田の森の大将軍新中納言どのは崖下の陣地を死守せよと仰せられたと伝えると、しからば崖下の陣地を死守せよとの仰せであったという。弓削の九郎は本陣城内で、三位中将どのの侍大将治郎兵衛どのにお目通りして、その上また三位中将どのにじきじきお目通りするの光栄に浴したと言って喜んでいた。

おそらく本陣では各種各様の説が出て、まだ作戦の方針がまとまっていないのだろう。これについて覚丹は、要するに生田の森の大将軍である私の父新中納言が、独断で生田の森から討って出て都へ攻めのぼることを本陣ではおそれているのだろうと言った。敵の蒲の冠者の大軍に対し、生田の森の味方はわずか五百騎である。そして源九郎の一千三百余騎の小勢に対し、一ノ谷の城戸の味方は莫大《ばくだい》にも三万余騎である。軍兵の数の上からいってこの均衡のとれない無法な軍の配置から見ると、本陣城内では生田の森の防ぎを犠牲にして、一ノ谷の城内にたてこもるか、または船路を逃れて屋島にたてこもるつもりにちがいない。なぜ一と押しに生田の森から討って出なかったのだろうと覚丹は慨嘆した。覚丹の言うこの作戦方法は、源九郎の最もおそれていたところにちがいない。殆《ほとん》どその軍兵の大部分をもって、東軍は生田の森に攻め寄せている。そして源九郎自らは、手兵わずか一千三百余をもって、わが軍の搦手を攪乱《かくらん》しようと虎視眈々《こしたんたん》たる有様である。およそ戦には二つだけ路がある。都へ攻めのぼるか都から討って出るか、この二つの路以外には兵の往く路はない。さればまた左様な闘い以外の闘いは、今日の世情では無意味なものである。しかし今やその好機を失《な》くしたと覚丹は言って長嘆息した。源九郎が丹波路を難行軍していた期間こそ、われわれが都に討って出る絶好の機会であったというのである。

宮地小太郎は覚丹のこの説を傾聴していたが、小太郎は寧《むし》ろ平然としているようであった。この老武者は大将軍の馬前において、敵を蹴散らすことが大好きなのである。戦闘は激しければ激しいほど、彼はそれを見事な戦闘であったという。たとえば羹《あつもの》は熱くなくては羹の意義をなさないというのと同じように、小太郎は激しい合戦でなくては合戦の意義をなさないと堅く信じている。

きょうは久しぶりの夜営である。さきほど十町ひと飛びの治郎治が報告をもたらしたが、鉢伏山《はちぶせやま》の頂上から見渡すと、塩谷の松原、多井畑の松原、下畑の松原のあたりには、源九郎の軍兵の焚《た》く遠火が見えるということである。覚丹の偵察した通り、源九郎の軍はやはり三隊に分れて陣を布いている。大手の敵は昆陽野《こやの》を本陣としているそうである。

今宵は生暖い風が吹き、四囲は何となく陰惨な気象を孕《はら》んでいるような感じである。覚丹は焚火の明るみに来て、彼の「寿永記」を書き綴《つづ》っている。小太郎も焚火の明るみに来て、彼は珍らしい色の青白い砥石《といし》を楯《たて》の上に置き、私の太刀を研いでいる。その砥石は、彼が若年のころ平治の乱に参戦した際に、潰走《かいそう》した左馬頭の陣地で獲《え》た分取品であるという。

陣中の兵卒たちは或《あるい》は箙《えびら》をといて枕《まくら》とし或は兜《かぶと》を伏せて枕とし、いまは静かに寝ずまっている。見張の兵は甲冑《かっちゅう》をつけ鹿砦の柵の根に立っている。

焚火の明りによってこれを記す。

二月七日

きのう帝都から院宣《いんぜん》が下った。後白河法皇の側近、日野の修理《しゅり》大夫《だいぶ》親房卿《ちかふさきょう》から、われわれ一門の総帥《そうすい》、二位大将宗盛《むねもり》公宛《あて》に書翰《しょかん》が届けられたとのことである。その書翰によると明二月八日、院から使者が下向せられる筈である。おぼしめしにより、その使者が帝都へ帰着せぬうちに源平両軍が干戈《かんか》を交えぬよう、これはすでに関東の軍兵にも仰せつけてある。依《よ》って平家においてもその旨《むね》を軍兵に触れ、源氏に挑戦するようなことは差控えよとの通牒《つうちょう》である。

それで一ノ谷の本陣城内では本日早朝から城中で評定を開き、各陣地に院宣の内容を通達した。ところがその通達によって各陣地の軍兵が武装を解いていると、源軍は畏《おそ》れ多くも和田の浜辺の御座船を突如襲撃した。わが兵船では院宣かしこしと船中に引きこもり、叡船でも衛士《えじ》や女房たちは主上を警固し奉り船中に引きこもっていた。敵軍はそれに乗じ叡船に向って漕《こ》ぎ寄せた。畏れ多き極みである。わが兵船では主上のために賊徒の狼藉《ろうぜき》を防ぎ奉ったが、すでに源軍は今暁まだ暗いうちに、一ノ谷の西の城戸口まで攻め寄せていたという。また大手の生田の森の城戸口にも、武蔵相模《むさしさがみ》の壮士と名のる賊徒たちが、先を争って逆茂木《さかもぎ》を乗り越え柵内に乱入したそうであった。

私の従卒十町ひと飛びの治郎治は、早朝に合戦の合図の太鼓が鳴り渡ると陣から飛び出して行き、彼はそのまま帰って来なかった。しかし私の担当する陣地では、敵兵の姿を見ることが出来なかった。ただ物見台で打ち鳴らす太鼓と鐘の音がきこえるだけで、その音に妨げられて鬨の声さえもきこえなかった。宮地小太郎は手兵を連れ、また弓削《ゆげ》の九郎も手兵を連れ、彼等は生田の森の援軍として出発した。陣中に残ったのは私と覚丹と、深須の九郎、丹《に》の季成《すえなり》などのほか、従卒たち五十余騎であった。

闘いは激烈なものであったにちがいない。宮地小太郎の部下、島の藤太、同じく藤次の二騎だけが逃げ帰った。弓削の九郎も宮地小太郎も、私の父新中納言の馬前で討死したということである。

島の藤太は頰《ほお》の肉を斜に射ぬかれて、口のきけない手負になっていた。藤次は肩に一太刀あびせられていたが、彼はそれに屈せず見届けて来た宮地小太郎の最期について報告した。小太郎や弓削の九郎が生田の森に駆けつけて行ったとき、敵は城のうちへ乱入しているところであった。敵の大将は梶原と名のり、その手勢一百余騎は鬨をつくった。それに和して敵の二千余騎が鬨をつくった。城のうちでも鬨をつくった。やがて鬨の声がしずまると、敵の一百余騎の大将は鐙《あぶみ》を踏張り突っ立ち上り「これはむかし十六歳のとき、八幡太郎義家公が出羽《でわ》のくに千福金沢の城を攻められた合戦に、左の眼を射させその矢を抜かないで敵に迫り、その矢をもって敵を射倒し、剛勇随一と讃《たた》えられた鎌倉の権五郎というものから数え五代の末葉《まつよう》、相模のくに梶原の平三という豪傑である。そのおそるべき豪傑が、いま汝等の前にいるのを汝等は知らないか」と喚《わめ》きたてた。見れば赤革おどしの鎧《よろい》を着て桃色の幌《ほろ》をかけ、鹿毛《かげ》の太くたくましいのに打ち乗っていた。味方はその勢いに威圧され左右になびいたが、このときわが宮地小太郎が味方の陣頭に進み出て、鐙を踏張り突っ立ちあがって大音声《だいおんじょう》に「これは去年の冬、備後《びんご》の向い島、伊予の大三島《おおみしま》、備中《びっちゅう》の水島、三《さん》ケ度《たび》の合戦に打ち勝って、高名をきわめたる生年御年十六歳の武蔵守の侍大将、泉寺の覚丹の部下にその人ありと知られたる、生年六十歳の宮地の小太郎である。わが生国、備後のくに因島《いんのしま》を出てよりこのかた、まだ一度も不覚をとったおぼえがない。汝等源氏の武者どもは、きのう院宣が下りたのを知らないか。されば梶原とやら、汝等は兇賊《きょうぞく》となってこの宮地小太郎に討ちかかれよ」と呼ばわった。小太郎の声はかねて水軍を叱咤《しった》して鍛えあげられ、その大音声は城内にくまなく響き渡った。小太郎は太刀を振りかぶり、馬もろとも梶原の正面に突き進んだ。このとき敵兵の放った矢が宮地小太郎の左の膝ふしに突きささり、小太郎が危うくからだを立てなおす隙《すき》に、梶原はよく飼い太らせた乗馬の胸で宮地小太郎の乗馬の胸に体あたりをくらわせた。そして小太郎の馬が動揺するところを、梶原は真向から太刀をあびせた。小太郎も梶原の内兜をめがけ太刀を突き刺そうとした。梶原は小太郎に二の太刀を浴びせた。小太郎が馬から落ちるところを三の太刀で首を討ち落した。

手負の藤次の言う小太郎の最期は、このように悲壮な情景であった。一方また弓削の九郎は、武蔵のくにの住人某の太郎次郎という二人のものによって討ちとられたそうである。私の父新中納言は、弓削の九郎が討ちとられたときにはまだ城内に止《とど》まっていたが、いつの間にか姿を隠してしまったということである。後退して兵船に乗り込んだものに違いない。私の陣地は敵からも味方からも忘れられていた。生田の森の闘いは寅《とら》の刻ころから始まって、私たちの知らない間に味方は潰滅し、卯《う》の刻過ぎには終りをつげたようである。藤太、藤次の二騎が逃げ帰って来たとき、ちょうど卯の刻ころであったと思われる。崖下に立っている柵の影が、崖の根の壕のところまでとどいていた。崖の上には数頭の鹿《しか》が山から逃げ出して来ていたが、そのうちの仔鹿《こじか》が一頭、崖を滑り降りて壕のなかに落ちた。間もなく仔鹿は壕から這《は》いあがり、掘返された土の上に立って身ぶるいした。それを私の従卒たちが生捕りにしようとして追いかけると、仔鹿は夢野の陣所の方角に逃げ去った。各所の高櫓《たかやぐら》の太鼓がことごとく鳴りしずまったのは、卯の刻すこし前であったかと思われる。

きょう泉寺の覚丹は徹頭徹尾、闘志を失っていた。宮地小太郎や弓削の九郎が進出するときにも、覚丹は極力それを引きとめようとした。藤太、藤次の二人が逃げ戻って来たときも、覚丹は直ぐ兵船に駆けつけようと提唱した。彼は源九郎の鋭鋒《えいほう》の味を居ながらにして満喫させられたので、彼としてはもはやこのように孤立した陣にいる必要はないと言った。もちろん私たちは落ちのびて行くよりほかに方法がない。私は残存の五十余騎と手負の二騎を連れて陣を棄《す》てた。そして逃げみちをよく心得ているという覚丹を先頭にたて、私たちは馬の脚の進むかぎりの速力で駆けた。乗馬を持たない従卒等は、薙刀《なぎなた》をかついで後《うしろ》から駈《か》けて来た。覚丹は敵の進んで行った跡を選び、夢野の陣を通りぬけ会下山《えげさん》の麓《ふもと》に迂回して、今度は苅藻川《かるもがわ》の左岸の松原に沿って川口に出た。その途中、私は初めて会下山の麓で坂東《ばんどう》武者の姿を見た。十余騎の敵兵が一軒の民家の前の広場に集まって、馬を降り弓杖《ゆんづえ》ついて何か評定しているらしい様子であった。

覚丹は敵が馬にとび乗ろうとしているところを蹴散らして、またたく間に朱の柄の大薙刀で敵の首を五つ打ち落した。彼は薙刀の柄を長く持ち、敵に向って斜に駆け寄りながら薙刀を大きく振って敵の首を打ち落した。派手で、且《か》つ手堅くきまった手練であった。しかし、私たちがそこを駆けぬけたとき、後をふりかえってみると、私の連れていた五十騎は三十余騎に討ちなされていた。手負の藤太、藤次も討ちとられていた。私は坂東武者の飽くことのない蛮勇と底ぢからを見たと思った。会下山の麓の高櫓の城戸口《きどぐち》には、味方の兵が一めんに切り伏せられ射倒されていた。苅藻川に沿う松原にも各所に味方の兵が倒れ、平家の旗や太刀や薙刀なども、ところどころに棄てられてあった。この松原を敵軍がまっしぐらに突き進んで行ったということがわかる。川口に出てみると、そこにも味方の鎧武者が倒れていた。幸い兵船が十余艘、干潮の渚《なぎさ》に乗りあげていた。海上には平家の旗をたてた兵船が遠く近く何十艘ともなく沖に漕ぎ出して、秩序も統制もなく逃げ去っていた。源軍は一ノ谷の本陣に向って殺到し、その大軍の旗じるしが渚から遠く望見されるのであった。

私たちは渚で馬を乗りすてた。そして渚に乗りあげた兵船を海に浮かばせようと努力していると、私たちの後から駈けつけて来た従卒等の三十余名がその半数にまた減っていた。他のものは高櫓の下を通りすぎるとき、遠矢で射倒されたそうである。しかし生きのびて来た従卒等のなかに、今朝早く崖下の陣を出て行った十町ひと飛びの治郎治が加わっていた。彼は会下山の陣の高櫓の望楼にのぼり、朝から今まで戦況の推移を見ていたそうである。彼がその高櫓の頂上から味方の軍の潰走するのを見ていると、ぽたりぽたりと涙がこぼれたというのである。彼はまた泉寺の覚丹が坂東武者の首を五つ打ち落すのを見た。私が太刀をぬいて坂東武者に手傷を負わせたのも見た。彼の同僚である十余名の従卒が遠矢を射られ、半分までに打ち倒されるのも見た。ただ彼は朝からの味方の敗戦のため、そこから降りて来る余地がなく太鼓の蔭《かげ》に身を潜めていた。危険を冒して降りて行った兵卒等は、ことごとく射殺されてしまったということである。

私たちは敵に襲撃される前に、渚の兵船一艘を海に浮かべることが出来た。兵卒等はみな帆をあやつることに慣れている。私たちが帆をあげると、それを合図のようにどこからともなく三十騎あまりの敵が現われた。私たちは兵船に備えつけてあった楯に身をかくした。私たちの乗りすてた乗馬はたいてい四散したが、私の乗馬薄雲と覚丹の乗馬大鵬《たいほう》の二頭だけ私たちのあとをしたって船の後方から泳いで来た。私も覚丹も馬から目をそむけ、遠く兵船が浮かんでいる海上を眺《なが》めていた。暫《しばら》くたって後をふりかえってみると、渚にいた三十騎あまりの敵は二十騎あまりの平家の残兵と互に入り乱れて斬《き》りむすんでいた。薄雲と大鵬は私たちを追いかけて来ることを断念し、渚の方に引返して行った。薄雲は脚のとどく浅瀬に泳ぎつくと、物におびえたように渚に駆けあがり、磯づたいに白旗の進んで行く西の方角に向って駆けだした。大鵬もそのあとについて駆けだした。

私たちの船は二十町あまり沖に出ると、針路を西南に向けて帆走した。すると一ノ谷の渚から平家の旗をたてた兵船五十余艘、先を争って漕ぎ出して来た。一ノ谷の城が陥落したのである。源氏の白旗が城頭たかくたてられていた。渚では赤旗の群が白旗の群に追いたてられ、恰《あたか》も将棋倒しのように白旗の群が赤旗の群を徐々に消して行った。渚からまた三十余艘の船が赤旗をたてて漕ぎ出して来た。城の赤旗がすっかり影をひそめ、白旗の群が一ノ谷の城戸口から一本の棒となって西方に向って流れ出て行った。西に敗走する平家の残兵を追いかけて行くのである。その白旗は塩谷の浜から明石に通ずる街道を西に向って進んで行った。

一ノ谷から漕ぎ出して来た兵船は、隊伍《たいご》を乱して沖に出た。そのうちの大型の一艘が、軽い船脚でもって私たちの船に追いついて来た。覚丹は船の舳《へさき》に出て行って、その大型の兵船が私たちの船を追いぬくとき、手を高く差しあげて大音声に呼ばわった。

「その船は、越中の前司《ぜんじ》盛俊どのの御乗船とにらんだが、それは拙者の見誤りか。かく申す拙者こそは、崖下の陣に留守役を承ったる侍大将、無位無冠の泉寺の覚丹である。盛俊どのには、果して御息災にあらるるか」

するとその大型の兵船では、緋《ひ》おどしの鎧を着た武者が舳に立ち現われて、大音声に答えた。

「いかにもこの兵船は、越中の前司盛俊どの手のものの乗り込んだる船である。さりながら盛俊どのは御ンいたわしき哉《かな》、さきほどの激戦に敢《あえ》なき御最期をとげられた」

覚丹は再び大音声に呼ばわった。

「天道、是か非か。ここに、後輩たる泉寺の覚丹、盛俊どの御戦歿《せんぼつ》に対し、謹んで哀悼の意を表したてまつる」

大型の兵船には、もう一人の鎧武者が舳に現われて、大音声に呼ばわった。

「盛俊どのは諸人みな知る通り、六十人力の豪勇であった。先刻、一ノ谷の乱戦に、音にきこゆる敵の大力、猪俣《いのまた》の小平六をとっておさえ、その首をねじきろうとされたのであった。しかるに小平六は、降人《こうにん》したといつわって、盛俊どのの背後から太刀を突き貫いた。まことに後世の人たちも、小平六を憎まぬものとてないだろう」

大型の兵船は、私たちの船を追い越して行った。

今度は、舳と艫《とも》が反りあがった紅殻塗《べんがらぬ》りの兵船が近づいて来た。その舳に立っている赤革おどしの鎧を着た武者は、私たちの船に向って大音声で呼ばわった。これは私のよく知っている修理大夫の手に属する侍大将、篠原《しのはら》の三郎兵衛というものであった。

「それなる兵船は、大手の軍に馳《は》せ向った面々の船と見ゆる。おそらく、大手の大将軍、新中納言どのは御無事に渡らせらるることと思う。かく申す拙者こそは、正三位参議どのの末の御ン子、従五位下敦盛《あつもり》どのの御最期をみて、いま悲しみに打たれている篠原の三郎兵衛行康というものである」

私たちの船では、やはり覚丹がそれに答えた。

「大手の大将軍、新中納言どのは御息災に渡らせらるることと考える。さりながら拙者こそは、不覚にも闘いの模様を見とどけることの出来なかった泉寺の覚丹と申す侍である」

紅殻塗りの兵船は、私たちの船から離れて行った。私たちの船は次から次に追い越されて行き、そのたびごとに味方の戦死した人々の名前をきくことが出来た。越後守や無冠の業盛《なりもり》をはじめ、多くの一門一族が討ちとられ、または傷ついて、しかも三位中将は生きながら敵に捕えられたと云うことであった。

私たちの船も数艘の船を追い越した。そして大手の生田の森で戦死した人びとの名前を知ることが出来た。薩摩守、越前守、無冠の経俊《つねとし》など、大手の蒲《がま》の冠者《かんじゃ》の手に討ちとられ、また但馬守《たじまのかみ》、備中守など、敵将安田義定の手に討ちとられたということであった。ところが私たちの船が、帆の痛く破れた一艘の船に追いつくと、その船から「さらば、崖下の陣においては、武蔵守どのが討死されたというのは、まことであるか」ときくものがあった。覚丹は決してそのようなことはないと答えた。武蔵守とは私のことである。

最も気の毒なのは正三位参議の一家であった。経正《つねまさ》、経俊、敦盛の三人の兄弟が、みな討死してしまった。敦盛は私より年が一つ上である。彼は従五位下に任ぜられると妻帯して昨年の末に一子を設けたが、その見はてぬ夢は心残りの多いことであったろうと思われる。

淡路の沖で日が暮れた。とうてい今宵は眠れそうにも思えない。覚丹が篝火《かがりび》の明るみで一心不乱に彼の「寿永記」を書き綴《つづ》るので、私も船中この日記を書きとめている。しかしながら、いつも焚火《たきび》の見張をしてくれた宮地小太郎は、もはやこの世のものではない。

叡船は、十余艘の兵船が護衛し奉っている。一路、屋島に向けて進むのである。

二月十九日

すでに私の兵船は、御座船や他の兵船から離れて単独行動をとっていたが、海路難風にさまたげられ昨日夕暮ようやく当地に着岸した。ここは備前のくに児島《こじま》といい、遠く沖から見ると、島のごとく見えるが陸つづきになって突出している領土である。泉寺の覚丹の説によれば、作戦上ここは山陽道を扼《やく》す枢要な土地であって、今後源軍の関門進出に備えるにはこの地を措《お》いて他にはないということである。私たちが一ノ谷から逃げて行くみちすがら、覚丹は口を極めて私にこの地域を占領するように主張した。関門に通ずる源軍の糧道を断ち船舶の欠乏をつげさせるには、先ずこの一角の地を占領しておく必要があるという。いずれ私たちの一門は屋島を追われ筑紫に逃げて行くに違いないが、前もってそれに備えておこうという覚丹の提案であった。それで私の兵船が舵《かじ》を損じたと私は大納言に申し出て、急に針路を変え単独行動に出たわけである。私は覚丹の神秘に近い智謀に一も二もなく敬意を払っている。彼は星の運行など見なくても容易に未来を判断し、今日までにその判断に狂いのあったためしがない。今後とも私は彼を信頼し、彼の言う通りこの一角を城砦化《じょうさい》するつもりである。

きょう覚丹は手兵二十騎を連れ、当地の豪族大橋の楠根《くすね》というものの邸《やしき》に押し寄せた。しかし彼は楠根の邸の前を素通りして部落の往還をまっしぐらに駆けて陣所に帰って来た。この示威行動は功を奏し、楠根は雑人二十名にそれぞれ貢物《みつぎもの》を背負わせて、楠根自らは無紋の布衣《ほい》を着用して私たちの陣所に推参した。覚丹の輔佐《ほさ》によって私は陣所の大きな櫟《くぬぎ》の木の幹を背にして床几《しょうぎ》に腰をかけ、覚丹は私のかたわらに侍従して共に楠根を引見した。私の従卒ならびに深須の九郎、丹の季成、弓削の九郎の舎弟十郎等は、手兵と共に私の左右に居並んだ。これは田舎の豪族に私の格式と威風を見せるため、覚丹がそういう工合に取りはからったことである。

楠根は私の眼前数尺くらいのところに進み出て、敷物の楯《たて》の上に膝をつき、降人の態度をとって低頭平身の礼をした。彼の連れて来た雑人二十名は、背中に貢物を載せたまま陣所の青竹の垣根の外に立っていた。覚丹は私の代理をつとめて楠根を取調べた。深須の九郎は覚丹の代理として祐筆《ゆうひつ》をつとめ、楠根の答えるところをいちいち書きとめた。覚丹は垣根のそとの雑人たちにもきこえるような大きな声で楠根にたずねた。しかし覚丹は用意周到に、先ずもって楠根のよろこび勇むようなことを言った。

「汝が大橋の楠根という当地の豪族であるか。汝の名は、われわれ帝都においてもよく存じていた。さぞかし汝は由緒ただしき旧家の出身であろう」

楠根は顔をあげて威儀を正し、幾らか六波羅言葉を心得た弁で開陳した。

「私どもは、生れながらの無調法な田夫《でんぷ》野人《やじん》でありまして、かかる高貴の御前に御目通り出来ましたことは、子々孫々に至るまで、一家一族の面目でござります。私どものやからは、昔から由緒などと申すものなく、もちろん平氏でもなく源氏でもなく、ただ平氏の高貴な御血統を崇《あが》め奉る一党でござります」

覚丹は例によって屈託なさそうに打ち笑った。

「さてさて、汝は謙譲の徳を持つ人物である。当年、何歳に相成るか」

「申しおくれ、恐縮至極に存じ上げます。大橋の楠根といい、当年二十三歳に相成ります。このたび御一門の御方がた、当地に御宿営になりましたとのお噂《うわさ》を承り、取敢《とりあえ》ず献上の貢物を相携え推参つかまつりました次第でござります」

覚丹は大きくうなずいて、やはり垣根のそとの雑人たちにもきこえるように言った。

「汝は、若年ながら天晴《あっぱ》れ、神妙な心がけのものである。われわれは、決して汝等の財宝を掠《かす》め取ろうとするものではない。されば、当地にわれわれの駐屯《ちゅうとん》するかぎり、汝等は安んじて業に精出すよう心がけよ。われわれは、東夷《とうい》北狄《ほくてき》の朝敵を討つために奔走している正義の軍である」

楠根は袖《そで》の内から五寸四角くらいな薄い板ぎれを取出して、それを私の方に向けて押しいただいた。丹の季成は立ってその板ぎれを取り、それを覚丹の前に差出した。達筆に書いた貢物の目録であった。覚丹は私に向って大きな声でその目録を読み上げた。

「謹みて献上つかまつり候《さうらふ》おんこと。一つ、当地蠣《かき》ケ崎《さき》の清水《しみづ》井戸、献上つかまつり候こと。一つ、大橋の楠根が米倉の米粟《べいぞく》、献上つかまつり候こと。一つ、白絹十反。一つ、生野の銀五貫匁。一つ、金丸村《かねまるむら》の金一貫匁。一つ、高梁川《たかはしがは》の砂鉄三十貫匁。一つ、船三艘。右、献上つかまつり候おんこと。この趣をもつて目録を啓するところ右のごとく、ここに謹んで誠惶誠恐言上《せいこうせいきょうごんじょう》、大橋の楠根、頓首《とんしゅ》九拝、平大将軍殿へ」

覚丹はそれを読み終ると、従卒たちに言いつけ私の前に何枚もの楯を敷かせ、楠根の連れて来た雑人たちの背負っていた貢物を、その上に並べさせた。私は前もって覚丹と打ちあわせていた通り、仮に佩用《はいよう》していた太刀をとって楠根に引出物として取らせることにした。覚丹がそれを楠根に取次ぐと、楠根は六波羅風に両袖の上にそれを受取って、静かに感泣する風情《ふぜい》で頸《うなじ》を垂れた。その奥ゆかしい風趣に、私も思わず打ちうなずいて覚丹と顔を見合せた。楠根は一礼して立ち上ると、また一礼して引きさがったが、彼の目鼻だちは不思議にも一ノ谷で討死した従五位下の敦盛の目鼻だちを髣髴《ほうふつ》させるところがあった。敦盛は私たち一門のうちで自他ともに許す美貌《びぼう》の公達《きんだち》で、出陣のときにも薄化粧をほどこしていた。彼の顔容は匂《にお》うかと思われるほど美しかった。私も最初のうちは負けぬ気で薄化粧して出陣していたが、このごろでは、なるべく荒武者に見えるように胸を張り兜を猪首《いくび》につけて敢てずかずかと歩くのである。

楠根の献上品は陣所の仮小屋に入れ、一名の見張番をつけさせることにした。この陣所は後方に崖を負い前に入江を見おろす要害で、覚丹はここを私たちの本城として城廓《じょうかく》を築きたいと言っている。山の中腹の、天狗《てんぐ》の腰かけ松のような大きな松の木は、そのまま見張の高見櫓《たかみやぐら》にすることが出来る。入江も陸の街道も一望のうちに眺められ、この松の木は得がたい望楼の感がある。

覚丹は深須の九郎に街道の警固を言いつけた。これは源軍の襲来を待つわけでなく、陸路を逃げて来る我軍の敗兵を収容するためである。源軍は去る九日、軍勢をまとめて一ノ谷から帝都に向けて引返し、八日には院の御所に戦勝奏聞の飛脚を送達したということである。覚丹の言うには、当分のうち源氏の押し寄せて来る心配はないにしても、この近傍の街道すじの土民を、敗兵の掠奪《りゃくだつ》から救う手配が必要だというのである。

はたして深須の九郎は、深更に及んで平家の敗兵三十余名を連れ帰った。彼等は群をつくって部落民を追い立てようとしていたところを、深須の九郎の手によって取りおさえられたのである。覚丹は敗兵三十余名を櫟の木の下に集め、篝火を前にして一場の挨拶《あいさつ》を述べた。

「おのおのがた、遠路のところはるばる御苦労であった。おのおのがたは一ノ谷の山の手の軍、滝口どのの手に属する勇士たちだということであるが、本日よりわれ等が手に加わって武者振を見せていただきたい。さぞかし滝口どのは、立派な御最期であったろうと思われる。おのおのがたは滝口どのの名を恥かしめてはならぬ。いま、この陣屋は筵《むしろ》づくりの幔幕《まんまく》でお粗末であるが、今晩は充分に手足を伸ばして休養していただきたい」

そして覚丹は、楠根の献上した蠣ケ崎の清水井の水で炊《た》いた兵糧《ひょうろう》を敗兵たちに与え、殊勲の深須の九郎には太刀を与えた。

私はいま筵の幔幕のなかでこれをしたためている。覚丹は例によって「寿永記」と名づける手記を書いている。

二月二十日

きょうは終日雨が降った。豪族大橋の楠根という者は二十余頭の馬に板と柱を積み、さらに五名の大工を連れ、雨のなかを来て板と柱の寄進を申し出た。覚丹は昨日のような儀式を棄て、櫟の木の下に立って暫時《ざんじ》のあいだ楠根と語らっていた。私は悪寒《おかん》を催すので幔幕のなかに引籠《ひきこも》り、丹の季成の所蔵する「陣備図鑑」という一巻を読んでいた。季成は私のために従卒等を指図して、雨が吹き流れないように天井《てんじょう》に筵の屋根をつくり、私の無聊《ぶりょう》を慰めるためその一巻を用立ててくれたのである。いろいろの陣立を図で示し、陣型を防禦《ぼうぎょ》のための陣備と攻撃のための陣備に大別し、八陣、魚鱗《ぎょりん》、鶴翼《かくよく》、長蛇《ちょうだ》、偃月《えんげつ》、彎月《わんげつ》、鋒矢《ほうし》、方円、雁行《がんこう》、竜陣、車掛《くるまがかり》などの陣備が代表的なものであると説明されていた。いま覚丹がこの陣所に鹿砦《ろくさい》の縄張《なわばり》をほどこしている陣立は「陣備図鑑」によると彎月の陣といい、防禦陣に適するものだというのである。生田の森で討死した宮地小太郎の大好きであった魚鱗または鶴翼の陣は、やはり水軍の陣として常道の陣備であると書いてあった。

覚丹は大橋の楠根が帰った後、幔幕のなかに帰って来て急遽《きゅうきょ》これから備後《びんご》の室の津を襲撃する必要があると言った。備後の室の津は各所の港の商船を一手に奪いとるほどの良港である。この港町に源軍二百余騎が駐屯し、沖に見張船を出して山陽道沿岸を航海する商船から関税金をとっている。しかし室の津に出入りする商船には免税を許し、備前の各港に出入りする商船には酷税を課している。大橋の楠根が備前の商船の塗炭《とたん》の苦しみを訴え出たというのであった。覚丹の判断によれば、これはおそらく楠根が当地近隣の港の繁栄策のため、室の津を没落させようと考えているのにちがいない。楠根はわれわれのために船三十艘と兵糧を調達したいと申し出たという。彼は土地繁栄策のためにわれわれを利用し、われわれは敵軍を討つために彼の財力を利用するのだと覚丹は言う。

覚丹は敗兵三十余名を深須の九郎の手に加え、丹の季成を討手の総大将とした。この合計百余名を帆船十五艘に分乗させ、帆船一艘に兵糧を満載して出発させることにした。船頭ならびに炊《かしぎ》、雑役たちは、すべて楠根の采配《さいはい》で呼び集めた土民である。総大将に選ばれた丹の季成は私の与えた平家の赤旗を受取るとき、彼は感激の涙を目に浮かべていた。楠根の寄進してよこした幔幕を櫟の下に張りめぐらし、出陣を祝う仮の神前とした。季成のその日のいでたちは、ひしたすきの直垂《ひたたれ》に肩白の鎧を着て、鍬《くわ》形《がた》うったる五枚かぶとの緒をしめ黄金《こがね》づくりの太刀をはき、二十四さした染羽の矢を負い流星と名づける重籐《しげどう》の強弓を持っていた。彼はかつてその強弓で、崖の上の松に舞いおりた鷲《わし》を一矢で射とめたことがある。彼の態度は悠容《ゆうよう》として、その骨がらとい い面だましいといい天晴れ侍大将としての貫禄がそなわっている。

彼等が出発するとき、それと入れかわりに大橋の楠根の寄進してよこした馬十余頭が陣所に到着した。覚丹は兵十余名にその馬を与えて武装させ、彼も黒糸おどしの鎧を着て赤柄《あかえ》の大薙刀《おおなぎなた》を持ち、月毛の馬に乗ってその十余騎を引きつれ街道すじへ警備に出た。陣所に残ったのは私の従卒七名と、松永党の権五郎とその手兵十余名だけであった。

楠根の連れて来た五名の大工たちは、私の従卒たちと協力して雨の降るのに仮小屋を建てた。柱を地面に立て棟木《むなぎ》を張って板屋をつけ、そうして床を高くして板を張るのである。このたび、敢て私たちが当地の民家を占領しなかったのは、土民たちの人心を収攬《しゅうらん》し、着々とここに大規模の城を構築して行くためである。この策は正鵠《せいこく》を得たと見え、夕方になると沙美《さみ》ケ浜《はま》の豪族塩飽《しあく》の弁内《べんない》というものが推参し、おのれの出来ることなら如何《いか》ようなことなりとも御用命にあずかりたいと申し出た。松永党の権五郎がこれに応対して、汝は家に帰って御用命のあるまで暫《しばら》く待っているがよいと申しつけた。この権五郎というものは、もと走島の田舎武士であるが、亡くなった宮地小太郎を武者の鑑《かがみ》として畏敬《いけい》していた剛直な人物である。

私は仮小屋に移った。大工どもは走島の権五郎を通じ、まことに侘《わび》しげな掘立小屋で甚《はなは》だ汗顔至極だと弁解した。私は風雅な住家でまことに気に入ったと権五郎に答えた。しかし板屋根に降りそそぐ雨の音は冷たく胸にしみ入るようにも思われて、私は憂《う》さばらしに覚丹の書き綴《つづ》る「寿永記」の草稿をとり出して見た。藤家の流れをくむ流麗な筆蹟《ひっせき》で、巻第一の発端は「国破れて山河あり、城春にして草木青む、名も知れぬ花の香も、盛者必滅の無情を説く……」という書出しであった。その巻一には、われわれ一門の福原落ちの条《くだり》を書き、六波羅《ろくはら》殿、小松殿、西八条の第宅《ていたく》の焼け落ちる光景など仔細《しさい》にわたって書いてあった。「黒煙り天日を覆《おほ》ひ、白昼にして夕闇《ゆふやみ》のごとく、鳳闕《ほうげつ》むなしく礎《いしずゑ》を残し、鸞輿《らんよ》ただ跡をとどむ」と書いてあった。覚丹は私たち一門の亡《ほろ》びて行くのは止むを得ぬ時勢の流れであると断定し、入道相国の専横は未完成の武家政治の姿であったと言っている。そしてこの次に来るべき完成された武家政治は、源九郎の手によって確立されるだろうと言っている。覚丹自らは時勢と共に押しながされ自然の流れにしたがって世をのがれるため、私たち一門に加わっているにすぎないという口吻《こうふん》である。私は恰も絶望の書を読んでいるような気持におそわれて、半ばまで読んで巻を閉じ、その「寿永記」を覚丹の具足櫃《ぐそくびつ》に収めた。

夜になって覚丹は平家の敗兵六騎を収容して帰って来た。これは三草山の陣で源九郎の軍勢に蹴散《けち》らされた新少将の手のもので、十余騎で逃れてくる道すがら、船坂峠で三百余の土民兵のため六騎に討ちなされたということである。
きのうから姿を消していた私の従卒、十町ひと飛びの治郎治は夜が更《ふ》けてから帰って来た。彼は牛窓《うしまど》の泊《とまり》という漁村で、都落ちをして行く僧侶《そうりょ》に遭遇し、帝都におけるその後の情報をきき、貴重な書類の写《うつし》を手に入れて帰って来た。

二月二十一日

十町ひと飛びの治郎治の注進によれば、帝都では去る十日、法皇から大臣公卿《くぎょう》に御《ご》諮問《しもん》があった由《よし》である。右大臣兼実《かねざね》は御諮問に答え、平家のため釈明につとめたということである。平家は義仲と異り皇室の外戚《がいせき》であり公卿であり近臣である。しかも神《しん》璽《じ》宝剣はいまなお平家に奉ぜられ、これを無事に帝都へ迎え奉るのが今日の急務であって、平家の怨《うら》みを買うのは愚策である。平家の死者の首を獄門にかける儀は不条理であると意見を述べたということである。他の大臣公卿もことごとくこれに同意した。しかるに源九郎は大臣公卿の意見に憤激して、法皇の御前で声涙ともに下る有様で大臣公卿に反駁《はんばく》した。不肖《ふしょう》、源九郎義経は、亡父義朝の怨みを晴らすため死を決して一ノ谷を陥《おと》した。父義朝は保元の乱の合戦に忠節を尽したにもかかわらず、人に誤られて勅勘の身となった。その首は大路《おおじ》に渡され、その骸《むくろ》は獄門にかけられた。昨日の忠臣は、一朝にして逆臣となったのである。不肖、源九郎は幼なごころにも、亡父の非運が身にしみて悲しかった。ひるがえって平家は昨日まで重臣、今は逆臣である。もし平家の首を大路に渡されなかったら、今後この源九郎は何の勇あって朝敵を誅《ちゅう》することが出来ようかと申し述べた。関白院は御気色《おんけしき》ことに不快の御様子を示されたが、法皇は源九郎の請問を許容あらせられた。十三日には、平家の首を六条室町の源九郎の第《てい》に集めて六条河原に渡し、仲頼というもの等はこれを長刀の先に貫き赤札をつけて姓名を記し、大路をひきまわし獄門にかけた。見物の庶民はその数幾万とも知れなかったという。首を大路に渡された人は、通盛《みちもり》、忠度《ただのり》、経俊《つねとし》、経正《つねまさ》、師盛《もろもり》、敦盛《あつもり》、業《なり》盛《もり》、盛俊《もりとし》など十人のうちに、どういう間違いか首につけた赤札に、この私の名前が記されていたということである。

十町ひと飛びの治郎治は、旅の僧侶が確かにそう言ったと申し述べた。治郎治の持ち帰った書類の写というのは院宣であった。これは生きながら捕虜となった三位中将重衡《しげひら》どのを囮《おとり》として、屋島の大納言どのに宛《あ》て、大膳の大夫《だいぶ》が承ってしたためた書簡である。

先帝、北闕《ほっけつ》の雲を出で九州に幸《みゆき》しましましぬ。神璽、宝剣、内侍所《ないしどころ》、遥《はる》かに南海四国の塵《ちり》にうづもれて、数年をふる事、且《か》つは朝家の御大事、且つは亡国の基也《もとゐなり》、抑《そもそ》も、彼《か》の重衡卿と者《は》、東大寺破滅の逆臣たるに依《よっ》て、忽《たちま》ち親族に別れ、去《さん》ぬる七日の日、摂州一ノ谷の渚《なぎさ》において一人生捕《いけどり》にせられ畢《をはん》ぬ。籠鳥《ろうちょう》の雲を恋ふるおもひ、遥かに千里南海の波に浮び、帰雁《きがん》、友を忍ぶ志、忽ち九重《きゅうちょう》の花洛《からく》に通ぜんか、須《すべか》らくは彼の頼朝が申さしむる儀に任せて、死罪せらるべしといへ共、神璽、宝剣、内侍所三種の神器をだにも都へかへし奉るものならば、彼の重衡卿を以《もっ》て寛宥《かんゆう》せらるべき者也。院宣如此《かくのごとし》、仍《よ》つて執達如件《しったつくだんのごとし》。寿永三年二月。大膳の大夫成忠《なりただ》が奉つて。

平大納言殿へ

以上のような院宣である。覚丹の説によれば、これは文章の格式から見て誰か偽作して巷間《こうかん》に流布されたものに違いない。しかし屋島の大納言どのに宛て、院宣が下ったことだけは確かであろうという。

二月二十七日

大橋の楠根と塩飽の弁内の合力《ごうりき》によって、私たちは七十名の人夫を使役して城砦《じょうさい》の構築にとりかかった。大工のほかに鍛冶《かじ》職、弓造りなども集まって来た。覚丹はここに堅固な城廓をつくり、一方ここを当地における文教の府とするため二百名の子弟を収容できる講堂設計にとりかかった。彼はその講堂を勧学院の分院のごときものに仕立てあげ、彼自ら講壇に坐し土民の子弟教育に尽力しようという余裕さえ見せた。人夫や大工どもは覚丹の姿を見るとみな勇み立つ。覚丹の大きな図体は、もはやこの陣所になくてはならぬ私たちの大事な光明となった。

昨日、備後の室の津から丹の季成が凱旋《がいせん》した。彼はその港町に宿営する敵兵を追いはらい、街に火をかけてことごとく民家を焼きはらったという。かつて私たちは太宰《だざい》府《ふ》に落ちるときその港町に宿営し、私はその裏山の中腹にある民家の少女と渚で密会したことがある。そのとき彼女は頭髪を六波羅風に真似《まね》ていた。季成は彼女の家も焼きはらってしまったろう。

帝都では大仏鋳造の施入《せにゅう》について布令されたということである。

きょう、走島の権五郎が屋島から帰って来た。先日、彼は早船を仕立て、屋島の内裏へ院宣に対する御請状《おんうけじょう》の内容を承りに行ったのである。彼の報告によると、大納言どのは源軍と和戦両様の態度に出られているらしい。御請状は要約すれば、次のような内容のものであったという。

神器還御《かんぎょ》のことは必ずしも平家の方で渋っているのではない。帝都ではいつも関東の兵を差向けてわれわれの都入りを防がれるので、自然にそれが延び延びになっているのである。源氏は院宣と称し、たびたび下向《げこう》して合戦に及び、われわれは自衛のために防戦したにすぎなかった。まだ一度もわれわれの方から進んで合戦したことはない。源氏といい平氏といい、互に意趣があるとは思われない。われわれはいま合戦を止め、天下の禍《わざわい》を払うことが肝要であると存じている。神器還御のことも、源平和平のことも、二つながら公平の御態度をもって分明した院宣をたまわりたい。去る二月六日にも、一ノ谷のわれわれに宛て、修理大夫親房卿《ちかふさきょう》から八日には和平のため使者を下向せしめられる筈《はず》との来信があった。その使者が帝都へ帰るまでは干戈《かんか》を交えないように関東の武士に仰せられてあるという書翰《しょかん》であった。したがって平家ではその旨を軍兵に触れ、決して干戈を交えないように誡《いまし》めた。しかるに七日になって、関東の武士は畏《かしこ》くも主上の御座船を襲って来た。平家では院宣かしこしと敢《あえ》て進んで戦わなかったが、源軍はこれに乗じて競いかかり、忽ち合戦となって平家の軍兵は多く損傷した。これは院宣を待って事をなすように、関東の武士に仰せられなかったためであろうか。或《あるい》は院宣を下されても、源軍が承知しなかったというのであろうか。もしくは平家の軍に油断させるため、詭謀《きぼう》をめぐらされたのではあるまいか。

以上のような内容で、大膳の大夫に宛てた五百六十余文字の長文の返状であったという。さきに覚丹の予言した通り、結果から見れば去る六日の院宣は詭謀であった。嘆かわしいことである。三位中将は帝都において、土肥《とい》の次郎の宿所に幽閉されているということである。

覚丹は十余騎を連れて街道すじの警備に出かけたが、間もなく関東の飛脚三名の首を打ちとって帰って来た。飛脚の一人は、源九郎から土佐の大名国信《くにのぶ》に宛てた書状を持っていた。

「源氏に志あるものを糾合し、同心合力して平家を追討すべし」

という書状である。飛脚は室の津から伊予に渡り、陸路を土佐にはいるつもりであったのだろうと思われる。

三月一日

きょうは瀬尾の十郎という者が私たちの陣所に馳《は》せ参じ、謹んで合力いたしたいと申し出た。この者は隣国備中のくにの住人で、昨年十月、当国三石《みついし》の宿で木曾《きそ》の家来三郎成澄《なりずみ》を打ちとった瀬尾の太郎兼康《かねやす》の一子である。しかし太郎兼康は、当国福輪寺畔の篠《ささ》の迫《せまり》の戦で、木曾の今井四郎の手によって打ちとられた。一族郎党、殆《ほとん》ど討死したのである。十郎は危いところを生きのこり、川づたいに行く仙境、井原の郷というところに身をかくしていたそうである。彼はまだ十四歳の少年であるが十二騎を従え、亡父兼康の遺品であるという緑の狩衣《かりぎぬ》に萌黄《もえぎ》の腹巻を着て、よく飼い太らせた馬を士卒にひかせていた。十四歳とはいえ末たのもしそうな面《つら》だましいである。

彼は私の前を引きさがるとき、感きわまってはらはらと落涙した。いまや亡父の仇《かたき》を打つときが到来し「御苦労であった、粉骨砕身せよ」といった私の言葉に感きわまったのである。彼の士卒十二騎はいずれもたくましい面貌をしていたが、その服装は布の小袖に東折《あずまお》り、柿《かき》の直垂《ひたたれ》にくさり腹巻というように、いかにもみすぼらしかった。しかし彼等の乗馬はみなよく飼い太らせてあった。

本日から私は、大橋楠根の邸に寝泊りすることになった。陣所の仮屋を取りはらい、本式の陣屋を普請《ふしん》することになったからである。加うるに、工事中の陣所で私がぶらしていると、人夫や雑人たちの邪魔になる。私は昼間もこの楠根の邸にいることになった。私は泉寺の覚丹を連れて来ようと思ったが、覚丹は陣所の一さいの指図をしなくてはならない忙しいからだである。ときどき私を見舞に来るという約束で、彼は陣所に残り、その代りに丹の季成と深須の九郎が交替で私に伺候することになった。私は従卒の十町ひと飛びの治郎治と小弥太を連れて来た。

この邸はたいへん居心地がいいようである。邸の構えは一豪族としても目にあまるほど豪壮に出来、私に提供されることになったこの一室は眺望《ちょうぼう》絶佳である。松原が見え、海が見え、島山が見える。十町ひと飛びの治郎治と小弥太は隣室に控え、私が庭を歩きまわるときには供について来ることになっている。本日の伺候は深須の九郎である。私の麾下《きか》のうちで彼は大力無双の十二人力をもって知られ、一方また大音声をもって知られている。風の吹きようでは五町くらい先までその大音声が響きわたる。いま彼は隣室で治郎治に肩や腕を揉《も》ませている。私はふんわりとした敷物の上に坐り、油煙のすくない明るい篝火《かがりび》によってこれを書く。

三月二日

この邸には、三十数人の家来と十数人の下婢《かひ》がいる。家来たちは港に着く船から荷物を運び出し、また港から出て行く船に荷物を積む。下婢は外に出るときには裸足《はだし》になる。当主楠根は二十三歳。妻は十九歳。母は四十歳。楠根の妹チヌは十七歳である。私の食膳《しょくぜん》はチヌが運んで来る。治郎治たちの食膳はオコゼという下婢が運んで来る。

さきほど日が暮れてから、チヌは私に恋慕の素振を見せた。これは私の従卒や伺候の者に対しても、私に示す一つの礼儀作法である。なぜかというに大将軍というものは、津々浦々の若い美しい女に慕われないという法はないからである。私は大将軍のたしなみとして、彼女のその素振も無理はないと答えるような素振をして見せた。すなわち彼女が私の前に来てがっくりうなだれたとき、私は彼女の肩に手を置いた。恰《ちょう》度《ど》そのとき、泉寺の覚丹がこの家の主《あるじ》に案内されて庭づたいにやって来た。明朝、覚丹は十郎蔵人《くらんど》の残党討伐に出発するというのである。十郎蔵人の残党が隣国笠岡《かさおか》の泊《とまり》を根拠として、神島《こうのしま》、白石島の水軍と呼応し、私たちの側面から攻め寄せようとしているそうである。

もと十郎蔵人は、備前、備中、播磨《はりま》の代官をしていたが、木曾にも追われ平家にも追われ、高砂《たかさご》の浦からいずくともなく落ちのびた。昨年の十月下旬、平家が水島の合戦に木曾の軍を打ち破った直後のことである。

覚丹は十郎蔵人の残党討伐のため、連絡をとる必要からすでに早船を屋島に向けたと言っていた。このたびは丹の季成を留守軍の大将として陣所に残し、それを除く総勢三百余騎が出発することになった。もちろん私は大将軍として明朝出陣する。チヌは覚丹の帰った後、私に恋慕の素振を見せていいか悪いかわからなくて始末に困っていた。

三月三日

三百余騎、三十艘の船に分乗して出発した。船夫《かこ》、雑人《ぞうにん》等は、大橋の楠根の呼び集めてくれた専業の船乗たちである。

夜になって、神島外浦というところに着いた。夜釣《よづり》の船頭を捕えてたずねると、部落の後方の島山に五十騎あまりが立籠《たてこも》っている城砦《じょうさい》があると開陳した。私たちは暗夜を利用して敵の気づかないように上陸し、折からの海風を幸い城砦の陣屋に火をかけた。覚丹を先頭に、深須の九郎、走島の権五郎というような剛の者が城砦のなかにおどり込み、敵陣を一と揉《も》みに揉みつぶした。覚丹は例によって大薙刀を振りまわし、深須の九郎も権五郎も覚丹を学んで薙刀を使った。弱敵を一挙に揉みつぶすには薙刀がいいのである。私は逃げる敵を弓で射た。三本目の矢をつがえようとしているうちに戦闘は片づいてしまった。

本日の戦利品は、麦二百俵、兵船三艘である。瀬尾の十郎の部下たちは、倒れた敵の甲冑《かっちゅう》や太刀を奪いとった。

民家に泊る。

もう間もなく夜が明けるだろう。

三月四日

本日は白石島の北浜というところを占領。戦利品は兵船十二艘、麦三百俵。但《ただし》、戦闘中に私は右の腕を射られ、筆を持つことが出来なくなった。口述して深須の九郎に祐筆させる所以《ゆえん》である。去年、帝都を立ちのいて以来、私は数多《あまた》の合戦に一度も不覚をとらなかったが、きょうは離れ島の名もなき雑兵によって手負となった。私の不覚である。覚丹は本日もめざましい働きをした。

次に深須の九郎儀、謹んで左に記し奉る。

——雲客《うんかく》はすやすやとおやすみになった。傷が浅いので心配するほどのことはない。雲客は出血のためお疲れになったのである。覚丹どのは部屋の隅《すみ》に坐《すわ》り、泰然として「寿永記」という書物をお書きになっている。ここは白石島北浜の民家の一室である。庭に巨大なる姥女《うばめ》樫《がし》の木がある。その姥女樫の幹に流れ矢が一つ突きささっている。いまは夕景、向うの島山は北紫《きたむらさき》に染められた。

ジョン万次郎漂流記

一　万次郎等《ら》五名の漁師、浪《なみ》の間に間に漂うこと

ジョン万次郎の生れ故郷は、土佐の国幡多《はた》郡中の浜という漁村である。文政十（丁亥《ひのとい》）年の生れということだが、生れた正確な月日はわからない。父親は悦介といい、万次郎九歳のとき亡《な》くなった。母親の名をシヲといい、寡婦《やもめ》になってからは万次郎等兄妹五人のものを、女ひとりの手で養育した。もちろん赤貧洗うが如《ごと》き有様で、子供たちに読み書きを仕込む余裕などあろうわけがない。

万次郎は働かなければならなかった。十三四歳の時から漁船に乗り、いわゆる「魚はずし」の役を勤めながらその日その日を凌《しの》いでいた。他人の持船に雇われて幾らかずつの手当をもらうのである。ところが万次郎十五歳の正月五日、いつものように他人の持船に雇われてその年の初漁に出た。宇佐浦徳之丞《とくのじょう》というものの持船で、乗組は同国高岡郡西浜の漁師養蔵の倅《せがれ》伝蔵（当年三十八歳）その弟重助（二十五歳）伝蔵の倅五右衛門（十五歳）同じく西浜の漁師平六の倅寅右衛門《とらえもん》（二十七歳）と共に五人の

乗組であった。伝蔵は船頭ならびに楫取《かじとり》の役。重助、寅右衛門の二人は縄上《なわあ》げの役。五右衛門は櫓押《ろお》し、万次郎は魚はずしの役。それぞれ役割を分担し、白米三斗とそれに相応するだけの薪水《しんすい》を積込んで、五日の朝十時頃、宇佐浦を出帆した。早春の潮に集まって来る鱸《すずき》を釣《つ》る目的であった。

その日は宇佐浦から十四五里下《しも》の「津の沖とんと」という海上に、はえ縄を仕掛けて釣《つり》をした。しかし一向に漁がなかったので、夜になると奥津《おきつ》の八十《やそ》の岬《みさき》の風かげに船をつけて夜明けを待った。翌日は足摺岬《あしずりみさき》の沖十五六里ばかりの海上に釣縄をおろしたが、前日と同じようにまたもや不漁に終った。止《や》むなくその日は漁を打ち切って、地方《じかた》近く船を乗り寄せて夜を明かした。

七日には再び足摺岬の沖十四五里の海上に出た。しかし相変らず漁がない上に、可なり強い申酉《さるとり》の風が吹き出した。それで地方に向けて引返し、凡《およ》そ五里ばかり乗り戻すと、たまたま鯖《さば》や小鯛《こだい》の大群が押しよせて来るのに遭遇した。これを最初に見つけたのは万次郎だが、潮の色が鯖や鯛の色で染め上げられて見えるほどの魚の大群であった。伝蔵親方も乗組のものを励まして六桶《むおけ》のはえ縄を全部はえさした。すると俄《にわか》に一天かき曇り、どっとばかりに申酉の風が強く吹き出した。乗組のものは仰天して、伝蔵親方の指図を俟《ま》つまでもなくはえ縄を引上げようとした。しかし、波は山のように大きくうねり、船は上下する釣戸のように高く低く翻弄《ほんろう》され、はえ縄をたぐり寄せる作業も思うままにならなかった。漸《ようや》く三桶のはえ縄だけは引上げたが、残りの三筋はそのまま断ちきって地方に向け逃げ帰ることにした。

風は面《おもて》も向けられないほど強く吹きつけた。船には角帆を用意してあったが帆をあげることもできなかった。そのうちに雨が降り出して、湧《わ》きあがる潮煙のため方角さえもわからなくなった。五人のものは必死になって櫓を押したが、吹きなぐる風に船は矢のように速く押し流された。伝蔵親方が苦心惨憺《さんたん》の末、やっとのことで小さい方の帆を立てたかと思うと帆柱が倒れた。一同、力が尽きはててくたくたになってしまった。

　そのうちに日が暮れた。着物は潮にぬれ寒さが身にしみた。櫓も一挺《ちょう》を残すだけで、舵《かじ》も帆布も波にさらわれてしまった。もはや運を天に任し、ただ神仏を祈りながら五人のものは船板の上に打ち伏した。船は東南の方角に流れて行くように思われた。

　翌朝になっても風は止まなかった。このように夜が明けても勢いの衰えない暴風は、その日も一日じゅう吹きつのるのが定則である。万次郎は伝蔵親方に激励され、いまにも覆《くつがえ》りそうな船のなかで朝食を食べた。幸い船体には破損した箇所もなく、波の大きなうねりの間に地方が見え、室戸岬《むろとみさき》やその岬の人家さえもおぼろげながら見えた。

室戸岬には山見といって鯨の寄るのを遠見する番所がある。もし番所の者が見つけてくれさえすれば助船《たすけぶね》を出してくれる筈《はず》である。五人のものは大きな声で助けを求め、手をひろげ髪の毛をかきむしって「助けてくれえ、助けてくれえ」と喚《わめ》きたてた。しかし船は矢のように押し流され、やがて地方も室戸岬も波のかげに見失ってしまった。たった一挺残っていた櫓も波にさらわれ、船の向きを変えることさえも出来なくなった。まるで手足をもぎとられたも同然で、ただ船の覆らないように大小の帆柱を胴床に結びつけた。

船は潮流と風に責めつけられ東南の方角に向って流されていた。お昼すぎ、左手にあたって地方が微《かす》かに見えた。たぶん紀州の連山であろうと思われたが、それも束《つか》の間《ま》で、茫漠《ぼうばく》とした雲煙のなかに消えてしまった。浪枕《なみまくら》とはいいながら、これは永遠の浪枕というに近い感じである。夜になると寒風が吹きつのり、潮に濡《ぬ》れた着物は凍って袖口《そでぐち》や帯の結び目に小さな氷柱《つらら》が宿った。五人のものは船板や苫《とま》を燃して体を温め、そうして体と体を寄せ集めて寒さを凌《しの》いだ。五右衛門の手の甲には一夜のうちに凍傷《しもやけ》が出来た。

九日になっても風は止まなかった。すでに用意の米も食べ尽し、釣り溜《た》めていた魚を喰らって餓《う》えを凌いだ。船は前日と同じ方角に向って流されていた。

十日には霙《みぞれ》まじりの雨が降った。この日は、とりわけ寒さが身にしみ夜ふけよりも寒かった。袖口や帯に氷柱がさがったばかりでなく伝蔵の頤鬚《あごひげ》まで凍りついた。丁髷《ちょんまげ》のなかに吹き込む霙は溶けて背筋につたわった。飲水《のみみず》もなくなったので、霙を拾い集めて口に入れ袖口の氷柱を食べた。五右衛門は空腹と寒気のために手足がしびれ、ぶるぶる震えながら苫を引きかぶって虫の息になっていた。

十一日は風と雨がますます強くなった。伝蔵親方と寅右衛門は帆布で苫屋根をつくり、船板や桁《けた》を薪《まき》に打ち割って、それを燃して病気の五右衛門を介抱した。しかしこの日は地方を距《へだた》ること余程の南方に漂流していたものと見え、さほどの寒さを覚えなかった。

五右衛門の病気は、寒気と疲労と空腹のためから来た熱病であったと思われる。伝蔵親方はお守袋のなかから字を書いた紙ぎれをとり出して、気付薬の代りにそれを五右衛門の口中に押し入れた。それで五右衛門も半ば熱が解けたように見受けられた。

十二日は幾らか雨が弱くなった。はるか海上を見渡していると、お昼ごろになって、おびただしい白鳥の一群が見えた。これは土佐の漁師たちが藤九郎といっている鳥である。この鳥の飛ぶところには必ずその近くに島があるといわれている。伝蔵親方は熱病で打ち伏している五右衛門に、早くあの藤九郎を見ないかと云って白鳥の群れ飛ぶのを五右衛門に教えた。五右衛門は半ば身を起し薄目をあけて白鳥の行方《ゆくえ》を眺《なが》めたが、やがてまた打ち伏したかと思うと声をあげて泣き出した。五右衛門は万次郎と同年の十五歳になる少年で、亥《い》年生れの男にしては気が弱かった。

白鳥の群れは悠々《ゆうゆう》と東南の方に飛んで行き、やがて雨雲のなかに姿を隠した。伝蔵も重助も寅右衛門も万次郎も、その雨雲の垂れる海上を見渡して一心に見張を続けていた。すると夕方近くになったころその方角に、果して島影を一つみとめることが出来た。万次郎が活気づいたのはいうまでもない。そこで残りの桁を帆柱に立て、角帆を張り、伝蔵は船板で即席の舵をとり、寅右衛門と重助は帆を操り、万次郎は柄杓《ひしゃく》をとって滓《あか》を掻出《かいだ》しながら、その島を目ざして船を進めた。

島にたどりついたときには日が暮れていた。しかもこの島の波打際《なみうちぎわ》は絶海の孤島の通有として、屛風《びょうぶ》を立てたような断崖《だんがい》となって大波が打ち砕け、海中には到《いた》るところに近より難い暗礁《あんしょう》があった。船を乗り寄せることはもとより碇《いかり》をおろす場所も見つからない。念のため島のぐるりを一周してみたが、ことごとく岩角稜々《りょうりょう》としてそびえ立つ断崖であった。船懸りする砂浜はどこにも見つからない。

夜ふけになってから雨が止み、薄ぼんやりとした月が出た。その微《かす》かな月明りで磯《いそ》魚《ざかな》の群れ泳ぐのが見えた。すると一時に空腹と疲労が身にしみて、彼等は何よりも先《ま》ず釣道具をとり出した。そして釣りあげた魚を切身にして、生のままがつがつ貪《むさぼ》った。その夜は、碇縄《いかりなわ》のとどくかぎり沖に出て碇をおろし、島を目前にひかえながら海上で夜を明かした。

翌日、十三日の朝になると、五右衛門の病気はよくなっていた。しかし彼等五人の疲れはまだ恢復《かいふく》していなかった。疲れきって力が尽きてしまっているようで、碇を揚げるにも五人協力して碇縄を引張ったが、みんな腰が砕けてお腹がすくだけであった。まるで碇が海底に吸いついているかのように、幾ら踏張っても長く伸ばした碇縄は揚って来なかった。それで五人のものは船中で評議した。

今はもはや舵もない。この船にいても今日明日を知れぬ命である。島に上陸することが叶《かな》うなら、九死に一生を得るとやらいうことが出来るかもしれぬ。しかしこのように舵のない船で、あの切り立てた岩根に近づくのは命知らずだろう。

伝蔵がそう云って提案すると、みんな考え込んでいたが寅右衛門が云った。

いずれにしても今日か明日は死ぬ身の上だろう。それならば、思いきって島に漕《こ》ぎ寄せたい。

重助もそれに賛成した。万次郎も五右衛門も賛成した。

伝蔵は船板を継ぎ合して舵に似た形のものを作り、重助と協力して二人でこの舵を握っていることにした。寅右衛門、万次郎、五右衛門の三人は、船板を櫓櫂《ろかい》の代りにすることに定めて水棹《みさお》には苫屋根の梁《はり》を用い、死なばもろともと万事うちあわせた。伝蔵は鉈《なた》で碇縄を断ち切った。船は左右に大揺れに揺れながら断崖に向って進んで行った。そして岩礁を避け、断崖に裂目《さけめ》のあるところまで近づくと大浪に揺り上げられ、船は目をつむったように削《そ》ぎたてた岩の一角に突き当った。そのとき寅右衛門と五右衛門の両名は、すばやく身をひるがえして岩角にとび移り、足場を捜して這《は》いあがった。続いて残りの三人も、岩角にとび移ろうとしたが第二の浪が打ち寄せた。船は浪に巻き立てられ、裏返しになって岩の裂目にはさまった。万次郎は浪の上に投げ出され、一たん海中に引きさらわれたが泳ぎ切って岩角にすがりついた。伝蔵と重助は舵を摑《つか》んだまま岩の裂目に突き落され、空しく船の下で藻掻《もが》いていた。ところが第三の浪が来て造作なく船を引き浚《さら》って行き、伝蔵と重助は浪の泡《あわ》といっしょに岩の上に投げ出された。これはこれはと二人は喜んで、足場を見つけて断崖を這いあがった。

五人のものは漸く命が助かったが、ひとり重助だけは足を痛めた。岩の上に投げられたとき、岩角で打ったのだろう。彼は断崖の上に這い上ると張りつめていた気がゆるみ、しばらくうつ伏したまま起き上ることが出来なかった。

彼等の乗りすてた船は、こなごなに砕けて浪に揉《も》まれていた。いったい船が難破するときには、一人でも最後まで乗手が船につかまっている限り、決して船は粉砕するものではない。伝蔵と重助があくまで舵を摑んで放さなかったのは、船が難破するときのそういう不思議な作用を知っていたからである。

二 万次郎等、絶海の孤島に助船を求めること

この島は周囲一里ばかりと思われる無人島であった。突兀《とっこつ》たる磐石《ばんじゃく》が争ってそそり立ち、草木《くさき》といってはわずかに茅《かや》が生えているだけで、地獄絵に見る剣の山というのはこれを見て創案したのではないかとさえ思われた。漂着した五人のものは先《ま》ず飲料水を見つけるため、それぞれ手分けして岩間の清水《しみず》をさがしまわった。すると磯《いそ》を見おろす岩根のかたわらに、二間四方もある岩窟《がんくつ》が見つかった。その入口には貝殻《かいがら》がいっぱい散らばって、かつて人の生棲《せいせい》した跡ではないかと思われた。岩窟のなかには朽ちた一本の丸太が恰《あたか》も枕《まくら》をして寝ているように、枕の型をした石を枕にしてころがっていた。五人のものはとりあえずこの岩屋のなかを掃除して、ここを当座の棲家《すみか》とすることにした。彼等は再び手分けしてそこかしこさがしまわった挙句、漸く岩の窪《くぼ》み

に溜《たま》っている雨水を見つけた。彼等にとってはその水溜りが唯一《ゆいいつ》無二の井戸にほかならなかった。彼等は唇《くちびる》をその水溜りに押しあてて喉《のど》をうるおした。しかし食物にする草根木皮はどこをさがしても見つからなかったので、岩山におびただしく舞いおりている藤九郎（信天翁《あほうどり》のこと）を手摑みにしてその肉を鱈腹《たらふく》たべた。

その夜、彼等は岩屋のなかに寝た。入口から冷たい風が吹き込んで、それに敷物もないので肌寒くて眠ることが出来なかった。それで月明りをたよりに磯に出て、流れ着いている破船の板や帆布などを拾って来て岩屋の入口を塞《ふさ》ぎ、五人の着物を脱ぎ集めて一枚の夜具と見立て、お互に素裸《すはだ》と素裸を組合せて一とかたまりとなって寝た。しかし肌寒いというよりもお互に淋《さび》しくて何か話し合っていなくてはじっとしていられなかった。伝蔵は云った。

――この島は何という名前だろう？　よほど南寄りの島らしいとは思われるが、この寒さではさほど南の島とは思われぬ。それとも東へ寄りすぎてまた寒いのかも知れぬ。

海に慣れている伝蔵にさえもわからないことは、他の四人のものにわかる筈がない。寅右衛門は云った。

――この島は日本の領地だろうか？　このように寒いほどこの島が東へ寄りすぎて

いるものなら、伊豆《いず》よりまだ東だろうか？　しかし東へ寄れば寒くなるということは、ついぞそういう話はきいたことがない。世界のはては北ではなかったのか？

伝蔵は言った。

——世界のはては東西南北みな同じように、行くところまで行けば東西南北みな世界のはてにきまっている。いや、この島はまだ世界のはてとは思われぬにしても、助船がこの沖を通ろうとは夢にも考えられぬ。今日この島に着いたが最後、この島で朽ちはてるよりほかはないだろう。しかし考えようによっては、今日この島に着いたのが天地初発《あめつちのはじめのとき》とも考えられぬでもない。みんな気を大きくして、そういうことにしたらどんなものだろう？

他の四人のものは、ではそういうことにしようと答えて衆議一決した。つまり現代の言葉で言いなおせば、当日をもって無人島紀元元年の第一日と定め、おのおのその生命を慈《いつく》しみ人生に対する懐疑を棄《す》てようという説である。

翌日は即《すなわ》ち無人島紀元元年一月十四日であった。

五人のものは目がさめると、食べものを捜しに打ち連れて岩屋を出た。この日は、前日から引続く荒れ模様のため磯の貝を漁《あさ》るのは危険に思われたので、前日と同様に藤九郎を捉《とら》えた。この鳥の肉は貝の肉よりも味が劣るのである。

藤九郎の群れは岩山が真白に見えるほど無数に舞い降りて、この鳥は人が近づいて行っても逃げようとしなかった。それで捉《つか》まえては捻《ひね》り捉まえては捻り、一と時もたたない間に背負いきれないほどたくさん捻り殺し、それを岩屋に運んで来た。そうして磯に打ち上げられた船板の釘《くぎ》で鳥の肉を割《さ》き、食べ残りの肉は石で舂《つ》きほぐして乾《ほし》肉《にく》にした。彼等はこの乾肉を「石焼き」と名づけ、また趣向を変えて塩づけなどにして貯蔵することにした。

伝蔵は磯に流れ寄っていた小《こ》桶《おけ》を三つ拾って来た。彼はこの小桶に天水を溜める設備をほどこし茅で覆いをつくって「井戸」と称した。一ばん新しく見える米とぎ用の桶は「命の井戸」と名づけ、仐《やまじゅう》という焼判の捺《お》してある桝型《ますがた》の桶は「控えの井戸」と名づけ、もう一つの酒樽《さかだる》型の桶は「清水の井戸」と名づけた。そして伝蔵は井戸水について厳格な規約を設けた。雨が降ってこの三つの桶に天水が溜っても、岩間に水が滴っているかぎり井戸水は飲むべからずという規約であった。それは旱天《かんてん》が数日も続くと直ぐに岩間の水が断水するからであった。

彼等が最も不自由に感じたのは、存分に水を飲めないことであった。彼等がここに漂着して一箇月後に、十日も二十日も引続いて降雨を見なかった。いうまでもなく岩間の水は乾《ひ》上《あが》り「清水の井戸」も「控えの井戸」も最後の「命の井戸」までも飲みつくしてしまった。彼等五人のものは、草の茎を嚙《か》みその液汁《えきじゅう》で口中に湿気を与え、或《あるい》は夜露のおりている岩肌を舐《な》めた。その苦い経験から、伝蔵は井戸水ならびに飲料水について、更に厳格な三箇条の掟《おきて》を設けた。

一つ、水を大事に致すこと。井戸水を隠れて盗み飲み致すこと堅く慎しむこと。

一つ、藤九郎を一羽食らうときに限り、井戸水はおのおの蠣殻《かきがら》に一杯ずつ飲むこと。それ以上を飲むことは堅く慎しむこと。

一つ、藻草《もぐさ》など食らうときは井戸水を飲まぬこと。藻草の塩けはよく拭《ふ》きとりて食らい、唾《つば》をよくのみこむこと。

以上のような掟であった。しかし彼等はいずれも読み書きが出来なかったので、ただ口伝《くちづて》によってそれを覚えて拳々服膺《けんけんふくよう》した。

彼等は瘠《や》せ衰え、お互に見るかげもなくその形容も枯槁《ここう》した。食物も藤九郎の肉や海草、貝類に限られ、しかも生のままそれを食べていた。火打道具や鍋釜《なべかま》の類は、船が難破したとき波にさらわれていた。伝蔵は茅の枯葉を舂いて綿のようなものを作り、石と石とでその綿のようなものと釘を挟《はさ》み打ちに打って、火を作り出そうと工夫した。しかし幾ら試みても駄目《だめ》であった。

藤九郎も初めのうちは人が近づいても逃げなかったが、そのうちにだんだんと人をおそれるようになった。五六尺のところまで近づくと逃げ出して行き、なおも追いかけて行くと空に舞いあがった。それで彼らは岩かげに身をひそめ、不意にとび出して行って棒で殴り殺した。また石を投げて打ち殺した。藤九郎の方ではますます人を警戒し、嶮《けわ》しい岩山に引越して行った。卵を産むにも人の手のとどかぬ岩間に産むようになった。そのうち五月の末ころになると、この鳥どもは巣立ちした雛《ひな》を連れていずれともなく飛び去った。

そのころ伝蔵は大怪我をした。彼は岩屋の前にそびえる岩山にのぼり、一日じゅう藤九郎を追いまわし二羽つかまえた。それを崖《がけ》の上から岩屋の入口へ投げ落し、彼自身は岩角を伝わって降りていると、数丈の高さのところから足を踏みすべらした。運よく崖の途中に生えていた茅につかまったので、体じゅうに怪我をしながらも漸く岩角を伝わって帰って来た。それからというものは意気鎖沈《しょうちん》して、同時に体力も衰えて毎日岩屋のなかに引籠《ひきこも》るようになった。

伝蔵の弟の重助も、さきに痛めた足の傷がまた悪くなって、伝蔵の看護を受けながら岩屋に引籠るようになった。寅右衛門も五右衛門もただ病気でないというだけで、しかし病人よりもまだ瘠せ細って毎日ふさいでいた。

ただ万次郎ひとりだけ身心ともに頑健《がんけん》であった。彼は或るときのごとき非常な危険を冒し、まだ誰も登ったこともない一ばん高い岩山の頂上を極めた。わずか三四町で登り尽せる岩山であるが、みんな猿でなくては攀《よ》じ登れそうもないと諦《あきら》めをつけて誰も登らなかった岩山である。万次郎は岩角にしがみついて攀じ登った。頂上はかなり広い平地になっていて、そこには石でたたんだ一つの井戸と、墓石と思われる長めの石が二つあった。井戸には少量の濁り水が溜り、墓石は痛く風化していた。万次郎は暫《しばら》くそこに立ちつくしていたが、ふと沖を見ると十数頭の下り鯨が楽しそうに泳いでいるのが見えた。

万次郎は岩屋に帰って来ると、岩山の頂上で井戸や墓を見た事を伝蔵等に報告した。伝蔵はその墓が苔蒸《こけむ》していたかと万次郎にたずねたが、彼は故郷恋しやと思ったのか、矢庭《やにわ》に手で顔を覆った。重助も寅右衛門も五右衛門も同様に泣き出した。伝蔵は間もなく泣き止んだが、万次郎が鯨の群れを見た話を持ち出すと「万次郎ぬし、その話は罪じゃよ」と云ってまた泣き出した。伝蔵は鯨の肉を食べたくてたまらなかったのである。

ところが六月の七日か八日ごろ、思いがけなく一陽来復の嬉《うれ》しい事件が起った。朝早く万次郎が磯におりて貝を拾っていると、はるか東の方の海上に黒い豆粒くらいな一点が見えた。それは船であった。万次郎は小躍りして大きな声で呼び立てた。

「おうい五右衛門ぬし、寅右衛門ぬし、船だ船だ」と叫んだ。

そのとき五右衛門はやはり磯におりて貝を拾っていたが、急いで駈《か》けつけて来ると沖を見てとびあがって喜んだ。まぎれもなく船である。しかもこの島目がけて針路をとっているように思われた。それは三本の帆柱に幾片もの帆を張った異国船であった。甲板《かんぱん》を歩く筒袖姿が見えるくらいまでに近づいて来た。ところが、何と思ったか俄《にわか》に舵《かじ》を西北に転じ素知らぬ顔で過ぎ去ろうとした。三人はびっくりして小高いところに駈けあがり、ここに漂流人がいると声をかぎりに叫び、その船返せと声をかぎりに哀願した。三人のものは磯に流れついている船桁《ふなげた》を拾いとって、その先に寅右衛門の着ていた弁慶縞《べんけいじま》の襦袢《じゅばん》を括《くく》りつけ、それを高く差上げて打ち振った。

異国船はその意を察したと見え、船の向きを変えて近づいて来た。そうして三十町くらいまで近づくと碇《いかり》をおろし、二艘《そう》の伝馬船《てんません》をおろして一艘に六人ずつ乗組んで漕ぎ寄せて来た。早く早くと手招きすると、向うでも帽子をぬいで招いて見せ、磯の近くまで漕ぎ寄せて来た。しかし伝馬船を乗りつける渚《なぎさ》が見つからないので、乗組の異人は着物をぬぐ手真似《てまね》をして、それを頭に結えて泳ぐ恰好《かっこう》をして見せた。崖の上の三人は、見なれぬ紅毛碧眼《へきがん》を見て薄気味悪くなって暫く尻込《しりご》みしていたが、万次郎は度胸を据《す》えて崖を降り、異人の教える通り着物をぬいで頭に結びつけ海中にとび込んだ。

異人は伝馬船を漕ぎ寄せ万次郎の手をとって船のなかに引揚げてくれた。万次郎は神の助けだと思った。有難さ身にしみて思わず異人を伏し拝むと、黒んぼの水夫たちが声をあげて笑いだした。五右衛門も頭に着物を結えつけて海にとび込んで、万次郎の乗っている伝馬船に引揚げられた。寅右衛門も頭に着物を結えて泳いで来た。

この三人は周章《あわ》てていた。何も知らない伝蔵親方と重助を岩屋に置去りにして来たのである。五右衛門はその事情を異人に告げようとしたが、言葉が通じないので岩屋の方を指さしてまだ二人残っているという旨《むね》を手真似で示した。それで異人は何やら黒んぼに言いつけて、黒んぼを乗せた伝馬船を岩屋の方に漕ぎ着けた。そのとき岩屋のなかでは伝蔵が重助の痛む足に布を巻きつけていたが、突如として真黒な人間が岩屋にはいって来て、鴃舌《げきぜつ》の声もろ共に伝蔵を引き立てようとした。びっくりした伝蔵がその手を払いのけ逃げ出そうとしていると、そこへ色の白い異人が割り込んで来て、手真似で伝蔵に云った。次のように云っているのだろうと伝蔵は解釈した。

――騒ぐな騒ぐな。拙者等は其方の一身に害を加えるものではない。しかも其方の朋輩《ほうばい》三人は、すでにわれ等の船に助けてある。騒ぐな騒ぐな。四海みな同胞である。

色の白い異人はにこにこ笑っていた。色の真黒な異人もおそるべき白い歯を見せて笑っていた。伝蔵は胸を撫《な》でおろす思いで重助と顔を見合せ、そうして異人といっしょに磯におりて行った。重助は色の黒い異人に抱かれて伝蔵の後からついて来た。なるほど五右衛門等三人は伝馬船に乗り、波にゆれる伝馬船の中に慎ましやかにかしこまっていた。伝蔵は色の白い異人の手真似に従って着物をぬぎ、その着物を頭に結えつけて海にとび込んだ。色の黒い異人は重助を抱き、伝馬船から投げ渡した縄《なわ》につかまって船に引揚げられた。

色の白い異人は伝蔵等に手真似で云った。

——其方等、岩屋のなかに大切な品を取残してはいないであろうな？　もし取残しているならば、遠慮なく申し出るがよい。これなる黒人を使者に差向ける。

その問いについて伝蔵も手真似で答えた。

——私ども漂流の身の上にて、大切なものとて所持いたす筈《はず》は御座りませぬ。あの島から救い出していただきました事だけでも、この通り感泣至極で御座ります。

——それについては、われ等もまた嬉しく思う次第である。さりながら其方等の岩屋には、何と何の品を取残したであろうな？　遠慮なく申し出るがよい。

——着物、鳥の毛皮、海亀《うみがめ》の甲羅《こうら》、鳥の乾肉など、その他これこれしかじか、左様な品で御座ります。

色の白い異人は大きく頷《うなず》くと、色の黒い異人等に何やら云いつけた。色の黒い異人等は櫓《ろ》拍子そろえて沖の方の本船を目ざして進んで行った。その船脚は五挺《ちょう》櫓の和船より三倍も速かった。この二艘の伝馬船が本船に着いたのは、日輪が水平の上八尺のところまで落ちた時刻であった。

三　万次郎等、ますます故国を遠ざかること

万次郎等の収容された船は鉄貼《ば》りの巨船であった。船体の長さ三十間、幅六間、三本の帆柱には十数片の帆を張り、前後左右に蜘蛛《くも》の巣のように緒縄《おなわ》を引き、左右両舷《げん》に三隻ずつの伝馬船を間隔整然と吊《つ》りさげてあった。艫《とも》のところには数多《あまた》の星光を染めぬいた旗をたて、乗組人員は色の白い異人と色の黒い異人を合せ三十余人いた。その巨船は船号をジョン・ホーランドと云い、アメリカのマサチウセッ州ヌウ・ベットホールド港の捕鯨船で、船長はホイットフィールドという名前であった。万次郎等は船長ホイットフィールドの前に呼び出された。左右には三十余人の乗組員が棒立ちの姿勢でいかめしく立ち並び、この厳《いか》めしく堂々たる有様に威圧された万次郎等は船長

の前に膝《ひざ》まずいた。すると船長は何やら鴃舌《げきぜつ》の声を発しながら、自由自在な手真似をしてみせた。それは次のように命じる手真似であろうと思われた。

――いや、其方等は膝まずくには及ばぬ、立ちあがれ。拙者は胸に十字架を吊す坊主ではない。其方等、さあ立て立て。

それで万次郎等が立ちあがると、船長は筒袖衣の懐中から小さな帳面と木筆《もくひつ》を取出して、その帳面に船の絵を描いた。そしてその船に帆柱を一本描き足して、万次郎等の顔とその船の絵を交《かわ》るがわる指さした。それは次のように問いただしているのだろうと思われた。

――かくのごとく、この船には帆柱が一本ある。其方等にたずねるが、其方等の乗る船はかくのごとく一本帆柱の船であるか？

万次郎等は「左様で御座ります」というように頷いた。船長は「おお、ジッパンニゼ、ジッパンニゼ」と嬉しそうに口走って、やはり鴃舌と手真似でもって問いかけた。

――彼方に島が見える。其方等はあの孤島に、何年くらい生棲《せいせい》していたか？　指折りかぞえれば、一年、二年、三年、四年……ぐらい生棲していたか？

伝蔵は指で三日月の形と満月の形を空間に描き、よく子供たちが六つと云うときのように指で六つのしるしをして見せた。

船長は頷いたが「其方等、ゆっくり休息すべし」というように笑いを浮べて艫《へさき》の方を指さした。そして左右に居並ぶ人たちに何やら鋭い一と声を浴びせ、棒立ちになっている乗組員一同の列を解散させた。

船長をはじめ乗組員一同は、まことに懇切な人たちであるように思われた。万次郎等は艫の方の縄束のかげに退いて、みんなで重助の足の布を巻きかえてやった。重助の足痛は打身から来た筋の引きつりで、筋が骨からはずれているように思われた。重助は痛い痛いと顔をしかめていたが、あの船長は代官くらいの見識があるかもしれないと云った。さっき船長の前に立っていたとき、我慢できないほど痛みだしたが我慢していたというのである。

彼等はお互に餓《ひも》じくてかなわないと話し合っていた。するとそこへ色の黒い異人が来て、琉球薯《りゅうきゅういも》の焼いたのを山盛りに入れた木鉢《きばち》を置き「これを食え」と手真似をした。五人のものはこれこそ極楽だとばかりに食べだしたが、色の白い異人がそこへとび出して来て矢庭《やにわ》に木鉢を取り上げた。この色の白い異人は色の黒い異人を突きのけて散々に叱《しか》りとばし、木鉢を持って不機嫌《ふきげん》そうに立ち去った。何という邪慳《じゃけん》なことをするものだろうと五人のものはその色の白い異人を怨《うら》みに思った。ところが憎らしいと思っていたその色の白い異人は、間もなく麦粉と獣肉を煮たのを持って来て「これを食え」と手真似をした。五人のものがこれこそ極楽だと食べだすと、今度はまた白米の煮たのを持って来て「これを食え」と手真似をした。しかし、麦粉も白米も獣肉も至って分量がすくなくて、五人のものは食い足りなかった。飢えているものが急に大食すると即死することがあるということだが、五人のものはそのとき異人のそういう心づかいには気がつかなかった。

翌日、六月八（九）日の朝、船長は一人の黒人に云いつけて、島の岩屋から衣類、鳥の毛皮、大亀の甲羅などを伝馬船で運んで来させた。五人のものは船長の親切には心から感謝していたが、黴《かび》のわいた衣類や生くさい鳥の皮はここではもう必要もなさそうであった。彼等はもはや筒袖衣や革の靴《くつ》を船長から拝領していた。筒袖衣のさっぱりした着心地は満更悪くなかった。しかし革の靴はあまり履き心地がよくなかった。

その日のお昼すこし前、船は碇を揚げ東南の方に船首を向けて出帆した。五人のものは船底の八畳間ほどの一室を与えられ、其方等はゆっくり休養するがよかろうと云い渡された。彼等は三日目ごろには気力も恢復《かいふく》し、五日目ごろには五体もしっかりとした。こんなに丈夫になって遊んでいるのは冥利《みょうり》につきるので、七日目には船長に申し出て水夫の仕事を手伝うことにした。重助の足痛もこの船の外科医の世話で次第によくなって行った。外科医の診断によると重助の病気は「マイ・フーツソル」または

「ユア・フーツソル」という病名だそうであった。

医者は重助の患部に酸の匂《におい》のする膏薬《こうやく》を貼り、その上に油紙を置いて更に幅のせまい白布を巻きつけた。病気は一日一日と薄らいで行った。伝蔵や寅右衛門は医者の腕前に感服してしまったが、マイ・フーツソルとかユア・フーツソルとかその名前からして、何という因果な病気であったことかと呆《あき》れていた。

八日目に船は針路を北東に向けて進み、九日目にはまた東南に向けて進み、十日目には帆柱の上で望遠鏡をのぞいていた物見役が鯨の見える合図をした。万次郎は急いで甲板《かんぱん》に駈《か》けあがった。見れば南の方の海上に白い浪を立てながら数頭の鯨の泳いで行くのが見えた。船はその白波を目あてに追いかけて行き、波の五十うねりほどの近くまで鯨に追いつくと船体の向きを変えて船脚を止めた。同時に六隻《せき》の伝馬船が迅速に繰りおろされ、舷側《げんそく》の縄梯子《なわばしご》を降りて行った面々は一隻に六人ずつ乗込んで一頭の鯨を目がけて漕ぎ寄せた。本船に残ったのは外科医と炊事人夫と万次郎等だけであった。

六隻の伝馬船はさきを争って進んでいたが、そのうちに一隻は浪のうねり二つほどさきに漕ぎぬけて行った。銛《もり》を手に持った刃刺《はざし》人は舳に立ち、その伝馬船が浪にのって高く揺りあげられた瞬間を見て、鯨に向け発止とばかり銛を投げつけた。伝馬船は浪のうねりを横に切って本船の方に漕ぎ戻し、銛の縄を長くゆるめた。鯨はその縄を曳《ひ》いて伝馬船を引きまわし、浪のうねり三町四方あまりも逃げまわった。他の五隻の伝馬船からも続けさまに銛が飛んで行った。鯨は大浪を立てて狂いまわり、やがて突如として半身を海中から現わした。それは海中に屹立《きつりつ》する奇岩のように見えた。銛の一つが鯨の心臓に命中したのである。鯨は潮吹孔から高く血柱を吹き、次第に狂いまわる活力を失って行った。そして浪のうねりに任せながら浮き沈みして、その大きな図体が最後にゆっくり横倒しになった。伝馬船の水夫たちは鯨の背中にとび移り、止《とど》めを刺した太い縄を尾鰭《おびれ》に結びつけたりした。

万次郎等は本船の甲板で固唾《かたず》をのんでこの鯨漁の光景を見物していた。彼等はつくづく感嘆して、お互に土佐で鱸釣《すずきつり》をするのとは較べものにならぬと評判した。土佐では鯨一頭を捉《つか》まえると七浦栄えると云っている。異人式のこの仕掛で鯨を仕止めるなら、七浦どころか七十浦栄《えいこう》えるかもしれないだろう。

伝馬船は鯨を本船に曳航《えいこう》してそれを舷側にくくりつけた。万次郎等は作業の邪魔にならないように甲板の片隅に行き、人々の作業する様子を見物した。滑車がまわった。すると鯨の体が胴ぎりにされた。皮は長刀のようなもので剝《は》ぎとられた。すべて仕事は秩序整然と行われた。甲板に鋸屑《おがくず》を撒《ま》くものもあった。鋸屑で血糊《ちのり》を拭《ふ》きとるものもあった。鯨の皮を刻むものもあった。そのほか大釜《おおがま》で煮て油をぬきとるもの、油を樽《たる》に詰めこむもの、樽を船底の倉庫に運ぶもの、肉を海中に掃きすてるもの、すべて各自の仕事を分担して敏速にそれを始末して行くのであった。

作業が終ると船はまた東南の方角に進航した。海鳥の群れは船にしみ込んだ鯨の体臭を慕い、夕方近くなるまで船を追いかけて来た。

その翌日、帆柱に登って望遠鏡をのぞいていた万次郎は、大鯨と仔《こ》鯨が波間に浮いているのを発見した。大鯨は胸鰭《むなびれ》で仔鯨を抱えるようにして逃げ出そうとしたが、伝馬船の刃刺人たちは前日と同じ方法で、寄ってたかってその大鯨を仕止めた。仔鯨は逃げるにまかせて棄て置いた。万次郎は鯨を発見した功により、水夫の被《かぶ》る新しい帽子を船長の手から褒美《ほうび》に授与された。伝蔵、重助、寅右衛門、五右衛門の四人は、鯨油の樽を船底に運び甲板の血糊を掃除した功により、彼等も同じような帽子を褒美にもらった。

船は針路を南南東に向けて進み、洋上にあること六箇月の後、十一月下旬サンドイッチ群島オハオ島のホノルルという港に着いた。船はこの六箇月間の航海で大鯨十五頭を漁獲した。

万次郎等は殆《ほとん》ど一年ぶりに陸地らしい陸地を目のあたりに見て、とにかくここに一と先ず上陸させてもらいたかった。しかし船長は彼等を呼んで手真似《てまね》で云いふくめた。

「拙者は其方等に告げる。拙者は只今《ただいま》より上陸して奉行所に出頭する。そうして手続をする。その手続は、其方等が一日も早く上陸できるようにと願い出る手続である。なお、拙者は其方等の宿所を定めて参る考えである。其方等は上陸することを暫《しば》く待《ま》て」

五人の代表として伝蔵が手真似で答えた。

「船長殿、私どもは船長殿の仰せられることがよく納得できました。それは大へん結構なことで、そうして有難いことで御座ります」

「其方等は、上陸しても直ちに暮し向きに困るだろう。拙者は左様に考える。其方等は奉行所より、当分のうち仕送りを受ける必要がある」

この船長は情深い人で気持のさっぱりした人であった。たまたま部下を叱責《しっせき》する場合にも、鴃舌《げきぜつ》一声ぐっと一と睨《にら》みするだけで、後は何ごともなかったように釈然たる顔をする。部下もこの船長には心服して、いそいそとして仕えていた。

万次郎等五人は船のなかにとり残され、船長から呼出しが来るのを待っていた。彼等は寄り寄り協議して、もし上陸を許されるにしても、何をして身を立てて行こうかと今後の方針について語り合った。いずれにしても異人の言葉を覚えなくてはいけないと腹を定め、宿直の水夫たちを師匠にして口のききかたを教わった。年のせいか伝蔵が一ばん物覚えが悪く、万次郎は一人とびぬけてよく覚えた。

水夫たちは交代で上陸し、船に帰るとき酒気を帯びているものもあった。船長は陸地で何かいろいろの用務があったと見え、一箇月あまりたってから漸《ようや》く呼出しに来てくれた。万次郎等は船長に連れられて上陸し奉行所に出頭した。

奉行はドクトル・ジョージという五十歳あまりの米国人であった。この人はもと米国の医師であったということだが、この島へ出稼《でかせ》ぎに来ているうちに次第に庶民の人望を得て、奉行に推挙されたということである。

奉行ドクトル・ジョージは万次郎等のまだ見たこともない万国地図を持って来て、それを彼等の面前に繰り拡げた。そして図面のそこかしこを指で突きながら、簡単な言葉で万次郎等に問いただした。

「ここか、それともまたここか？　其方等の生国は、しからばここか？　それともまたここか、それともまた、ここであるか？」

万次郎は片ことながら幾らか異人語がわかるようになっていた。それで五人のものを代表して万次郎が云った。

「私どもは存じませぬ。そこに大きな紙が御座ります。それは何で御座りましょ奉行は微笑をもらしたが丁寧に説明した。

「これはフォルジング・マップである。して、其方等はここを見よ。これは海である。これは大きな陸である。これは島である。すなわち其方等の生国は、ここであるか？或《あるい》はまた、ここか？」

万次郎は答えた。

「私どもはジッパンニゼで御座ります」

奉行は傍《かたわ》らに腰をかけていた船長と顔を見合せ互に頷《うなず》いたが、今度は合掌して神仏を拝む真似をした。

「其方等、神仏を拝むか？」

万次郎も重助も五右衛門も口々に、

「左様で御座ります」

と答えた。奉行は今度は戸棚《とだな》のなかから日本製の煙管《きせる》と一朱銀二十枚、二朱金一枚、寛永通宝一枚を取出して来て、

「これは何であるか？」

と万次郎にたずねた。万次郎は答えた。

「それなる金銀は、私ども本国の産で御座ります」

「しからば其方にたずねる。其方は大坂と申すところを存じておるか」

「存じております」

「大坂とはいかなるところであるか？」

「私は大坂と申すところをまだ見物いたしませぬが、これなる伝蔵はよく存じております。大坂は名高い船着場で、繁華なところと申すことで御座ります」

「左様、大坂とはジッパンニ第一の良港である。しからば其方等は正《まさ》しくジッパンニぜである。これなる細づくりの煙管ならびに二十二枚の金銀は、十四年前その大坂と申す港の商船一艘このオハオ島に漂流し、そのものの手から伝えたものである。そのもの等は愛嬌《あいきょう》ある船乗であった。其方等はまた正直そうな船乗である。拙者は其方等を暫く公費でこの島に留めおく。なお当座の小遣《こづかい》として、拙者のポケット銭よりダラ銀一枚ずつ其方等に与えたい」

万次郎は腰を曲げ頭を下げて感謝の意を表した。彼等はドクトル・ジョージにダラ銀を一枚ずつもらい、役所の控部屋に案内されて細長い果物や褐色《かっしょく》の飲みものを御馳走《ごち》《そう》された。五人のものは宿所も被服も食事までも、すべて役所から支給されることになった。これはホノルル政庁の大まかな行政方針によるものであったかもしれないが、船長ホイットフィールドの口添が与《あずか》って力あったことはいうまでもない。船長は五人のものを不憫《ふびん》に思い、実直で勤勉で悧発《りはつ》なこの国民性を愛していた。とりわけ万次郎の快活で胆力のあるところを深く愛し、このホノルルに万次郎を残して行くのが惜しそうな様子であった。とうとう船長はエス・シー・デーモン氏というホノルルの有力者を仲だちに頼み、デーモン氏を通して五人のものに難しい話を持出した。亜米利加《アメリカ》の郷里ヌウ・ベットホールドという都会に万次郎を連れて行き、万次郎に文明教育を施したいという話である。

万次郎を除く四人のものは当惑した。同胞五人が万里の異境に漂泊し今さらその一人の同胞と離れ離れになるのはつらいことである。とうてい二度と再び日本の土を踏むことはないにしても、まだ子供同然の万次郎をここで見棄てたとあっては人間ではない。日本は万里波濤《はとう》の彼方《かなた》にあるとはいえ、悪事千里を走るという諺《ことわざ》もある。夢で土佐の西浜や中浜の人たちに会うようなとき、たとえ夢のなかでもその人たちに対して会わせる顔がない。しかし彼等五人のためには船長は命の親の大恩人である。その慈愛は深く身にしみている。しかもホノルルの有力者デーモン氏を介し、四人のものに礼儀を尽して相談して来たのである。四人のものはいろいろと考え、いろいろと意見を述べた末、とにかく万次郎の一存に任せたらよかろうと相談一決した。ところが万次郎は極く気軽に、船長の望み通り亜米利加に渡って文明の空気を吸いたいと云った。

船長は万次郎の返事をきいて非常に喜んだ。そして「充分にいたわるべし。心配いたすな」とくれぐれも云いきかせ、万次郎を連れて船に乗りこんだ。伝蔵等は別れを惜しみ港まで万次郎を見送った。

四人のものは役人からオハオ島住民たるの資格が与えられ、同時に役所から下賜された二間に三間ほどの萱葺《かやぶき》屋根の小屋に住むことになった。この小屋は四人で住むにはすこし狭かったが、謂《い》わば恩賜の館というべきで、四人のものは役所の慈愛深い取扱いに感謝した。

そのころホノルルの町屋はたいてい椰子《やし》の葉の萱葺小屋で、お寺だけが塔のような屋根の造りであった。土佐の高知のように城の石崖《いしがけ》もなく、天守閣もなく、ホノルルは高知の町よりもずいぶん見劣りがした。

しかし十一月の末というのに樹木が青々と茂り、港は南に向い港内の広さは凡《およ》そ半里四方もあった。港内にはいつも五十艘《そう》以上の捕鯨船が繫留《けいりゅう》され、その船の艫《とも》には一様に星光を染めぬいた亜米利加の旗が掲揚されていた。

伝蔵等はその翌年の夏ころまで官費で生活していたが、次第に土地の言語風儀にも通じて来て、簡単な用事や使い走りなら半端《はんぱ》ながら用を弁じるようになった。それでいつまでも役所の世話になっていては気の毒だというところから、何か仕事か労働を仰せつけてもらいたいと役所の長官ドクトル・ジョージに申し出た。ドクトルは「その儀に及ばず、心づかいなどいたす必要はない。安心して官給を仰いでいるように」と懇《ねんご》ろに慰めてくれた。

それでまた彼等は一年あまり官給で暮したが、遊民のように毎日ぶらぶらしているのは慚愧《ざんき》にたえなかったので、重ねてドクトルに申し出た。その結果、伝蔵とその伜《せがれ》五右衛門は当分のうちドクトル邸の中間《ちゅうげん》として雇い入れられることになった。水汲《みずく》み薪割《まきわ》り弁当運び掃除など云いつけられたのである。寅右衛門はドクトルの口添で、桶《おけ》大工の家に職人見習として住込むことになった。重助は、例の足痛が再発していたので、ドクトルの紹介で町から三里ばかり離れている百姓家で静養することになった。重助の病気は次第に悪くなる一方であった。

四　万次郎、大海に乗り出し捕鯨の快味を満喫すること

万次郎の乗組んだジョン・ホーランド号は、一路南方に向けて進んで行った。船長は万次郎を自分の子供のように可愛がり「ジョン万、ジョン万」と愛称した。しかし文字が書けなくては今後とも不便なことが多いだろうと心配して、万次郎に学問するように云いきかせた。万次郎はときどき習字をしてみたが、イロハ四十八文字よりもＡＢＣ二十六文字の方が短いので間もなく文字も綴《つづ》れるようになった。船長は非常に喜んで「ジョン万」をますます鍾愛《しょうあい》し、船の人たちもいつか「ジョン万」と呼ぶようになった。

船は赤道直下のキングスミルブルグという島に寄港して薪水《しんすい》を積み入れた。この島は周囲一里あまりの小さな島である。住民は男女とも裸体の黒んぼで、ただ陰部のところ一箇所だけ木の葉でかくしていた。黒んぼ等は小舟に乗り、船の人たちに玩具の弓を売りに来た。船の人たちは不要の鉄屑《てつくず》など土人に投げ与えてその弓と交易した。

船はこのキングスミルブルグ島の近海で鯨を追い、その年（一八四二年）の三月、

小笠原《おがさわら》島の真南に当るスペイン領ギャム島に寄港した。ジョン万は船の人たちと打ちそろってこの島に上陸した。周囲四十里くらいもあろうと思われる大きな島である。港の広さは五里四方もあった。民家はホノルルの町家と同じような萱葺屋根で、戸数三百軒くらいあった。

ギャム島を出航する船は一路北上して、日本の沖五十里乃至《ないし》百里の近海を通りぬけ、仙台領石の巻の沖あたりから南南東に向けて太平洋を縦断し英領エミオウ島に寄港した。この島は周囲四十里ばかり、やはりホノルルの町家のように萱葺の家が三百くらい見えた。ギャム島を出帆したのは四月下旬でエミオウ島に着いたのは十一月下旬であった。エミオウ島に三十日あまり停船すると今度は西南に向けて出帆し、翌年二月、再びギャム島に寄港した。船はオハオ島以西の太平洋を股《また》にかけ、東西南北に大きな円を描いて乗りまわしたわけである。

ギャム島には三十日滞船した。そして船は南南東に向けて出帆し、四月下旬に南亜米利加の南端ホルン岬《みさき》をまわって北上し、翌年一八四四年（弘化元辰年《たつどし》）北亜米利加合衆国のマサチウセッツ州ヌウ・ベットホールド港に入津《にゅうしん》した。ジョン万はすでに鯨捕りの技術に熟練し、どこに出しても恥かしくない海員になっていた。

ヌウ・ベットホールド港は幅三里、奥行一里の良港で、二百艘の捕鯨船が繋留されていた。民家は五六千くらい見えた。船が着くと交代の船員が短艇《たんてい》で陸から漕《こ》ぎ寄せて、船長をはじめジョン万や水夫等はその短艇で上陸した。戸口稠密《ここうちゅうみつ》して驚くべき繁華な町であった。幅十五六町の大川に巨大な橋が架けられ、刎橋《はねばし》のような仕掛になって大きな船も檣《ほばしら》を立てたまま往来することが出来た。ジョン万は船長に連れられてこの橋を渡り、対岸のハアヘイブンという町の船長の自宅に到着した。五年振りに船長は自分の家に帰ったのである。

船長の宅には男の子一人、姉一人、下男一人、都合四人の世帯で他に臨時雇の作男がいた。主婦は船長の留守中に病気で亡《な》くなったということである。

ハアヘイブンという町は人家が海岸沿いに二里も続き、二階または平屋の板葺《いたぶき》の家が路《みち》の両側に軒をならべて建ち並んでいた。ジョン万はこのように繁華な街はまだ想像したこともなかった。あまり繁華すぎて初めのうちは呆然《ぼうぜん》とした。船長の家族の人たちは「ジョン万、ジョン万」と云って大事にしてくれ、間もなく船長の世話でジェムス・アレンという人の家に寄寓《きぐう》することになった。アレンという人は分別盛りの年輩で、その娘のジェーンという淑女は自宅の桶屋から一町半ほど隔ったところに私立学校を経営していた。

或るとき桶屋のアレンはジョン万に、お前は学校にあがって勉強する気はないかとたずねた。ジョン万は勉強したいと云った。当分日本に帰してもらえそうにも思われなかったので、彼はとにかく学問しておけば何かの役に立つだろうと思っていた。学校にあがるにしても基礎的の学習だけは出来なくてはいけない。それで桶屋のアレンはジョン万に素読を授けるため、娘のジェーン嬢の学校にジョン万を連れて行った。

ジョン万は初めて学校というものを見た。五六間四方の板ばりの部屋に腰掛と机をならべ、二十人ばかりの生徒が机について素読の稽古《けいこ》をしていた。教師は一段高い板ばりの台に立って、黒板に白墨で文字を書いていた。

桶屋のアレンは娘のジェーンにジョン万を紹介した。生徒たちは初めのうち新入生ジョン万を敬遠していたが、一日二日と日がたつにつれ「ジョン万、ジョン万」と云って仲よく遊んでくれるようになった。ジョン万は毎朝アレンの家から学校に通い、夕方になると家に帰って来た。ジェーン嬢はときどき参考書などジョン万に貸してくれた。

そのころ船長は鯨油を売るためにニューヨークに出かけ、油も高く売り美人の後妻を同伴して得意になって帰って来た。そしてヌウ・ベットホールドから五里ほど隔った田舎に田園を買って新世帯の家を建て、牛、豚、鶏を飼い、穀類、葡萄《ぶどう》を栽培するようになった。ジョン万もジェーン嬢の小学校を退学して船長の新家屋に合流し、家事の手伝いをすることになった。

ジョン万は農作牧畜の余暇に読書した。船長もかねがねジョン万の好学の精神には感心していたが、近所に住んでいたハアズレという数学者は、遠来の少年が学問を好むとは殊勝なことだと感心して、もしその気持があるなら数学や測量を教えてみたいと云ってくれた。ジョン万は喜んで早速ハアズレの門下生になった。そして百姓仕事の余暇に数学、測量、読書、習字を勉強した。その翌年（弘化二巳年《みどし》）の十月、船長はまた捕鯨船に乗組んでヌウ・ベットホールド港を出帆した。ジョン万は冬季の農作物の手入れに一と区切つけ、翌年二月からヌウ・ベットホールドの桶屋のアレンの家に寄寓していたが、病気になったのでまた船長の家に引返し、ハアズレ氏に就いて算数学を修業した。しかし彼は大洋に出て鯨を追いまわす快味を思い出すと、豚の世話をしたり算術の書物にかじりついたりしているのがつまらなくなった。彼はもはや二十歳の若者であった。広い海に乗り出したい希望に駆られていた。恰度《ちょうど》そこへニューヨークのアレンテベシという船員が訪ねて来て、ジョン万を捕鯨船に雇い入れたいと勧誘した。このアレンテベシという人は、以前ジョン万等を無人島から救い出してくれたホーランド号の刃刺《はざし》人であるが、その後昇進してヌウ・ベットホールドの捕鯨船フランクリン号の船長になっていた。アレンテベシはかねがねジョン万の胆力と捕鯨の技倆《ぎりょう》を認めていたので勧誘に来たのである。ジョン万にとっては渡りに船であった。彼は厄介になっていた船長の細君の許可を得てフランクリン号に乗込んだ。

この船は船体の長さ二十八間、檣は三本立て、二十八人の乗組であった。一八四六年（弘化三年）四月にヌウ・ベットホールド港を出帆し、ボストンに二日ほど滞船して針路を東にとって大西洋に出た。そのころ亜米利加とメキシコは交戦していたので、東部海岸から太平洋に出るには大西洋を通って行く航路が無難であった。

船はウェスタン群島のファアロー島に寄港して今度は針路を南にとり、カナリア群島の沖をすぎケープ・ハート群島のサンチャゴで薪水を積み、アフリカの南端をまわって印度洋を通り、濠洲《ごうしゅう》、爪哇《ジャワ》の近海を漁猟してチモル島のカオバンに寄港した。ヌウ・ベットホールドを出港してから七箇月目であった。このチモル島はポルトガルの領地になっていたが、カオバンの港だけはオランダの領分になっていた。この港は五里あまりも入り込んだ入海になっている良港で、滞船三十日の間にジョン万も上陸して街を見物した。在来の住民は黒んぼでオランダ人や東印度人など雑居していた。家数は二百戸ばかりあったと思われる。

この航海はジョン万にとっては大いに見聞を拡める役に立った。彼は各種各様の風景や各種各様の人種を見ることが出来た。カオバンを出帆するとヌウ・ギネアに寄港して、顔に泥土を塗り髪を白く染めている人喰《ひとくい》人種を見た。男女の区別などわからないような人種である。船の人たちはこの土人の楯《たて》や武器を手に入れたいと云ったが、相当の危険を冒さなくてはその目的を達することが出来ないので断念した。

船はボルネオ島の北にあるドロン群島中の一つの島に寄港して薪水を積み、三十日滞船しているうちに船員一同は休養し、今度は東支那海の鯨を追いながら台湾の沖を通り琉球《りゅうきゅう》に着いた。ジョン万は前もって日本風の衣服や鉢巻《はちまき》にする白布など用意していたが、覚悟がつきかねてとうとう上陸する機会をとり逃がした。しかし船の人たちは短艇をおろし海辺の部落に漕ぎ寄せて、金巾《かなきん》四反で牛二頭を交換して帰って来た。これは物価の標準から云って琉球人の大損である。船の人たちはそのほかまだ日本の蜜柑《みかん》や豚など手に入れたいと云っていたが、あまり日本の国禁を犯しても悪かろうというので急いで出帆した。今度は針路を東に向け、かつてジョン万等が漂着していた無人島の附近で鯨を追いまわし食用の魚も釣りあげた。ところがその年の八月ころ、日本奥州の沖八十里ほどの海上で、思いがけなく二十幾艘の日本の漁船に邂逅《かいこう》した。

海の色が変色して見えるくらい鰹《かつお》の大群が集まって、日本の漁船では目のまわるほど忙しそうに鰹を釣りあげていた。ジョン万の乗っていたフランクリン号でも、一つ大漁の割前にあずかろうではないかというので帆をおろし、各自に釣道具をとり出して鰹釣をした。

そして二百尾あまりも釣りあげたとき、日本の漁船は漁場を荒らされるとでも思ったのか或は胡散《うさん》くさい船がいるとでも思ったのか、そのうちの二艘の船がフランクリン号の方に漕ぎ寄せて来た。ジョン万はこのときとばかり、急いで日本風の衣服に着換え日本風に鉢巻をして、舷《ふなばた》から大きな声でその漁船に呼びかけた。

「その船はどこの船か？　日本の船と思わるるが、日本はどこの港の船か？」

ジョン万は久しぶりに日本語を発音した。しかも夢のなかでなく正気で、日本人を相手に存分に大きな声で日本語を発音したのである。

「その船は日本の何処の港の船か？　その船は土佐の国の船か？」

すると漁船では、

「センテイ、センテイ」

と答えた。たぶん仙台というのを訛《なま》って云ったのであろう。ジョン万は直ぐに短艇をおろし、パンを入れた箱を二つ進物に持って「センテイ」の漁船に漕ぎ寄せ、舷を相手の船腹に着けパンの箱を差出した。「センテイ」の漁師たちはそれを受取って箱の蓋《ふた》をあけ不思議そうに中身を見ていたが、ジョン万は「センテイ」の船頭格と思われる屈強な若者にたずねた。

「皆様方の船は土佐に帰らるる船か？」

屈強な若者は土佐訛の言葉が通じなかったのか、合点が行かないような顔をして、

「知らぬ」

と答えた。

「それでは皆様方は、ここから土佐に帰る便船を御存じにならぬか？」

屈強な若者は前と同じように、

「知らぬ」

と答えた。

「それではお手前方には、私の云う言葉が通じないのか？　センテイの船から土佐に帰る便船を見つけることは出来ぬものか？」

しかし相手は同じように、

「知らぬ」

と答え、釣りためていた鰹をとり出して、

「カツオ」

と云ってそれを返礼に呉《く》れようとした。或は彼等は後日のかかりあいをおそれ、言葉の通じないような真似《まね》をしていたのかもしれない。ジョン万は言葉が通じないものと諦《あきら》めて、そして手真似で「われわれも鰹をたくさん釣った。せっかくだが、その贈りものはレフューズしたいから悪しからず」と辞退して、もうこの上は幾ら問答しても無益だと観念して本船に引返して来た。本船の人達は甲板《かんぱん》に立ってジョン万と日本の船頭の談判する有様をみていたが、ジョン万の土佐に帰りたいという望郷の念は、すでに船長にも船の人たちにもどんなに切実なものであるか十分に理解されていた。ジョン万は本船に引返して来ると尚《なお》さらがっかりして、人々が注意してくれるまで頭の鉢巻を取りはずすことも忘れていた。もしも土佐に帰る便船があるということなら、彼は船長に交渉して冒険的に入国しようと考えていたのである。

フランクリン号はそこから針路を東南に向けて進み、毎日順風に帆をあげ珍しく船脚の捗《はかど》る航海を続けた。十一月にはオハオ島のホノルルに入港し、薪炭を積入れするために暫《しばら》く滞留することになった。

ジョン万がこの港で伝蔵等と別れてからもはや七年の歳月が経過していた。そしてジョン万は休暇になるのを待ちかねて、休暇を申し渡されると同時に上陸した。そして役所の小使や仕立屋の主人などに伝蔵等の行方《ゆくえ》をたずねると、伝蔵父子は日本に帰り、重助は病気で亡くなり、寅右衛門《とらえもん》一人だけ未《いま》だに大工の弟子になってこの町に残っているということであった。そこで寅右衛門のいるという大工職の家を訪ねると、寅右衛門は大きな鋸《のこぎり》で元気いっぱいに材木を挽《ひ》き割っていた。

寅右衛門はジョン万の顔を見ると大いに驚いて、

「おお、万次郎ぬし！」

と云ったかと思うと次は亜米利加《アメリカ》語で、

「なんという珍しいことか、これは珍しい再会である。お前はこの地にいつ来たか？」と云った。

ジョン万も、

「おお、寅ぬし」

と云ったが、次は亜米利加語で云った。

「珍しい再会である。俺《おれ》はお前の達者な姿をみて何よりも嬉しい。俺は先日フランクリン号に乗ってこの地に入港した。そしてお前がこの工場にいるということを知った。伝ぬしと五右衛門ぬしが日本に帰ったこともきいた。重助ぬしが他界したこともきいた」

「左様、重助ぬしはまことに気の毒であった。彼は霊魂だけでも日本に帰るつもりだと云いながら息を引きとった。それは昨年正月の風の強い日であった。伝ぬしと五右衛門ぬしがロロレデ号に乗って日本に帰ったのは、昨年十月下旬のことである。俺もいっしょに帰ろうと思っていたところ、ロロレデ号の船長コーカンという者は、腹黒い男だとのことで俺はその船に乗らなかった。俺は海上で憂き目をみるのは難儀なことだと思った。しかしながら俺の話は後にして、お前のその後の消息をきかせてもらいたい」

ジョン万は自分の身の上について話した。船長ホイットフィールドに連れられ亜米利加に渡ったことを語り、また七年間の身の上について語り、このたび捕鯨船に雇われてこの土地に立ち寄った事情を説明した。珍しい邂逅である。ジョン万と寅右衛門は一別以来の話をきいたりきかされたりしていたが、すると恰度そこへ寅右衛門の同僚の職人がやって来た。

「トラウエモン、いま港の仕出屋で捕鯨船の船乗にきいて来た。ロロレデ号が入港したということだが、その船にはお前の同胞人で朋輩《ほうばい》であった伝蔵が乗っている。これをもってこれを見れば、かねがねお前の云っていたように、ロロレデ号の船長は腹黒い男かもしれない」

降って湧《わ》いたような唐突な報告であった。ジョン万も寅右衛門も驚いて港に駈《か》けつけるとロロレデ号が繫留されていた。賃貸しの短艇を借りてロロレデ号を訪問すると果して伝蔵父子が乗っていた。

五　伝蔵等日本入国に失敗し、運つたなくハワイに帰航すること

伝蔵はジョン万にわかれて以来の七年間の身の上話をした。

はじめ伝蔵と倅《せがれ》の五右衛門は、長官ドクトル・ジョージの邸《やしき》に厄介になっていたが、それも心苦しいというので独立して借家を持った。しかし商売の経験もなく土地を買う資本もなく、日雇いの人夫とか収穫期の作男に雇われて暮しを立てていた。重助は三年前の七八月ごろから疫病にかかり、ずいぶん近所の人たちの世話になったが昨年正月に死亡した。伝蔵はキリスト教の僧に頼んで読経《どきょう》してもらい、家主の墓地に重助の遺骸《いがい》を埋葬し木標をたてた。伝蔵は非常に落胆し、それからというものは父子でツワナという人の厄介になっていた。たまたまこの島の王様の巡幸があったとき、ツワナの家に臨幸して伝蔵父子を御前に召出し身の上を下問した。伝蔵等はこの島に来てからの境遇をいちいち言上し、今後は耕作の傍《かたわ》ら漁業を営み独立の生活に入りたい旨《むね》

を申し述べた。すると王様がツワナの家を出発してから数日後に、ツワナは伝蔵等を呼び出して「其方等に田地を分配してつかわす」と云った。おそらく王様は、伝蔵等の願意をききとどけてツワナにその手続を命じたものにちがいない。

伝蔵父子は浜辺の空地に家をたて、漁業に従事する傍ら耕作した。土佐の釣道具そのままの道具をつくって主に鰹を釣り、それを町辻《まちつじ》の市場に持って行って売り捌《さば》いた。子供のときから鰹釣に熟練していたので、この島の土人が十ぴき釣る間に伝蔵は五十ぴきも釣り上げた。分配を受けた田畑には薯《いも》を植えた。気候がいいので薯の収穫は上首尾であった。それに彼等はいっさい税金を免除されていたので、贅沢《ぜいたく》は出来ないにしても安楽に暮すことが出来た。悴の五右衛門は耕作の合間を見て、宣教師のシンハレカという人の家に奉公に出た。伝蔵はこの島の土人や百姓の習慣を真似、自分の食用として鶏や豚なども飼っていた。

或る日、宣教師シンハレカの家で説教があったとき、聴衆の中から五右衛門を呼ぶものがあった。

「ゴウエモン、ゴウエモン。其方は拙者を忘れたか？」

見ればホーランド号の船長ホイットフィールドであった。にこにこと笑いながら、

「其方、拙者をまだ覚えているか？」

と云う。この命の親を五右衛門が見忘れる筈《はず》がない。

「どうして見忘れることが出来ましょう、大恩人ホイットフィールド氏その人、私どもは厚恩のほどを肝に銘じてよく覚えております」

船長ホイットフィールドは豁達《かったつ》に一笑して、五右衛門等のその後の消息をたずね、重助の死亡したことを知ると急に愁嘆の色を現わした。このたび船長は、五右衛門等を日本に送り届けるつもりで教会へ訪ねて来たというのである。もとホーランド号の水夫であったコーカンというものが、今回捕鯨船の船長になって日本近海に出漁することになったので、その便船で日本に送り届けるつもりであるという。もし重助も生きていれば日本に帰りたいことだろう。しかし亡くなった人のことは仕方がない。其方等三人は急いで帰朝の打合せにとりかかるがよい。拙者はコーカンに懇《ねんご》ろに頼んでおく。なお万次郎は拙者の故郷で無事に暮している。万次郎のことは心配なく、其方等三人で帰朝の支度《したく》にとりかかるがよい――船長はそう云って、五右衛門の案内で浜辺の伝蔵の家に訪ねて来た。

船長は伝蔵の家があまりに貧弱なので、しきりに眉《まゆ》をひそめていた。腰掛もなく足を踏み込む余地もなかったのである。伝蔵はこの大恩人のため腰掛の代りに桶《おけ》を据《す》えつけた。船長はその桶に腰をかけ、なお暫く眉をひそめていたが、やがて海上を眺《なが》め

「さてさて風流の侘び住いかな」

と、例によって豁達に打ち笑った。船長は日本に帰る便船が出ることを話し、明日その打合せのため港に来るように云い残して銀銭二枚くれて立ち去った。

翌日、五右衛門が港に出かけると、船長は五右衛門の身なりを見て、

「その風采《ふうさい》では日本に帰れまい。これでも着て帰れ」

と云って羅紗《らしゃ》の服をくれた。ついでに靴《くつ》や帽子や襦袢《じゅばん》の類までもくれた。五右衛門はそれ等の品物を荷造りして、一荷にまとめ棒に担《にな》って海辺の家に帰って来た。

伝蔵と五右衛門は大喜びで急遽《きゅうきょ》ホノルルの寅右衛門のところに注進した。

「寅ぬし、実はこれこれこういう話である」

委細を物語って互に日本に帰る約束をした。

伝蔵等三人はホノルル在住の懇意な人々に暇乞《いとまご》いの挨拶《あいさつ》をした。ドクトル・ジョージにも暇乞いを述べに邸へ訪れると、銭とか衣服とかいろいろの餞別《せんべつ》をくれた。懇意な人々はたいてい涙ぐんで三人の暇乞いの辞に挨拶した。

伝蔵と五右衛門はホノルルから海辺の家に帰って出発の支度にとりかかった。田地はせっかく丹精したもので手ばなしたくなかったが、そうかといって帰国する嬉しさ

には換え難い。畑の薯や黍《きび》は近所の人々に提供し、地所は施主のツワナに返上した。飼育していた鶏六羽、家鴨《あひる》四羽、豚二頭は、船長ホイットフィールドに寄贈した。

ホイットフィールドは伝蔵等三人のことを、くれぐれもコーカンに依頼してくれた。コーカンの捕鯨船はロロレデ号といい、乗組は二十五人いた。三人はホイットフィールドに見送られてロロレデ号に乗船したが、いよいよ出帆間際《まぎわ》になって寅右衛門は気が変った。彼は突然、

「俺は都合があって、帰らないことにした」

と云いだした。伝蔵がびっくりして、いま帰国しなければいつ帰国できるかわからないと極力説得につとめると、寅右衛門は船中に腹黒い者がいるからこの航海は不安だと云った。そして幾ら勧めても頑《がん》としてきかないで独り上陸してしまった。彼はコーカンの気性に疑いを抱いているようであった。

ロロレデ号は十一月下旬に出帆した。針路を南に向け南洋諸島の近海を漁猟して、ギャム島で越年すると今度は針路を北に向けた。そして三月上旬に八丈島に近づいたが、風波が荒くて短艇をおろすことが出来なかった。ロロレデ号はこの島の五里ばかり沖合を走りぬけて針路を北東に向けた。そして房州の沖を通り、三月下旬に陸地が微《かす》かに見える松前の近海で漁猟した。船長コーカンは伝蔵に、あの岬《みさき》は松前と陸続き

であると云って、船を陸地から二里ほどの沖に近づけ短艇をおろさした。コーカンと伝蔵と五右衛門と漕人《こぎびと》六名がそれに乗組んで、陸地に漕ぎ寄せ北向きの海岸に一同上陸した。そうして人家を捜し求めて徘徊《はいかい》していると、九尺に二間の二棟《むね》の空小屋が見つかった。家の中には日本風の草履と鞋《わらじ》と蓑《みの》が吊《つ》り下げてあった。土間には、履き古した鞋がぬぎすててあった。その鞋の土は白く乾き、囲炉裡《いろり》の灰は冷たくなっていた。伝蔵と五右衛門は、期せずして「おうい、おうい」と呼んでみたが、何の答えも反響もなかった。家の裏手に出て見ると、畑に里芋の植えつけがしてあった。たしかに日本の領土にちがいないが、附近を捜しても人の姿が見えなかった。小高い丘に登って野火をたき、暫く待っていても、やはり人の姿は見えなかった。

コーカンは言った。

「ここは無人島である。ここに上陸してみても、またまた困苦を重ねるばかりである。もっと便利な土地に上陸さしてやるから、一と先ず本船に帰るがよい」

伝蔵等はせっかく上陸したのである。どんな苦労でもして人家を捜しあて、帰国の本望を遂げなくてはいけない。寧《むし》ろここに彼等二人を置き去りにしてもらいたいとコーカンに嘆願したが、コーカンはその願いを許さなかった。

「この無人島同様の土地に其方等を置き去りにしたとあっては、拙者の先輩ホイットフィールド氏に対して申しわけない。このような辺鄙《へんぴ》な土地に上陸しなくても、もっと便利な土地に上陸する機会は幾らでもある」

そう云って船長は断乎《だんこ》として反対した。しかし伝蔵と五右衛門はどんな困苦をしのんでもこの土地に残りたかった。

「どうかお願いです。一生一代のお願いです。ここに置去りにして下さい」

二人は頭の上で手を揉《も》んで頼んだが、

「断じて許さぬ」

とコーカンは承諾してくれなかった。それで二人は悄然《しょうぜん》としてロロレデ号に引返した。

ロロレデ号はそこから北方に針路を向け、アリューシャン群島の北海で漁猟した。そして八月の上旬までに鯨二十三本を漁獲してホノルル帰航の途に向ったが、北海では日の光を見ないこと四十余日にも及ぶ陰気な航海を続けた。

伝蔵はジョン万に以上のような体験を物語り、はからずも今日このホノルルに帰港したものであると云った。伝蔵の物語をきいていたジョン万は、

「しかしコーカンは、寅ぬしの云うように腹黒い男とは思われない」

と云った。寅右衛門は、

「いや、腹黒い男である」

と云って自説を曲げなかった。結果から云えばコーカンは初め寅右衛門の警戒していたように、伝蔵等をだましてロロレデ号に乗船さしたことになる。そして無賃で捕鯨の労役に服務さしたことになる。しかしコーカンは日本の鎖国方針を知っていた。危険を冒して自ら松前の地続きに上陸し、人家を捜したり丘の上で野火をたいたりしてくれた。やはり先輩ホイットフィールドに対する気がねから、伝蔵等を置去りにしなかったものと見るのが妥当ではないか。

ジョン万は彼の乗組むフランクリン号の出帆がさし迫ったので、尽きぬ話もそのまま打ち切り再会を約して伝蔵等にわかれた。

伝蔵と五右衛門はホノルルの町に上陸すると、出発のときに餞別をくれた人々を戸別訪問して帰国の望みが不首尾に終ったことを報告し、なお今後ともよろしくお願いしたいと挨拶した。彼等はホノルルから五里ほど隔っているマエハというところに移住して百姓になった。

六　ジョン万、米国に帰航して再びホノルルに渡ること

ジョン万の乗組むフランクリン号は、ホノルルから南洋に向って廻航《かいこう》した。一八四八年（嘉永元年）三月ごろ、かつてジョン万の寄港したギャム島に繋船《けいせん》して薪水《しんすい》を積み入れた。ところが船長アレンテベシが発狂して狂暴な振舞を演ずるので、船員一同の協議によって船長を呂宋島《ルソンとう》のマニラに送り届けることにした。途中、鯨を漁獲しながら廻航し、マニラ港に入津《にゅうしん》したのは五月下旬であった。

マニラには米国の領事館がある。船員等は領事に面会を求め、事情を話して船長を米国政府の船で本国に送還してもらうことに取りきめた。この用件のためジョン万もしばしば上陸する機会があった。彼は新しく買った帽子を被《かぶ》って市中を歩いた。この町には亜米利加人のほかに、スペイン人やオランダ人やイギリス人や印度人や支那人などが雑居して、さながら人種の博品館のような感を呈していた。

フランクリン号では船長がいなくなったので、士官メエラという者が船長の代理を勤め、副船長は選挙投票の結果ジョン万がその位置に坐ることになった。船員一同は

ジョン万の胆力と捕鯨技術に心服していたのである。

フランクリン号は七月にマニラ港を出帆し、バタン、台湾、琉球《りゅうきゅう》の近海を漁猟して、十月にまたギャム島に引返した。そして薪水を積み入れて十一月にこの島を出帆し、ヌウ・アイランドに寄り、翌年二月にはセレベス島に寄り、三月にはチモル島を迂回《うかい》してセラン島に寄航した。この島に二十日間ほど滞在中、ジョン万は上陸したとき一羽の鸚鵡《おうむ》を買って船に持ち帰った。

セラン島は濠洲《ごうしゅう》の北チモル島の近くに所在する。この島を出帆すると印度洋を南西に進み五月下旬マダガスカルの沖を通り喜望峰を過ぎて大西洋を北上した。ヌウ・ベットホールドに帰帆したのは八月中旬である。一八四六年四月に出帆し、世界を一周して三年ぶりに帰帆する大航海であった。この航海で漁獲した鯨の数は五百頭に上り、数千樽《だる》の鯨油をエキスポートすることが出来た。

ジョン万は三百五十弗《ドル》の報酬をもらい、第二の故郷ともいうべきハアヘイブンのホイットフィールドの家に帰って来た。ホイットフィールドも先日帰帆したということで、ジョン万の帰って来るのを待ち受けていた。ジョン万はホイットフィールドの留守中に家をとび出したので、たぶん叱《しか》られるだろうと思っていたが別に叱られなかった。寧ろ鯨漁が大成功であったというので大いに讃《ほ》められた上、しかもフランクリン号の副船長に昇進したというので口を極めて賞讃《しょうさん》された。ジョン万はホノルルで伝蔵等に邂逅《かいこう》した顚末《てんまつ》も話したが、ホイットフィールドは伝蔵等の上陸した松前の地続きという土地は、おそらく地続きではないだろうと言った。日本の松前の東北に飛石のように幾つもの小さな島が続き、その島にはところどころ日本の植民小屋が見受けられる。伝蔵等はその植民小屋を見つけたものにちがいない。コーカンの処置は反《かえ》って妥当であったとホイットフィールドは批判した。

ホイットフィールドは日本近海の模様に明るかった。過日の航海でも江戸の沖近く漕ぎ寄せて江戸湾をことごとく観察し、たまたま難船していた日本の船頭を救助した。そのお礼に日本貨幣を一掴《ひとつか》みその船頭から寄贈されたということで、日本の穴あき銭を二十枚ばかり出して見せた。

「これは汝《なんじ》の国の貨幣であろう？　恋しいであろうから汝にこれを与える」

そう云ってジョン万にその穴あき銭を呉《く》れた。まだ三十枚も四十枚もあったというが、近所の人たちが珍しい銭だと珍重するので一枚二枚ずつ寄贈したということであった。概してこのハアヘイブンの人たちは、日本の品物を珍重する骨董《こっとう》趣味を持っている。日本の足袋《たび》や草履や古い刀剣を秘蔵している富豪もあった。日本の御輿《みこし》の模型を座敷の棚《たな》に載せている人もあった。これ等はたいてい海上でオランダ船に往き逢《あ》ったとき買入れたものだということである。

ジョン万は引きつづきホイットフィールドの家に滞在していたが、そのころ米国全土の経済界を震蕩《しんとう》させる大事件が起っていた。カリフォルニヤから無尽蔵に金塊が発掘されているという大事件である。

一攫《いっかく》千金を夢みる人々は争ってカリフォルニヤへ採金に出かけ、いわゆるゴールド・ラッシュの時代を現出した。ジョン万もこの風潮に感染し、いずれは日本に帰国するつもりでカリフォルニヤに渡ることにした。しかしホイットフィールドにはただ採金に行くつもりだと告げ、日本に帰りたい希望は秘密にしておいた。さもなければホイットフィールドは、ジョン万に堅く足留めを命ずるにちがいなかった。

ジョン万はヌウ・ベットホールドの材木船の水夫に雇われて南米の南を廻航してカリフォルニヤに着いた。それは船賃を節約するためであると同時に、当時は海路で渡るのが最も安全であったからである。ジョン万はサクラメントから河をさかのぼり、オスレハというところの鉱区で野宿しながら金を採取した。

はじめジョン万は或るオランダ人の使用鉱夫に志願して、日給銀銭六枚の契約で四十日間ほど働いたが、そのオランダ人は非常に横着者であった。当時カリフォルニヤには各国から札つきの無頼漢が集まっていた。御多分にもれずそのオランダ人も悪漢の親分であった。ジョン万が幾ら日給を請求しても言を左右にして一銭も手当をよこさなかった。それで彼は独立して働いているうちに一箇月ばかりで健康を害し、採金作業に見切りをつけてサンフランシスコに引上げた。

しかしこの一箇月の間に銀銭二百七八十枚と若干量の金塊の収益があった。これでは日本に帰る船を仕立てるには足りないが、ともかく彼は伝蔵等に会って帰国の方策を樹《た》てるためホノルルに渡った。

今度も船賃を節約するためホノルル行きの商船ハイライ号の水夫に雇われて、水夫として給料を稼《かせ》いだのであった。

ジョン万はホノルルに上陸すると寅右衛門を訪ね、マエハで百姓している伝蔵親子に使いを出した。伝蔵親子は直ぐに訪ねて来た。四人のものは帰国の方策について相談したが、ここに都合の悪いことが一つあった。それは伝蔵の伜《せがれ》の五右衛門が異国の宗門に帰依《きえ》した上、知人の紹介で妙齢の婦人とすでに結婚していたことである。しかも新妻は貞淑で、彼等の結婚生活は幸福であった。

いわば五右衛門は、突如として帰国の相談を持ちかけられたわけである。彼は非常に苦しんだ。貞淑な妻を振りすてて行くわけにも行かないし、いまこの機会に日本に帰国しなければ、いつ日本の土を踏む時があるかわからない。宗門帰依のことは、日本の取調役人に一同秘密にしておけば無難である。しかし異国の女を日本につれ帰ることは絶対に許されない。

伝蔵も倅の身の振りかたについては心を痛めた。倅に貞淑な嫁を見棄《みす》てさせるわけにも行かないし、そうかといって倅を異境に置去りにするわけにも行かない。伝蔵自身もこの機会にどうしても日本に帰国したい考えであった。

彼等は話が秘密に属するので、日本語で相談した。

「これは善いことか悪いことか知らぬが、土佐には昔から、こういう譬《たとえ》がある。心を鬼にする、という譬がある」

伝蔵はそう云って倅の顔色をうかがった。しかし倅の顔色が青ざめたので、伝蔵はジョン万と寅右衛門に云った。

「寅ぬし、よくきいてくれ。万次郎ぬしも、よくきいてくれ。わしは日本に帰りたいばかりに、今日まで生きておった」

ジョン万と寅右衛門は深くうなずいたが二人とも黙っていた。五右衛門はよほど暫《しばら》く考えてから、

「わしも帰る」

と云った。その代り、嫁には帰国することを打ちあけないで、こっそり乗船するこ

とにした。

その日、ホノルルに入港した船で日本人数名を乗せて来た船があるという噂《うわさ》が伝わった。ジョン万はさっそく港に駈《か》けつけて、その船を訪ね日本人に面会してみると、その日本人の日本語がジョン万にはすこしもわからなかった。それで使いを出して伝蔵を呼んで対談させてみると、新来の日本人は紀州日高の蜜柑船《みかんぶね》天寿丸の船頭寅吉外五人の日本人で、大風に吹き流され漂流しているところをこの異国船に助けられ、本日この異国の港に寄港したということであった。伝蔵等はかつて土佐の郷里でしばしば紀州の船を見た。紀州の人ときけば特になつかしい。是非ともいっしょに帰国したいと彼等は堅く約束した。

伝蔵等は旅の道連れが出来たので喜んでいた。ところが寅右衛門はまたもや変心して、自分だけはここに居残ると云い出した。もはやこの町には馴染《なじみ》の人もたくさんいる。土佐で暮すのもどこで暮すのも同じ一生だというのである。伝蔵やジョン万は驚いて、寅ぬし一人を残すわけには行かないと極力勧誘に努め、お前一人をここに残して郷里の人たちに何と云って申し開きが出来ようかと諫《いさ》めたが、寅右衛門はどうしてもきかなかった。この前の伝蔵等の帰国の企てが失敗に終ったので、今度も不安だというのである。彼はホノルルで桶職人として可なりの暮しをしていたので、もすこし年をとらなくてはそんなにまで切実に望郷の念がこみ上げて来なかったのだろう。

三人は寅右衛門に対して少し気拙《きまず》い心持になって三人だけ帰国することにした。そして紀州の船頭等の乗っている船に便乗を願い出て乗船したところ、ジョン万とその船の船長とが喧嘩《けんか》をしたので三人は船からおろされた。船が港を出帆する数日前、ジョン万は退屈のあまり毀《こわ》れている桶を修繕した。船長はそれを見てジョン万にその他の桶の修繕を命じた。ジョン万がその桶を修繕すると、船長は種々様々の毀れた道具をとり出し山のように積み上げて、

「汝は早速これらの器具を修繕すべし」

と命令した。ジョン万は桶職は心得ていたが、鋳掛《いかけ》や船大工の職には心得がなかったので、

「これらの器具の修繕は、拙者には不可能である」

と返答した。すると船長は物も云わずにジョン万の頬《ほお》を殴打した。この待遇は亜米利加本土では明らかに奴隷《どれい》に対する仕打である。ジョン万は激怒した。

「拙者は、汝の奴隷ではない。汝は口にマドロス・パイプをくわえて傲然《ごうぜん》としているが、船乗の仁義なるものを心得ているか」

ジョン万は軽く啖呵《たんか》を切って、箱や椅子の修繕は勿論《もちろん》のこと桶の修繕もしなかった。

船長も大いに含むところがあったと見え、ジョン万等三人をことごとくに圧迫した。それで三人は帰国を今度の機会まで延期することにして、開帆期が近づいていたが悄《しょう》然《ぜん》として上陸した。温厚な紀州組の寅吉等は、ジョン万等に深く同情して「お気の毒な、お気の毒な」と云っていた。

ジョン万等三人は下船すると桶屋の寅右衛門を訪ねた。寅右衛門はそれ見たことかというように笑い出したが、急に眉《まゆ》をひそめて一つ困ったことが出来たと云った。昨日も一昨日も、それから四五日前にも五右衛門の嫁がここへ来て「ゴウエモンはどこにいるか、トラヌシ、お前は知っているだろう?」と詰問したそうである。寅右衛門は「知らぬ、存ぜぬ」と答えておいたというが、幾ら貞淑な女房でも今度ばかりは一騒動おこすにちがいない。五右衛門は同胞四人の密約に従って、女房には何も云わないで家をとび出したのであった。今度また彼等の帰国の企てが不首尾に終ったという噂は、たちまちのうちにホノルルの人たちに知れ渡るにちがいない。うっかりすれば新聞にも出るかもしれない。ポリネシアン新聞もフレンド新聞も、いつもこういう出来事を競争で書きたてる。

伝蔵と五右衛門は、ホノルルから五里ほど田舎にあるマエハの自分の家に帰った。両人はびくびくもので自分の家の中に足を踏み入れたが、見れば五右衛門の嫁は壁に掛けてあるキリストの絵姿の前に膝《ひざ》まずいて一心に祈りをあげていた。彼女は人の気配に気がつくと驚いてとび上り、そうして五右衛門がそこに立っているのを見ると、蛮声を発し突進して来て五右衛門の肩にしがみついた。しかし彼女は何も騒動を演じたのではない。歓喜のあまり五右衛門の肩にかじりつき、彼女の唇《くちびる》を五右衛門の唇に押しあてたのであった。伝蔵は従来こういう種類の彼女の所作をしばしば見厭《みあ》きていたが、その時ばかりは席をはずして土間の鍬《くわ》を持つと、そのまま畑へ耕作に出て行った。

五右衛門の嫁は至って貞女であった。伝蔵の留守中に女ひとりで畑三反を耕作し、畑の一隅に家鴨《あひる》小屋を建て一番《ひとつがい》の家鴨を入れていた。しんから百姓仕事が好きな女であった。

ジョン万はホノルルの港に繋留されている船に雇われて、雑務に従事しながら帰国する機会をねらっていた。そして以前世話になったホノルル町の懇意な人々に、帰国する便船を考慮してもらいたいと依頼していたが、たまたま支那の上海《シャンハイ》に向けて廻《かい》航《こう》する船があるという噂を聞き込んだ。それは十一月上旬（一八五〇年）入港したサラーボイド号という米国の商船で、支那の茶を仕入れるため廻航する船であった。ジョン万はこの吉報を伝蔵等に通知して、伝蔵、五右衛門の三人で、米国領事エリシャ・エイチ・アーレン氏の証明状（日本漂民たることを証明する）を持ってサラーボイド号の船長に面会を求めた。

船長はフィツモアという名前であった。ジョン万が彼等三人の身の上を物語り、サラーボイド号に便乗することを許可されたいと懇願すると、フィツモアは難色を見せた。

「貴殿等の故国に帰りたいという気持は、拙者にもよく忖度《そんたく》することが出来る。しかしながら上海に渡航する船は、日本のはるか南方の沖を航海する。商船は捕鯨船と異り航海の期日に制限がある。わざわざ航路を変更して日本に寄港することは承引致し難い。なぜかというにこのサラーボイド号は船舶会社の所有にかかる船である。そして積入れる支那の茶は、入荷を急ぐ貿易商人に期日以内に引渡す必要がある。いずれにしても、日本に寄港することは拙者の一存ではとりはからいかねる」

そう云ったものの船長は、ジョン万等の切なる望郷の念にすこしは心を動かされたようであった。海図をひろげてジョン万等にそれを示しながら云った。

「これは支那の上海である。これは日本の薩摩《さつま》である。風順によってはこの船も薩摩の近海を通過することもある。その場合にはその近海の一島に上陸させる方法があるかもしれない。さりながら必ず上陸させるというのではない。風順次第である」

ジョン万と伝蔵と五右衛門の三人は、いったいどうしたものだろうと相談した。風順の都合ではそのまま上海に持って行かれ、またもやホノルルに帰らなくてはならぬ。しかしこの機を逃したらいつ便船があるかわからない。何としてもこの船に便乗して帰国する方法をとろうと三人は協議して、ジョン万は窮余の一策を思いついた。それは一艘《そう》の短艇《たんてい》を買入れサラーボイド号に積込んで、日本の近海を通過するときそれをおろして漕ぎ寄せる方策である。伝蔵も五右衛門も、それは妙策だとばかりに直ちに賛成した。

船長フィッツモアもこの計画に賛成して、

「ずいぶん考えたものである」

と云って笑っていた。

三人はサラーボイド号から引きあげるとその足で寅右衛門を訪ね、相携えて四人いっしょに帰国するように勧誘した。しかし寅右衛門は小舟の渡航は危険だと云って賛成しなかった。彼は帰国したいという一念を半ば失っていた。

ジョン万は短艇を買入れるため諸所方々を駈けずりまわった。彼はカリフォルニヤで稼いだ銀銭や砂金を後生大事に持っていたが、新造船は値段が高すぎるので古手の出物を捜しまわった。幸い或る英国人が中古一艘を手放したいと云うのを聞き込んで、艇具一揃《ひとそろい》と共にそれを百弗《ドル》で買入れた。

ジョン万はこの短艇に冒険《アドベンチュラル》号という船名をつけ、船長の許可を得て冒険号をサラーボイド号に積入れた。そしていよいよ彼等三人は便乗することになった。ホノルルの人たちはこの決死的渡航者の噂を聞き伝え、なかには同情して帰国の準備を手伝ってくれる人もあった。デーモン氏の如《ごと》きは、一八五〇年十一月十四日のポリネシアン新聞に義《ぎ》捐金《えんきん》募集の広告文を掲載して広く市民諸氏の寄附金をつのった。次のような広告文であった。

「一八四〇年にカピテン・ホイットフィールドに救助せられし日本漂民のうち、ジョン・マンジラウは合衆国においてホイットフィールド氏に従ひ普通教育を受け、傍《かたは》ら桶職をも習得す。このたびマンジラウ氏は他の二人と共に帰国を謀《はか》り、メキシコ国マザトランより支那へ航海する米国船サラーボイド号に乗り、琉球国の近海まで送られんことを船長フィツモアに約せり。ために捕鯨船の短艇一隻、ならびに附属品を必要とす。博愛なる諸君は左の物品恵与あらんことを希望す。

羅《ら》針盤《しんばん》、小銃、衣服、靴《くつ》、及び一八五〇年の航海暦」

この広告が新聞に出ると、五右衛門の妻は亭主が日本に帰ろうとしているのを知って悲嘆にくれていた。しかし彼女は日本人の一徹な気性をよく知っていた。彼女は五右衛門に、いずれまた会う日まで待っていると言った。

ジョン万は大恩人ホイットフィールドに手紙を書いた。多年の恩義に対して厚く感謝の意を表し、このたび無断で帰国する忘恩の行為を詫《わ》び、家に残してある品物は知人に分配してもらうように書き記した。この手紙はアメリカ行の便船に託した。

三人はオハオの知人に暇乞いをしてまわった。しかし船の出帆が近づいたので、暇乞いもそこそこに切りあげて心残りのまま乗船した。

七　ジョン万等、首尾よく琉球に漕ぎ寄せて生れ故郷に帰ること

サラーボイド号は船体の長さ二十間、乗組は十七人であった。十一月二十五日にオハオを出帆したが、風順が悪くて針路が思うようにならなかった。四十日間を費して漸《よう》く翌年正月二日、琉球の沖二里ほどの海上に差掛った。ジョン万は歓喜した。その嬉《うれ》しさをジョン万はその場でオハオの知人に宛《あ》てて手紙に書き、なお寅右衛門に帰国するようにすすめていただきたいと書き加え、それを船長にことづけた。

三人は船長に便乗させてもらった礼を述べ、風波は荒かったが短艇冒険号をおろそ

うとした。船長は船を停《と》め、三人の手を交互に握りしめて涙を浮べた。

「勇敢なる着陸作業である。しかしながらこの風波では上陸もおぼつかない。もし漕《こ》ぎ寄せ難かったら、この船に帰って来るがよい。決して無謀なことをしないように」

そう云って船長は三人に最後の訣別《けつべつ》の辞を述べた。

「貴国の国法は厳しいということである。したがって永劫《えいごう》に再会の機はないであろう。これが最後の別れである。専《もっぱ》ら冒険号の幸福なる航海を祈る」

三人はそれぞれ船長にお別れの挨拶《あいさつ》をして、乗組員一同にも「左様なら、左様なら」と挨拶した。三人は短艇をおろして乗り移り、浪《なみ》に飜弄《ほんろう》されながら島影を目ざして漕ぎ寄せた。サラーボイド号では三人が無事に島影に到着するのを見届けると、帆をあげて西の方角に走り去った。

ジョン万等は島の荒磯《あらいそ》に漕ぎ寄せたが、雨まじりの強風が吹き荒れて上陸することが出来なかった。そのうちに日が暮れた。その夜は岩かげの波間に風を避けて夜の明けるのを待った。彼等は食糧品や荷物や手廻品や土産物《みやげもの》をどっさり短艇に積込んでいたが、短艇は大波に耐え得るようにすこぶる頑丈《がんじょう》につくられていた。顚覆《てんぷく》するような心配はなかった。

翌日、正月三日の夜明けになると風雨が止《や》んだ。磯の向うの陸地には民家が見え、民家の庭さきには蜜柑《みかん》の木が植えてあった。三人は冒険号を磯に漕ぎ寄せて、先《ま》ず伝蔵が偵察の意味で単身上陸した。三人のうちで伝蔵が一ばん日本語をよく覚えている筈《はず》である。しかし彼が一軒の民家を訪れてこの部落の地名をたずねると、その蛮服を見て驚いた土人の家族たちは、正月三日の朝の団欒《だんらん》を台なしにした。彼等は何やらしゃべりながら立ち騒ぎ、いまにも逃げ出しかねない様子であった。伝蔵は決して怪しいものではないと釈明につとめたが、彼の土佐弁は土人たちに通じなかった。土人たちの言葉も伝蔵に通じなかった。伝蔵はその場を逃げ出して短艇に引返し、ジョン万に報告した。

「さっぱり言葉が通じない。永らく海外にいる間に、日本語を忘れたかもしれぬ」

ジョン万は短艇を磯につなぎ、護身用のピストルを持って人家のある方に進んで行った。伝蔵と五右衛門はその後からついて行った。途中、一人の土人に逢ったが矢張り言葉が通じなかったので、手で水を飲む真似《まね》をして見せると水のあるところに案内してくれた。そこで短艇に積んでいた台所道具を運んで来て、牛豚の肉を料理して前夜以来の空腹を充《み》たし、コーヒーも飲んだ。そうして食後の休息をしていると、そこへ土人が来て手真似で三人を案内しながら番所のような仮小屋に連れて行った。土人等は彼等三人を外国の漂流人と思っていた。

この島の土人等は漂流人の取扱い方が上手であった。親切に飲水を汲《く》んで来てくれるものもあるし、甘藷《かんしょ》を持って来てくれるものもあった。米を持って来てくれるものもあった。その間に村役場に注進したものと見え、役人が数人の吏員をつれて取調べに来た。役人の云う言語は、土人の言葉とちがってすこしは通じるところがあった。

役人はジョン万等三人の国籍姓名をたずね、発足地と目的地をたずね所持品の有無をききだした。そしてジョン万等のピストルを取りあげた上、なお役所まで護送して訊問《じんもん》すると申し渡した。ここは琉球国沖縄《おきなわ》島の南端マブニマギリという村であった。

ジョン万等は村役所の所在地ナカオ村という土地へ護送された。武器を持った役人十数名が附添って厳重な警戒が行われた。眼病をわずらっている伝蔵は途中から駕籠《かご》に乗せられた。役人たちは漂流人に対して必ずしも苛酷《かこく》な取扱いをしたわけではなかったが、蛮服のジョン万等が日本人だということをまだ信じきっていなかったので、非常に緊張した態度で護送した。

マブニマギリ村からナカオ村まで、約二里の道程であった。三人はナカオ村のペイチンという百姓の家に一応あずけられ、その夜、役人の宿所に呼出されて深更に及ぶまで糾問を受けた。しかしお互に言語がよく通じなかったので、その翌朝また呼出されて糾問を受けた。この二回の取調べによって、三人が真に日本人だということだけは役人にも理解された。三人の宿所を仰せつかっていたペイチンも、このたびの漂民は箸《はし》で米の飯を食べるので日本人にちがいないと証言した。しかしどの程度まで危険化している漂民か、どの程度まで文明化している漂民か、役人にはその区別がよくわからなかったようである。

松の内が明けて正月十四日に、ジョン万等はまた役所に呼出された。今度は、すこし官位が上級と見える薩摩《さつま》の役人が来て、立会の役人三人と共にジョン万等の荷物や手廻品《てまわりひん》や書籍など取調べた。ことに書籍は入念に取調べ、不思議そうに頁を一枚ずつ繰りひろげた。測量の教科書にある幾何学の絵解図《えときず》は、何か怪しい符号のように見えたのかもしれない。じっとその図面を見つめていた。立会の三人の役人もその図面を見て、この教科書を阿呆《あほ》らしい書籍だと思ったのだろう。このブン廻しで描いた絵は、外国の子供が地面に描いて遊ぶときの絵であろうなどと囁《ささや》いていた。薩摩から来た役人はそれをたしなめて、

「いや、これは何か蘊蓄《うんちく》ある学問の絵解図に相違あるまい」

と云った。この薩摩の役人は小川昇之助という名前で、まだ若年の武士であったが仁者であった。漂流人を懇《ねんご》ろにいたわるように村役人に云いきかせ、なおジョン万に短気を起してはならないと云いふくめた。先年、ロシアに漂流して帰った仙台の船頭

佐十郎というものは、取調べの厳しさに業を煮やして自殺して果てたということであった。しかしながら薩州侯においては漂流人に対して、断じて苛酷な取扱いはされないと薩摩の役人が云った。今このように厳しく取調べるのは、幕府直轄の長崎奉行へジョン万等を引渡す前に、掟《おきて》として取調べるにすぎないということであった。ジョン万等はその仁慈に感謝して大いに意を強くした。彼等はそのころ薩摩において打倒幕府の声が高くなっていることを夢にも知らなかった。

ジョン万等は薩摩の役人の命令で引きつづきペイチンの家に抑留され、薩摩の下級役人五人と琉球の役人二人が交代で監視した。しかし待遇という点に於《お》ては至れり尽せりの申し分ないものであった。食事は琉球政府から支給され、ペイチンは食事ごとに豚肉、鶏肉、魚肉、鶏卵、豆腐など、種々様々な料理を山盛りに膳《ぜん》だてした。衣服は琉球の国王から、日本の羽織袴《はかま》を下賜された上、そろそろ暑さに向うので蚊帳《かや》、単衣物《ひとえもの》、帯、下帯など拝領した。また折り折りは琉球の泡盛《あわもり》を支給された。

こういう生活が七箇月つづき、七月十八日にジョン万等は護送されることになった。やはり警戒の役人附添のもとに彼等三人は駕籠に乗せられ、米国から持ち帰った荷物は土人に運搬させ、その日の夕刻ペイチンの家を発足した。ペイチンは彼等の後をしたい村境まで見送って来た。闇夜《やみよ》のため沿道の地形は見えなかった。首都那覇《なは》に着くと直ちに船に乗せられた。船は直ちに出航した。したがって那覇の港や港外の有様は、闇夜のこととて観察することが出来なかった。

船は同月二十九日の夜、薩摩の山川港沖に投錨《とうびょう》し、乗組一同は翌日三十日の夜明け前に、二隻の小舟に分乗して鹿児島の城下に上陸した。乗船するにも下船するにも夜闇をえらび、他国者の三人には港湾の模様を観察させなかった。三人は上陸すると直ちに城下西田町下会所に留置され、交代で見張りに来る藩士足軽の監視を受けた。しかし薩摩は大藩である。藩公の内命で警衛の藩士も鄭重《ていちょう》極まる態度を見せ、三人の囚人は毎日のように山海の珍味佳肴《かこう》を饗応《きょうおう》され、美酒のもてなしを受けた。また藩公から、単衣、襦袢《じゅばん》、帷子《かたびら》のほか、必要以外の冬の羽織や綿入れの着物なども下賜された。

漂民取調べは連日にわたって行われた。取調べの役人は微に入り細にわたって取調べ、或《あ》る日のごときは藩主斉彬《なりあきら》侯みずから三人を前に召し、酒肴を賜り人払いして米国の国情を下問した。三人はもはや月代《さかやき》を剃《そ》り日本人の服装をしていたので、当日は拝領の裃《かみしも》を着けて御前に出た。藩公は珍しい蛮服など見るために三人を呼んだのではない。米国の政治、教育、兵備の状態について下問し、余談として風俗ならびに冠婚儀式などのことをたずねた。伝蔵と五右衛門は藩公の前に出たので気が臆《おく》して満足に陳述することが出来なかった。ジョン万は度胸を据《す》え、米国の文化が大いに進んでいることをいちいち例を挙げて開陳した。藩公は軽くうなずきながらきいていたが、ジョン万が米国では人才によって尊卑が定まると云ったときには、藩公は目に見えて大きくうなずいた。

取調べは連日にわたり四十八日間も費され、漸く薩摩から幕府へ送る届書が作成された。次のような届書である。

〇

琉球の内、マブニマギリへ当正月三日、小船より見馴《みな》れざるていの者三人漂着いたし役々のもの差立て相尋ね候《さうらふ》ところ、土佐高岡郡宇佐浦、伝蔵、同人弟（実は倅《せがれ》である）五右衛門、同国中の浜万次郎外に右伝蔵弟重助、並びに同浦寅右衛門《とらえもん》五人乗組み、去る丑《うし》正月、漁業のため出帆いたし、難風に会ひ、辰《たつ》の方無人島へ漂着いたし、鳥類など食ひ存命まかり候ところ、同六月三日ころ異国船一艘通船いたし候につき、招き寄せ候ところ、亜米利加《アメリカ》鯨船の由《よし》を手振りをもつて相通じ候につき、助けてくれ候やう頼み入れ、五人乗船し、同十月、西洋の内オーホー国へ着船し船頭の知人の方へ介抱相頼み、万次郎儀は本国へ連れ越すべき旨申し聞け、同十一月同所出帆、翌年四月、北亜米利加へ着船、同所にて数年を経、また同地より出帆し、オーホー国へ罷《まか》り越し候。ともに賃取り稼《かせ》ぎをなし罷り在り渡らふ内、亜米利加船、清国《しんこく》へ相渡る由を承り、帰国いたしたきにつき、日本へ送り届けてくれ候やう申入れ候ところ、いまだ渡海ならざる由にて相断り候故《ゆゑ》、伝馬を買受け便船いたすべく候間、日本の地と見受け候はば卸《おろ》しくれ候やう頼み入れ、右重助は五年前病死いたし、寅右衛門は罷り残りたく申すに任せ残しおき、去年十一月同処出帆、当正月二日、洋中より琉球国を見かけ伝馬相卸し候ところ、風波つよく着船なり難く、山かげに乗り寄せ翌日上陸いたし、本船は直ちに戌亥《いぬゐ》へ乗り行き候段申し出で候。尤《もっと》も本船より連れ渡し相卸し候はば、相断るべき儀に候へども、伝馬より上陸いたし候につき致しかたこれなく、宗門の儀は相糺《あひただ》し候ところ、邪宗など相学ばず候段申し出で候につき、人家を明け置き介抱し、このたび送り越し候につき、なほまた当地において相尋ね候ところ、前条の通り、いづれも不審のかどこれなく、仍《よ》つて警固の者相添へ送り出すべき旨、長崎奉行へ委曲申達し候。此段御届けに及び候。以上。

九月十一日

九月十六日に長崎へ護送すると言渡しがあった。鹿児島城下を発足して陸路二日で京泊港に着いた。そこから船に乗り同月二十九日に長崎に着いた。その船は十三反帆に八挺櫓《ちょうろ》を立てた御用船で、轡《くつわ》の紋の幕を張りめぐらし舳には薩藩の船印が打ち立てられていた。

十月一日、ジョン万等は上陸して、長崎奉行牧志摩守《まきしまのかみ》の指令のもとに漂泊中の取調べを受けた。取調べの役人はその口述をいちいち書きとめて行き、いわゆる漂民口書なるものを綴《つづ》った。取調べは十八回にわたって行われ、ジョン万等は薩摩で陳述したのと同様な内容を口述した。出船から帰国までの経歴、遍歴した各地の事情、人情風俗のこと、食物のこと、産業のこと、農作物のこと、風光地形のこと、草木のこと、冠婚葬祭のこと、政治軍事のこと、その他いろいろのことを口述した。或る日のごときは、雷の有無とか、四季の有無などについて口述した。ジョン万等の口述も、あまり正確な観察談ばかりではなかった。その口書によれば、「電信機」という条では次のような観察談を試みている。

「路頭に高く張金を引きこれあり、これに書状を懸け、駅より駅へおのづと達し飛脚を労し申さず候。なかにて行きあはぬやう往来の差別をつかまつり御座候。このからくりは私は存じ申さず候。鉄にて磁石をもって吸ひ寄せ候やうに相考へ申し候」

「算数」に関する条では石盤《せきばん》についてこういう観察談を行なっている。

「算法の理、日本の算に異り申さず候。算盤《そろばん》は大いに異り、方一尺ばかりの紫色の石を薄板に仕《つかまつ》り、木をもつてへり致し、釘《くぎ》のやうなる物にて字を掘りつけ算用つかまつり候。あとにて指をもつて摺《す》り候へば、字みな消え申し候」

「蒸気車」についてはこういう観察談を述べている。

「陸の運送、車も馬も用ひ申し候。それ故、大道は山を越えぬやうに遠廻りにつくり御座候。レイロウと申す蒸気車これあり候ひて、数十人これに乗り、力を労せず旅行つかまつり候。蒸気船のからくりに同じと申すことにて御座候。近年禁制に相成り候と申す事にて、見及び申さず候」

しかしジョン万の観察は、従来の漂民の観察と異り大局的には可なり正確であった。ハワイ群島の国政歳入については次のように述べている。

「首都は、ウワホーのうちホナロロと申すところにて、近年、至極の繁華に相成り、万国船の入津《にゅうしん》絶え申さず、七島の総高、凡《およ》そ十二万枚（銀銭）。六万枚は本地の王キニカケオリの所領に相成り、半分六万枚は、亜米利加より参り居り候奉行ていの人、所領に相成り、本地半分を領し罷《まか》り在り候。このところ甚《はなは》だよろしき津にて、航海の途中に御座候間、メリケン得取り候へばイギリス承知つかまつらず、イギリス得取り候へばイスパニア承知つかまつらず、至つて小国に候へども、いづかたへも属すこと相成り申さず、故にこの地の船印などは、右三国の印を合せ用ひ候。七島すべて山地にて、たまたま砂地御座候へども、五穀を生ぜず芋葱《いもねぎ》の類をつくり申し候。高十二万枚の金銭は、多く入津の万国船より取りあぐる口銀にて御座候よし」

ハワイの政治については次のように陳述した。

「メリケンの人物、亜細亜《アジア》に異り申さず、色は黒き方にて御座候。尤《もっと》も昔イギリスにて開き候国故、イギリス種の人多く罷り在り候。この人は色白く目はすこし黄御座候。代々の国王と申すはこれなく、学問才覚これあり候を選び出し王に相成り、四年にしてまた他人に譲り申し候。政治よく行き届き、衆人の惜しみ候は年つぎをもつて八年王位に罷り在り候。至つて軽き暮し方にて、往来には馬に乗り、従者ただ一人馬の後を参り申し候。役人ていの人もこれあり候へども、権威を取るなどと申すことなく、いづれ役人や知れ申さず。唯今《ただいま》の王は名をテヘテと申し候。五年前メキシコと境界論これあり合戦に及び候とき、討手の大将にて大いに打ち勝ち、評判甚だよろしく遂に王の譲りを受け罷り在り候。イギリス種の人にて御座候。イギリスより開きたる国なれど、その属国にてこれなく候。今、子《ね》の年には王の代る年に相当り候」

ジョン万は更に米国の刑法について陳述した。

「罪人はみな大なる囲ひの中に放し置き、人々の得意の仕事をいたさせ、罪の軽重により年限をもつて赦《ゆる》され申し候。織物の類、罪人の製し候品、かずかず御座候。人を殺し候ものは死刑に行ひ申し候。柱を立て板の上に載せ置き、罰文を読みきかせ、下の栓《せん》を抜き候へば罪人上より落ちかかり、首をくくり死に申し候趣き、見及びは仕らず候」

ジョン万もまだ米国におけるペルリ来航の計画は聞き及んでいなかった。ペルリが来航したのは翌々年の嘉永六年であるが、ジョン万は単に次のように述べている。

「七年前、メリケン、ボーストンと申すところの軍船、測量のため諸国をまはり、日本へ入津つかまつり候ところ、ただ帰るべし帰るべしといはれ候のみにて、むなしく出帆いたし候段、略《ほぼ》承り申し候。これ測量船または捕鯨船など漂流の節、水薪《すいしん》の恵みを得んことを頼みたく、若《も》し容易に許されずば人質にても置き申すべき儀を申入る含みのところ、日本、ことのほか騒ぎ出したるに呆《あき》れ居り候由、くはしくは彼《か》の地の書物へ書き記し申し候。いつたい日本人は短気にて、彼の国は寛仁なるのみならず、ただいま開き中の国がらなれば、なかなか他邦を伺ひ取る巧みなど決してなし。またイギリス船がオランダ船と詐はり、一《いっ》日本長崎へ三度入津いたし候へども、三度ながら見咎《みとが》められ、むなしく出帆いたし候こと、彼の地の書物に記し御座候。（中略）カリホルニヤより蒸気船にて唐国へ参り候節、多人数乗込み手廻り荷物など多く、炭を多分に積込み候儀出来かね、唐国までは日本里数にて千四百里もこれあり候ところ、炭焚《た》き切り候節カリホルニヤまで取りに参り候儀、遠海不便利につき、日本薩州辺に兼ねて炭持ち越し、囲ひ置くところ相望み居り候由、アメリカ語にて評判記これあり候を、去年オアホ着船の節、同所にて一覧つかまつり候」

一応の取調べが終ると、十一月二十一日に絵踏の取調べがあった。ジョン万と伝蔵は切支丹の帰依《きえ》者ではなかったが、五右衛門はホノルルの宣教師シンハレカの宅に奉公していたことがある。もちろん彼は切支丹の説教も拝聴し、十字を切ってアーメンを称《とな》え祈願した経験もある。しかし彼は何くわぬ顔をして、しかもいそいそとしてクリストの像を踏んだ。五右衛門もジョン万も、吟味の役人の気に入るようにどっしりと踏絵に足を載せた。吟味の役人が伝蔵に、

「絵を踏むときの気持はどうであったか？」

とたずねると、伝蔵は答えた。

「冷とう御座りました」

永年にわたって靴《くつ》をはき馴《な》れた素足には、青銅で出来ているその踏絵は足のうらに

冷たく感じられた。

絵踏の取調べがすむと、今度は城下佐倉町の揚屋《あがりや》に入れられた。直ぐに放免されると思っていたところ、牢屋《ろうや》に入れられたのでジョン万は立腹して反抗の気配を示した。それを見た伝蔵は亜米利加語で、

「辛抱が大事、辛抱が大事」とジョン万をなだめた。

揚屋のなかは薄暗くて、他に数人の囚人がいた。ジョン万等三人が人目を避けて暗い片隅《かたすみ》にかたまっていると、

「伝蔵ぬし、万次郎ぬし」

と声をかけるものがあった。見れば、ホノルルの港で顔を見覚えた紀州日高の天寿丸の漂民寅吉等の五人である。寅吉等の話によれば、この紀州組は例の亜米利加船でいったん支那に連れて行かれ、このたび支那船で長崎に入港した。法式によって三日間の牢舎を申し渡されたということであった。

紀州組の云う通り、この揚屋入りは単に形式だけのもので、取扱い方も寛大であった。ただ外に出られないというだけで何の不自由もなく、いわば病後の保養のため一室に立てこもっているようなものであった。夕方になると浄瑠璃《じょうるり》語りや傀儡《くぐつ》や祭文《さいもん》語りが来た。浄瑠璃語りは囚人の御意のまま、お染久松を語り或《あるい》は時雨《しぐれ》の炬燵《こたつ》を語るの

であった。そのためにジョン万は、半ば忘れかけていた柔らか味のある日本語を覚えるのに大いに裨益《ひえき》するところがあった。伝蔵はお染久松の口説き文句にたいへん感激して、日本語がこんなに見事なものであるとは今まで知らなかったと云った。

紀州組も土州組も、果して三日目に出牢を許された。

土州組の三人は、城下の土州の川達西川三次郎方に止宿するように指令された。米国から持ち帰った彼等の所持品は、国法で牴触《ていしょく》するもの以外は返還され、ピストル、火薬、弾丸、洋書類、横文日記、航海暦、六分儀、砂金、銀銭、銅銭などは没収された。百弗で買入れた冒険号も没収された。こうして漂民吟味の儀は全部落着した。ジョン万等は西川三次郎方に止宿して土佐から迎えの役人が到着するのを待ち受けた。すでに前月の十月に、土佐高知藩へ次のような通告書が送附されてあった。

○

異国の鯨船に助けあげられ、琉球国へ上陸いたし、松平薩摩守より送り来たり候、領分、土佐国高岡郡宇佐浦、筆之丞《ふでのじょう》事、伝蔵外二人、長崎御役所にて引渡すべく候間、受取りの役人、長崎に差出さるべく候。

この通告書を受取った土佐藩では、翌嘉永五年六月上旬、藩士堀部左助を使者に選んだ。左助は下役を引連れて海路で高知を出発し、長崎に着いたのは六月中旬であった。ジョン万等は使者堀部左助に連れられて奉行所に出頭し、一通の申渡状を奉行から下附された。

◯

松平土佐守領分、土佐国高岡郡宇佐浦、伝蔵、同人弟（同人倅である）五右衛門、同国幡多《はた》郡中ノ浜万次郎。右の者ども去る丑年《うしどし》、無人島へ漂流いたし、亜米利加船に扶《たす》けられ、数年外国に罷り在り、琉球国へ帰帆いたし、漂流の次第、当役所において吟味を遂げ候ところ、彼の国にて切支丹宗門勧めに会ひ候儀これなく、疑はしき筋も相聞き候はざるにつき、構へなく国元へ差返され候条、領内より外へ住居いたさせまじく候。尤も右の者、死去候はば届出づべく候事。

一、外国において手に入れ候品、または滞在中、買受け候品のうち、砂金、金銀銅鉄類、鉄砲、玉薬、セキスタント、異国の賽子《さいころ》、そのほか船具は召上げられ、尤も砂金宝貨の分は、代りとして日本銀渡しつかはすものなり。

右の趣き、江戸表へ相伺ひ、御下知によつて申達し候。

以上のような申渡状で、没収された品々は殆ど全部がジョン万の所有品であった。伝蔵や五右衛門は根本的に、その所持品についても当時の国禁に触れないような趣味を持っていた。

彼等三人は使者堀部左助とその一党に率いられ、六月二十五日に長崎を出港した。琉球に上陸してから満一箇年半の後である。彼等は六月三十日に浦戸に入港して浦戸町の旅籠屋《はたごや》に宿泊を命じられた。そして連日役所に出頭を仰せつけられて訊問《じんもん》を受けた。万国地図をひろげて異国の見聞談を陳述するのである。ジョン万はもはや自ら誇りにしていた名前の「ジョン万」ではなく、役人たちは「中ノ浜の万次郎」と呼んだ。取調べは九月二十四日に終り、同日、万次郎は伝蔵親子を送って宇佐浦の伝蔵の家を訪ねた。ところが伝蔵の家は家族が死に絶えて屋敷の跡かたもなかったので、伝蔵親子は一時しのぎに縁者の家に身を寄せた。万次郎は十月五日に生れ在所の中ノ浜に帰って来た。家を出てから十二年目である。彼の母はまだ健在であった。

八　万次郎、官船に乗り再び亜米利加大陸に渡ること

翌年の嘉永六年、突如として、ペルリの率いる日本遠征隊が浦賀に来航した。幕府はもとより諸国各藩も大いに打ち驚き、国を挙げての大騒ぎとなった。尊王攘夷《じょうい》の論

も火の手をあげて来た。幕府では土佐の漂民万次郎が幸い米国の事情に明るくメリケン語にも通暁《つうぎょう》しているというところから万次郎を江戸に迎え、十一月六日付をもって二十俵二人扶持《ぶち》の御普請役格《おふしんやく》に登用した。土佐の領地以外には居住を禁じられていた日かげ者が、一躍して旗本に取りたてられたのである。時勢の波に乗ったとはいえ、当時の官界では珍しい任官沙汰《ざた》である。これは概《おおむ》ね閣老阿部伊勢守《いせのかみ》の方寸によるもので、伊勢守一派はメリケン仕込の万次郎に、よほど期待するところがあったにちがいない。

十一月二十二日、万次郎は代官江川太郎左衛門の手附《てつき》となり、航海、測量、造船の御用を命じられた。それより前、阿部伊勢守は万次郎を登用するにさきだって、長崎から万次郎の冒険《アドベンチュラル》号を取寄せ、その船型を真似《まね》て異製短艇の製造を命じていた。この異製短艇は日本におけるバッテイラの濫觴《らんしょう》である。伊勢守は賢宰良相であった。二十五歳の壮年で寺社奉行から一躍して老中に列せられ、二十七歳で老中筆頭に選ばれた。当時、幕府では重臣たちのうちに、その才幹といい声望といい人格といい伊勢守に及ぶものは一人もいなかった。しかし反対派であった溜間詰《たまりのまづめ》の井伊掃部頭《かもんのかみ》ならびに藤堂和泉守《いずみのかみ》が伊勢守を黜《しりぞ》けようとして画策していたので、伊勢守は二月二十六日付の辞表を日常懐中にしながら廟堂《びょうどう》にとどまっていた。伊勢守は権勢利禄のためでなく、国家百年の計のための開国論者であった。代官江川太郎左衛門を重用したのもその現れの一つである。バッテイラの艇の製造についても、自ら次のような書面を大船製造係に書き送った。

「異国短艇の儀は、当時松平土佐守小人、中浜万次郎儀、異国より退《さが》り越し候節乗り参り候船、長崎表より取寄せ候間、右船型に倣《なら》ひ製造候様、取計ひなさるべく候」

阿部伊勢守は幕府海運の進歩発展に着眼して、近海の測量や新式の航海練習の必要を感じていたが、幕府の行きづまっている財政では、異国型の大船艦隊を設備することは難しかった。そればかりでなく、海員に新式の航海術を練習させることさえも出来かねたので、伊勢守は万次郎に命じて方策を建議させた。しかし伊勢守は間もなく老中首席を堀田正睦《ほったまさよし》にゆずり、後二年して安政四年六月十七日に病歿《びょうぼつ》した。享年《きょうねん》三十九であった。

万次郎は幕府に捕鯨業を直営するように建議した。捕鯨業で直接の利益を収める一方に、乗組員には航海測量を実習させようという立案で、一石二鳥とはこのことである。幕府はこの建策を安政六年になって採用した。

この年の二月、万次郎は鯨漁御用に任ぜられ、捕鯨に関する総支配人に該当する権限を与えられた。彼は江川太郎左衛門鉄砲方手附、望月大象ならびに同じく甲斐直次《かい》郎と協力して、幕府の軍艦スクーネル船を修繕した。そして捕鯨に必要な器械や短艇など備えつけ、君沢型一番御船と命名した。このスクーネル船は、日本の大工が造った船である。ロシアのデアーナ号艦長プチャーチンが下田へ条約を求めに来航したとき、たまたま下田の大地震でデアーナ号は破損した。そして修理のため戸田《へだ》へ曳航《えいこう》の途中に風が出て顚覆《てんぷく》した。そのためにデアーナ号乗組のロシア人技師の設計で、日本の大工数百人が約百日間かかって竣工《しゅんこう》した。造船の世話係をした棟梁《とうりょう》分は、後に幕府の命令で同型の船を六隻つくり、これを君沢型と名称した。君沢型というのは郡名をとったのである。

万次郎の乗船した君沢型一番御船は小笠原島附近まで出漁した。ところがまだ鯨を漁猟するに先だって物凄《ものすご》い暴風に遭遇した。止むなく二檣《しょう》のうち一檣を切倒して危うく顚覆をまぬかれ伊豆下田港に逃げ込んで、風が凪《な》いでから品川沖に帰って来た。万次郎は直ぐに再挙をはかるつもりで画策していたが、そのころ幕府当局では北米合衆国へ日米条約批准交換のため使節派遣の懸案があった。メリケン語とメリケンの事情に明るい万次郎は、使節の通訳官として米国派遣の命を受けた。

使節は万延元年（一八六〇年）二月に出帆した。正使は新見《しんみ》豊前守《ぶぜんのかみ》、副使は村垣《むらがき》淡《あわ路守《じのかみ》である。この正副使一行七十七人は、米国軍艦ポーハタン号に乗り日本の軍艦咸《かん》臨丸《りんまる》と前後して品川沖を出帆した。咸臨丸の軍艦奉行は木村摂津守《せっつのかみ》、船将は勝麟太郎《かつりんたろう》である。福沢諭吉、中浜万次郎等、九十人が咸臨丸に乗組んだ。この咸臨丸は幕府がオランダから買入れた軍艦である。百馬力の蒸気機関を備え、港を出入りするときだけ石炭をたき、洋上に出ると帆走するという新旧混合の便利な型の船である。

ポーハタン号は途中ホノルルに寄航した。咸臨丸はサンフランシスコに向けて直航し、その年の三月十七日、サンフランシスコに入港した。(河村幽川著『カリホルニヤ開化秘史』には、当時の米国新聞の記事を引用して次のように書いてある)

――一八六〇年三月十八日のサンフランシスコ・アルタ・キャリフォルニア新聞は、「日本汽船の到来」と題し、左のニュースを同紙一面に掲げている。

「日本帝国軍艦咸臨丸は艦長勝麟太郎指揮のもとに昨日入港、午後三時、バレオ街の埠頭沖《ふとうおき》に投錨《とうびょう》した。浦賀を出てから三十七日かかっている。同船には日本海軍の主将木村摂津守が乗っている。この軍艦訪米の目的は、後から遣米使節を乗せて来る米国軍艦ポーハタン号の先がけを務めたものである。ポーハタン号は二月十日江戸を出帆しこの港に向って来航中である。この船には日本の使節一行が便乗している。いま咸臨丸の航海中の出来事を報ぜんに(中略)航海中べつに処罰を受けたものはなかった。

何も彼もスムースに愉快に行ったようである。役人は非常にやさしくて、人情深いように見えた。(中略)大将には常に四人の家来がついており、何時《いつ》もうやうやしく用事を待っている。しかしこの人は非常に物分りのいい人である。決して家来を奴隷《どれい》視するような人ではない。艦上には黒色の上着にパンツをはき足には草鞋《わらじ》を履いた水夫等が異様な眼で我々を見ていた。彼等の肩には大きな四角のバッジがあてており、その上には日本字でそれぞれの位が書いてある。

これ等の人々は加州にいる支那人よりずっと教養があるように見えた。船のなかは万事よく整頓《せいとん》し、規律正しく、清潔であった。我々は船の中を鄭重《ていちょう》に案内してもらった。艦長室で木村摂津守に会った。一見四十位の年輩、温和な、愛情に富んだような風采《ふうさい》の人であった。この重大な使命を託するに足るような人物に思われた。我々がはいった時は、摂津守は一人の家来から、最も風雅な髪を結ってもらっていた。下に坐《すわ》って如何《いか》にも気持よげにシャンプーをやってもらっていた。その後間もなく彼は甲板《かんぱん》に礼儀正しき服装で現われた。足には真白の足袋《たび》をはいて、上着はこげ茶色で、下着は藍色《あいいろ》の非常に立派なものであった。前は大きな銀色の紐《ひも》で結んでいた。そして大小二本の刀を差していた。役人は皆よく切れる美しく磨《みが》いた刀を差している。(中略)勝艦長は航海中、殆《ほとん》ど病気(船酔)で寝通しであったとの事である」

当時の日本人の印象を、アメリカのジャーナリストが非常に好意ある目で書いた記事である。『カリホルニヤ開化秘史』には各新聞の記事を抜萃《ばっすい》してあるが、どの新聞の記事も珍客日本人に対して好意を持ち、日本人の物堅い風習に好奇のまなこをもって観察をくだしている。その二三の例を次に抜萃する。

「市長その他役人の出迎えのもとに、木村摂津守は初めてサンフランシスコに上陸した。この両国代表者の会見は実に珍奇な風景であった。珍客一同は上陸するとインターナショナル・ホテルの大広間に案内された。日本の役人や家来達は敷物の上に坐ったが、木村摂津守のみはソファーに腰をおろした。そこへ加州知事のドウニイが突然現われて、この珍客に挨拶した。日本の役人達は、加州の知事ともあろう者が、一人の家来も連れず、且《か》つ何等荘厳の行列もなくして現われるのは不思議である。これはきっと知事のニセ物だと思った。キャプテン・ブルークはこの日本人の疑いを解くために、幾度かこれが本物の加州知事である事を繰返して説明した。けれども日本の役人達は、何度もドウニイ知事の頭の先から足の先まで見おろしては、戸口をふり返って見、本物の知事であったら必ず誰か後から従者が行列をして来るものと思っていた。しかし、とうとう摂津守は万次郎の通訳のもとに知事と挨拶を交し、今日の面白い光景について語り合った。(中略) 知事は、太平洋を隔てて東西の国がここに親善の関係を結び通商を開くようになった事を喜び、その先駆者として来た摂津守一行を心から歓迎する旨《むね》を述べた。(中略) 宴会が終ると木村摂津守一行は、多くの市の役人、米国海軍の人々に送られて船に帰った。この夜、アメリカ人を驚かしたことは、高張《たかはり》提灯《ちょうちん》を立て太鼓をたたいての家来の物々しい出迎えであった」(アルタ新聞による記録)

「中浜万次郎の通訳で、木村摂津守、勝艦長は、列席の人々と握手を交換し、摂津守は一々丁寧に日本式の礼をした。万次郎によって、注意深く対者の官位姓名が通じられると、摂津守はさも紳士的に教養深い態度で接見した。この珍奇な光景は二十分位ですんだ。この間に見物人は益々《ますます》押しよせて混雑を極めた。米国側に於《お》いてもこのレセプションを重大視し、これをもって日米国交上、通商上、一新機軸をつくり、両国の親善を増すべく大いなる努力をした。この日、日本の人々は立派な裃《かみしも》をつけ大小を差していた。摂津守のは特に美しかった。支那人のとは全然違う。(中略) 同ホテル階上の大広間が会場に当てられ、珍客を中心に席が設けられた。(中略) 日本の珍客は何も彼も少しずつしか食べなかった。しかし皆、食事には満足していた。勝艦長はアイスクリームを『雪』『氷』などと云っていた。『日本ではこれは何と云いますか』ときかれて『ベリイ・グット』と答えていた」（三月二十三日、アルタ新聞による記録）「日本軍艦の艦長（勝麟太郎）は英語を書物を読むような調子で話す。何時も帽子を被《かぶ》っていない。この人は頭のてっぺんを剃《そ》っている。黒い針のような髪は天に向って突き立ち、その先をくくって前に突き出している。どの役人も皆同じような髪の剃り方をしている。五六のハイカラな役人達は広いふちの白いハットをかぶっている。恰《ちょう》度《ど》、加州にいる支那人が雨が降る時かぶる傘のようなものである。他の者は麦藁《むぎわら》のボンネットをかぶっている。皆、ハットが風にとばないように顎《あご》に固く紐《ひも》で結んでいる。水夫は何もかぶっていない。ある老人の如《ごと》きは、一切の髪を悉《ことごと》くずんずら坊主に剃っていたのがある。役人達は皆いい着物を着ている。（中略）皆、草で作った履物（麻裏草履）をはいている」（三月二十三日、サクラメント・ユニオンの記事）
「咸臨丸は（中略）修繕のためメーア・アイランドに向う。（中略）この日ドックの用意は総《すべ》て出来ていた。日本の役人達は、船を易々《やすやす》とドックに入れる設備の出来ているのにびっくりした。船体を改めると、銅板は破損していなかったが、新しい底金とスクリューの心棒のあたりから水が少しずつ漏っていたのを修繕する必要があった。この修繕を終えるまで役人達は三階造りの立派な煉瓦《れんが》屋に引越し、そこで自由に好きな風呂にも入れれば、日本の料理も出来るようになっていた。ぐるりには花苑《はなぞの》が設けら

れてあって、何不足のないようにしてある。水夫等は他の家屋を与えられて移った」（三月二十七日、アルタ新聞による記録）

一方、日本使節を乗せたポーハタン号は、途中ホノルルに寄航して三月二十九日にサンフランシスコに入港した。

「入港すると同時に（米国の記者が）同船を訪れると、日本使節一行の居室はクォーター・デッキの両側を占めていた。航海中、彼等は一度も争事をしたことはなかったそうである。一行中には二三の通詞《つうじ》がいるが、みな咸臨丸の万次郎には及ばないらしい。多分ワシントン首府へは万次郎が随行することだろう。しかし航海中、随員一行は大分英語を覚えたそうである。少数の者が船酔した位で、皆元気であった。食事は主に米で、別に日本のコックが料理して来た」（三月三十日、アルタ新聞の記事）

使節一行はサンフランシスコで大歓迎を受けた後、再びポーハタン号に乗ってパナマに向った。そして汽車で地峡を越え大西洋岸に出て、米国軍艦ローノックに乗って首府ワシントンに到着した。ここでは米国政府から国賓として待遇され、同地一流のウイラード・ホテルの六十の部屋を、ことごとく一行のために提供された。米国開《かい》闢《びゃく》このかた、官界ならびに陸海軍こぞって大歓迎するところの賓客であった。

使節新見豊前守、副使村垣淡路守は、大統領ブキナンに謁見《えっけん》し、無事に日米条約批准の文書を取交した。そして五月十三日、米国官民の大々的な見送りを受け、米国第一の巨船ナイヤガラ号（四五八〇噸《トン》）に乗船した。この船は喜望峰の沖を廻航《かいこう》して、爪哇《ジャワ》、香港《ホンコン》に寄港し、九月二十七日に品川に入港した。

一方、咸臨丸は破損の修理がすむと、サンフランシスコから帰航の途についた。したがって万次郎はワシントン行きの使節一行には加えられなかった。

万次郎はサンフランシスコの街でいろいろの文明品を買い求めた。裁縫用のミシンや写真器も買った。この写真器でうつす写真は、現像すると人間の着物が左前にうつるので、着物を左前に着て刀を右の腰に差して写らなければならないのであった。彼はまた福沢諭吉とおそろいでウェブスターの辞書を一冊ずつ買い求めた。これは日本人が日本に公然と移入した英語辞書の最初のものである。

万次郎はサンフランシスコに滞在中、通訳官としてたびたび官公署に出かけたが、わずか十数年の間にこの街の整備が行き届いていることに驚いた。以前、この街は世界各国から集まる荷物や箱や樽《たる》で乱雑を極め、雨が降ると路《みち》はまるで泥濘《でいねい》の川であった。街角に「この街は通れない。大馬鹿でさえも通れない」というような札の出ているところさえもあった。かつて自警団と暴力団の充満していた殺伐な町であったのが、紳士淑女の行き交う大通りが出来て大廈《たいか》高楼の立ちならぶ新市街に変じていた。

咸臨丸は帰航の途中ホノルルに寄航して、一行はハワイの酋長《しゅうちょう》カメハメハ大王に謁見した。万次郎はホノルルの街の桶《おけ》職寅右衛門や以前厄介になった恩人旧知などを訪ね、十一年ぶりでこれ等の昔馴染《むかしなじみ》と会談した。昔馴染は万次郎が大小を差しているのを見て大いに驚いて「とにかくジョン万が立身出世したのだ」といって祝福してくれた。

九　万次郎、風雲急をつげる折りから雄藩に迎えられ顧問となること

咸臨丸《かんりんまる》は万延元年五月五日に浦賀へ入港した。

万次郎はこのたびの渡洋中、重宝な訳官として上官からも乗組一同からもその存在を認められ、米国行の褒賞《ほうしょう》銀三十枚を授与された。しかし彼は幕府の官吏となるよりも捕鯨船を仕立て遠洋に出漁したいという宿望を持っていた。彼はたびたび幕府に捕鯨出漁の議を建策して、その年の八月二十五日に軍艦操練所教示方を免ぜられ、その翌々年の文久二年に幕府の帆船一番丸の船長に任ぜられた。いよいよ捕鯨出漁の宿望

成ったのである。

万次郎は一番丸に造船材料を搭載《とうさい》し、船員ならびに幕府の航海伝習生、林浪権之丞《ごんのじょう》と林和一郎を従えて、文久二年十二月に品川を出帆した。そして翌三年正月に小笠原島に着岸して、品川から搭載して来た造船材料で短艇を新造した。短艇は二箇月あまりで出来上り、三月十七日から捕鯨に着手して、四月中旬ごろまでに抹香鯨《まっこうくじら》二頭を漁獲した。初航海にしてはあまり悪いというほどの成績ではなかったが、小笠原島で雇い入れた外国人の水夫たちのうちに兇悪《きょうあく》な無頼者があった。誰彼の容赦なく蛮声を張りあげて武者ぶりつき、人を張り倒し人を蹴《け》る。それを制止しようとすれば、兇器をもって向って来る。言語に絶する無頼の者で、いずれは海賊船員の成れの果てにちがいなかった。このような鬼畜にひとしいものがいては、船中の規律に統制がつかなくなる。一刀のもとに斬《き》りすてるのは造作ないが、外国人に私刑を加えたとあっては事が面倒になるおそれがあった。そうかといって島に放置するのも危険である。万次郎はこの兇漢を護送するために五月一日小笠原島を出帆し、浦賀に着岸して幕府の出張役人にその兇漢を引渡した。

万次郎は鯨油の桶を陸あげして、再び出漁の準備にとりかかろうとした。ところが幕府では、すでに安政六年七月下旬に江戸においてロシアとの国境談判を開始して、つづいて攘夷《じょうい》浪士のロシア士官殺傷事件があった。幕府は非常に苦しい立場に置かれていた。

ロシアの東部シベリア総督ムラヴィヨフ・アムールスキーは、清国《しんこく》との愛琿《あいぐん》条約に成功して黒竜江《こくりゅうこう》沿岸地方を獲得し、その勢いに乗じて意気揚々と江戸湾に入港した。安政六年夏のことである。ロシアはクリミヤ戦争で英仏のためバルカン進出を阻止されて以来、英仏両国が戦端を開いている隙《すき》を見て伝来の方針である東洋蚕食の実現に乗り出しているのである。清国は洪秀全《こうしゅうぜん》の内乱のため国力疲弊してムラヴィヨフの要求に屈服し、また日本は尊王攘夷論者の闘争運動のため内政危殆《きたい》に瀕《ひん》し、サガレン島放棄も止《や》むを得ない策とする説を樹《た》てるものもいた。ムラヴィヨフはロシアの七隻の艦隊を率いて品川沖に乗り入れ、サガレン国境問題ならびに漁業問題の談判は、ロシア軍艦の艦上と芝の天徳寺で行われた。ロシアの士官たちは前後五回にわたって上陸し、江戸市中を騎馬または徒歩で往来して、品川宿、増上寺、愛宕山《あたごやま》、日本橋、浅草、王子稲荷《いなり》などを見物した。もちろん彼等は到《いた》るところで江戸市民から漫罵《まんば》され、石を投げつけられたりして嫌悪《けんお》されていたが、このようなことはロシアの軍人は黒海沿岸地方では幾らも経験していたことである。彼等は寧《むし》ろ呑気《のんき》な上陸散策の気持で市中を横行した。

ところが七月二十七日の夕方、ロシアの海軍少尉モフエトは必需品購入のため二名の水兵をつれて横浜に上陸し、一軒の店屋で品物を買入れて外に出たところを数名の日本人に襲撃された。モフエトは背後から頸《くび》に一太刀《ひとたち》あびせられ、つづいて肩と背を斬《き》られその場に打ち倒れた。水兵の一人は一刀のもとに斬りすてられ、他の一人の水兵は左の腕に負傷したまま店屋のなかに逃げ込んだ。店屋の主人は刺客を遮《さえぎ》って急いで雨戸を閉めた。この騒ぎをきいてロシア人たちが駈《か》けつけて来たときには、刺客はすでに行方《ゆくえ》をくらましていた。少尉モフエトはアメリカ人居留地の病院に運ばれて手当を受け、四時間も叫び通しに叫んで絶命した。

これは国境問題談判中の椿事《ちんじ》のため談判はますます悶着《もんちゃく》し、しかも日本もロシアも互に譲らないので談判は解決しなかった。ムラヴィヨフは少尉暗殺事件の後日の始末を監督させるために、軍艦一隻を残して出帆した。彼はこの談判ではサガレン併呑《へいどん》の計画に失敗したが、後日また利権保有を主張する端緒を見出すため、ロシアの流刑囚を盛んにサガレンに向けて輸送した。日本幕府ではそれに気がつき事態解決の必要に迫られて、文久元年、欧洲《おうしゅう》各国へ開港延期談判に派遣する使節に命じサガレン国境確定の交渉をさせることにした。使節は露都に到着し、文久二年七月二十六日から八月十九日までロシアの外務次官と談判して、要するに相互に委員を現地に派遣し実地を測量した上で協定することになった。ロシアでは翌文久三年七月に委員を現地に派遣して日本委員の出張を要求して来たが、日本では長州征伐や打倒幕府の内乱鎮圧に忙殺されて委員を派遣しなかった。ロシアの委員は日本幕府に宛て、日本は境界確定の実地調査を行うという契約を放棄したものと認めたと通牒《つうちょう》を発し、現地を引きあげて行った。

日本の国難はまだそればかりではなかった。文久元年二月には対馬《つしま》事件が勃発《ぼっぱつ》した。かねがね英国の軍艦は朝鮮海峡に出没し、その年の正月、英艦は対馬の沿岸を測量した。この事実を知ったロシアでは、英国が侵略的の野心を抱いていると日本幕府に通告し、対馬防備のため兵力をもって援助したいと申込んで来た。日本幕府ではそれを拒絶したが、ロシアの軍艦ポサドニク号は二月三日に突然対馬に来航し、船体を修繕したいという名目でその海軍部隊が上陸した。しかも彼等は租借地を要求し、無断で樹木を伐採し沿岸を測量した。三月には港にロシア風の家を建て、四月には関所を固めている対馬藩士を殺傷した。傍若無人の横暴な振舞であった。

対馬藩では急を長崎奉行と幕府に告げた。幕府からは外国奉行小栗豊後守《おぐりぶんごのかみ》が出張し、露艦退去の要求を申し出たが一向に無駄《むだ》であった。五月には更に一隻のロシア軍艦が来航し、両艦の艦長は手兵四十余名を従えて藩主に面会を強要し、港の警備の任と、芋崎・昼が浦間の土地割譲を要求した。幕府の役人たちは途方に暮れ、駐在英国公使に仲裁を依頼する一方、箱崎駐在のロシア領事に露艦を撤退させてもらいたいと依頼した。その結果、露艦二隻は漸《ようや》く七箇月の後にイギリスの干渉によって退散した。

幕府の威信は完全に失墜した。討幕の烽火《のろし》は一段と高く燃えあがり、しかも長州征伐は幕府の無力を天下に曝《さら》す告知板のごとき観があった。もはや幕府では建設的な政策をほどこす意志を放擲《ほうてき》し、大勢のおもむくところその主権崩壊は如何《いかん》ともしがたい運命であった。もちろん捕鯨船など仕立てる余裕のあるわけがない。万次郎も捕鯨出漁の願い出を遠慮して、この目まぐるしい世相に直面し帆船一番丸の船長として空《むな》しく待機していた。しかしながら万次郎は毎日多忙を極めた。横浜に新開港地が出来てからというものは、英語の必要を感じ疑義をただしに訪ねて来るものが殺到した。大名、小名、旗本なども頻《しき》りに来訪し、なかには鳥獣草木の名前など無益な質問を試みるものがいて、その煩《わずら》わしさは我慢ならなかった。

万次郎は公務の余暇を見てロガリ表を飜訳《ほんやく》し、その一方また英学修業の特志家には殊《こと》に身を入れて英語を伝授した。特志家たちは、学者、旗本、浪士など各種各様の階級で年齢にも統一がなく、この人たちはどこで覚えたのか初めのうちはアメリカ風でない発音をするものがあった。ユーナイテットステイツというのをアナテッツスタテスと発音し、ビコーズというのをベカユーズと発音するものもあった。或《あるい》はまたリーズナーをレアソネレーと発音するものもあった。万次郎はそういう通用しない発音をメリケン仕込の発音に訂正した。これ等の特志家たちのうち、細川潤次郎、箕作麟祥《みつくりりんしょう》、大鳥圭介《けいすけ》などは偉才であった。

元治元年十月十三日、薩州公の願いで幕府は一番丸を向う三箇月間薩摩へ貸与した。この船を薩摩では軍艦運用教授の練習船に使った。万次郎も薩州公に招聘《しょうへい》されて鹿児島に出張し、血気盛んな薩摩の武士に軍艦運用術と英語を教授した。薩藩ではかつて万次郎や伝蔵等に漂民取調べを行なった縁故もある。しかし薩藩は討幕の兵を進め諸藩もまた兵を挙げたので、万次郎は職をしりぞいて慶応三年十二月に江戸に帰った。明治元年、万次郎は高知藩に新地百石の禄高で登用された。この年、彼は開成学校中博士六等出仕に任ぜられ英語教授を担当していたが、翌年、病気で辞任して本所砂《ほんじょ》町の土州藩下屋敷で静養した。その翌年九月、彼は普仏戦争実地視察を命ぜられ大山巌《いわお》等に従って欧洲に出張し、病気のため戦地には行かないでロンドンに滞在した。帰途、アメリカに立寄ってハアヘイブン町のホイットフィールド家を訪れた。ホイットフィールド氏は万次郎の大恩人である。互に懐旧の涙を禁じ得ないのであった。なお彼はハワイにも立寄って旧知を訪問した。

明治五年、再び病いを発し、以来幽居して専《もっぱ》らその志を養った。ただ一つ思い出すだに胸の高鳴る願望は、捕鯨船を仕立て遠洋に乗り出して鯨を追いまわすことであった。それは万次郎の見果てぬ夢であった。

明治三十一年十一月十二日死亡、享年《きょうねん》七十二。その墓は谷中《やなか》仏心寺の境内にある。

二つの話

昭和十九年五月二十八日から二十年七月八日まで、私は甲府市外甲運村の岩月氏宅の隠居所に疎開していた。その期間に、ニュース映画を見る癖と図書室に行く癖を覚え、甲府市の映画館と地階図書室へたびたび出かけていた。帰りには梅ヶ枝という旅館に寄って、町や近郊近在のニュース珍聞というようなものを聞いた。酒不足の頃《ころ》であった。しかし梅ヶ枝旅館では、こちらの要求するままに葡萄酒《ぶどうしゅ》や焼酎《しょうちゅう》などを飲ましてくれたので、映画見物や図書閲読は二の次のものであったと思われても仕方がない。そのころ梅ヶ枝には、東京から来た男子の疎開学童を四十人あまり受入れていた。私は梅ヶ枝へたびたび現われているうちに、疎開学童たちと次第に顔《かお》馴染《なじみ》になって、冗談口もきくようになり、殊《こと》に宋三という子供と弁三という子供とは仲よしになった。

宋三・弁三は二人とも六年生で不断は活溌《かっぱつ》な子であるが、どちらも東京を恋しがって泣虫になるという弱点があった。彼らが初めて梅ヶ枝の広間へ疎開して来た当日も、日が暮れると初めに泣くのが宋三であった。この子がしくしく泣くと、次に弁三が泣きだして、一人が泣きだすと、つづいて大勢の子供が泣きだした。みんな東京の両親が恋しくてならなかったようだ。

いつか東京の目黒方面に大空襲があったとき、私は疎開仲間の野沢君と翌日の一番列車で信州の知人のところへ西洋クルミを買いに行くため、野沢君といっしょに梅ヶ枝に泊っていた。ところがラジオで東京目黒の大空襲の放送がはじまると、その放送の声の途切れ目に学童たちの泣声がきこえて来た。私と野沢君は、二階の窓から笹子《ささご》峠《とうげ》の方角に見える明るみに目をくばっていた。山の端《は》が十五夜の月の出はなより五十倍も百倍も明るく見え、その明るみのなかに、ときどき濃い瑠璃色《るりいろ》の火焔《かえん》の一団がひらめいた。

「凄《すご》い、おお凄い。東京までここから、三十里だというのに、こりゃ相当やられていますね」

野沢君は震え声で云って、しばらくして落ちついた声で云った。

「おやおや、また弁三が泣きだしましたね。あの子の泣声は、家庭的な気分を出して明るいけれどもね。今晩の声は、陰惨な感じですね。目黒方面といえば、あの子たちの親のうちがあるわけだ」

野沢君もこの旅館によく来て泊るので、もう弁三の泣声には馴染になっていた。泣声とラジオの説明が交互に聞え、泣声が夜空の異変とラジオで告げられるおそろしい話と重なり合って、私たちにも異様なものに感じられた。

「あれは、地の底の泣声だ……おや凄い、また光った。頼む、もう勘弁してくれ」

野沢君は遠くの明るみの方を見ながら云った。

やがて空襲の放送が終ると、学童たちに何か訓辞をしているような監督の先生の声がして、子供たちの泣声は止《や》んでいた。弁三の泣声も止んでいたが、しばらくすると「ああん、ああん……」と泣くのがきこえだした。学童たちのいる広間から少し離れた階段の方からきこえて来た。腑《ふ》に落ちないので部屋から出て見ると、そこの階段の中ほどに、宋三・弁三の二人が並んで腰をかけて泣いていた。宋三は両手で顔を覆い、例によってしくしく泣いていた。私は弁三の泣く声が途切れるのを待って、二人並んで腰をかけている間に割込んだ。

私は弁三に云った。

「もういいだろう。東京でも、空襲がおしまいになったから、さっき諸君のお父さんが、ポチにハウスと云ったよ。ポチは、おとなしく寝床にはいった。諸君のうちのポチは、何という名前だったっけな」

弁三がしゃくり上げながら答えた。

「僕《ぼく》のうち、犬はいません」

「そうかね。でも、諸君のお父さんは、さっき確かに、ハウスと云ったよ。そうだ、お父さんは、諸君にハウスと云った。さあ、おやすみ」

「僕たち、泣いてるから、寝てはいけないんです」

「それは、監督の先生の命令かね」

そこへ、廊下の曲りかどから監督の先生が現われたので、私は尻込《しりご》みしながら二階に引返した。

——この出来事があって以来、私は宋三・弁三と街で行きあっても、お互に遠慮なく口をきく仲になった。或《あ》るとき、私が図書室を出て青物屋の店先で胡瓜《きゅうり》の山を見ていると、宋三・弁三が梅ヶ枝の女中に連れられてリアカーを曳《ひ》いてやって来た。二人はその日、疎開学童用の配給品を運ぶ当番にあたっていた。彼らは土間のなかの胡瓜を、一本ずつ数えながら笊《ざる》に入れた。よく青物屋が玉葱《たまねぎ》など数えるときするように、「ええ二つ二つ、四つ四つ、ええ六つ六つ……」と節をつけて数えながら彼らは胡瓜を笊に入れた。それがよく板について、青物を運ぶ当番を何回やったのかしれないが、子供にしては器用すぎた。私がそれを見ていると、弁三が私を呼びとめた。

「おじさん、おじさん。いつかのプロペラの廻《まわ》る話、あれどうなったずら。もう調べてくれたずら」

言葉づかいも土地訛《なまり》になっていた。

「ね、あの童話はまだなの。今度、いつ東京へ行って来るの。今度は、きっと調べて来るずら」

「きっと調べて来る。でも、あんな話を専門家にきくと、笑って問題にしないかもしれないよ。きょうは僕、忙しいからこれで失敬する」

私はこの「プロペラの廻る話」を、二人の前では避けたい気持になっていた。他愛ない話である。この話のきっかけも、子供の冗談ばなしのようなものから始まった。あるとき宋三・弁三が寮母さんに引率されて文化映画を見に行くと、飛行機の離陸する直前のところを写した一場面があった。その飛行機のプロペラが回転をはじめると、直《す》ぐにそれが逆にまわりだしたように見えだした。宋三・弁三はそれを不思議に思ったので、翌日、学校の受持の先生に、プロペラの逆にまわるように見える理由を質問した。それが休憩時間でなくて、この地方特殊の風土病を媒介する宮入貝《みやいりがい》駆除のため、学童の勤労作業中だったのが悪かった。弁三の質問の言葉が足りないのを傍《かたわ》らから宋三が補って、こまかいことを云い足しながら二重に質問したのが更に悪かった。二人がこんな質問をしたので、そのとき受持の先生の傍にいた挺身《ていしん》隊員の不興を蒙《こうむ》った。悪童二人が協同で難問を先生に持出したと挺身隊員は受取った。神聖な勤労作業中、敢《あえ》て唯物《ゆいぶつ》主義的な質問をしたものと解釈した。受持の先生もこれには驚いて、宋三・弁三のために挺身隊員に詫《わび》を云ってくれた。挺身隊員は「なんという不徹底だ。だから学童がますます邪道にはいって行くのだ」と先生を頭ごなしに叱《しか》りとばし、宋三・弁三に勤労奉仕の精神についてながたらしい訓辞を与え、「お前たちのいまの質問には、いま自分が答えてやる」と云って解説してくれた。

それによると、すべて、非常にすみやかな速力を出すものは、その速力が速さの限度に達すると逆に進んで行き、したがって未来に貫いて行くものが過去に向って進んで行く。これはアインスタインの学説であるそうだ。その話を、宋三・弁三は私にそんな風な表現では云わなかった。彼らの受持の先生が疎開学童の家庭訪問に梅ヶ枝に来たついでに、挺身隊員の怖かったことについて、おかみさんにそういう表現で話したそうだ。それをまた、おかみさんが私にも話した。宋三はこれと同じ意味を、子供らしい云いかたで「猛烈なスピードで進むと、過去に進むんだそうだ。ほんとだろうか」と云った。宋三は「プロペラの廻る速さ以上に進むと、過去の歴史のなかにはいって行けるんだ。そうすると、新井《あらい》白石《はくせき》にも会えるね。スピードが出さえすればいいんだね」と寧《むし》ろあこがれるかのように云った。すると弁三が「僕は、新井白石よりも豊臣《とよとみ》秀吉に会いたいよ。二十分間でも三十分間でもいいから、会ってみたい」と云った。他愛ない話である。

私はその後、たびたび宋三・弁三にせがまれているうちに、殆《ほとん》ど間抜なほど他愛ないことを二人に約束するようになった。いずれ東京へ用事で出るついでのとき、誰《だれ》か専門家に「速さと過去」の関係についてたずねてやると約束して、また二人を連れて過去の歴史のなかへ行く話を書いてやると約束した。常識で考えるまでもなく、死んだ人物に会える筈《はず》はないが、白石や秀吉に会いたいという宋三・弁三の気持には、私もある程度、同感が持てた。宋三は、先《ま》ず白石に会ったら飛行機の製法や操縦法を伝え、徳川家宣《いえのぶ》に仕えるのを止《よ》して、河村瑞軒《ずいけん》と協力で大貿易家になるようにすすめたいと云った。白石は聡明《そうめい》で独学のしかたが手に入っているに違いない。飛行機に関する書物を一冊贈呈すれば、直ぐに製法や操縦法を心得るだろうと云っていた。弁三は、もし秀吉に会ったら、日本の桃山時代の政治を代議制度にするようにすすめ、利休を殺したり純金の茶席をつくったりする代りに、師範学校をつくるようにすすめたいと云った。これは半ば私の入れ智慧《ぢえ》の影響だが、二人の子供はそんなことを云うようになっていた。

私はこの二人の子供を素材にして、童話風な物語を書きたいものだと思った。二人の子供を連れ、過去の歴史のなかをそこかしこ漫歩して、せめて垣間見《かいまみ》にでも二人のものに、秀吉や新井白石の風貌《ふうぼう》を見せてやるという物語である。私自身も、秀吉や白石の謦咳《けいがい》に接したい気持が充分にあった。

この計画を私はたびたび宋三・弁三に話して聞かせ、二人をモデルにして実際の名前で書いても差支《さしつか》えないという承諾を受けた。その後は、私自身よりも宋三・弁三の方が、この計画に対して熱意を持つようになって来た。嘘《うそ》八百の話にしても、何しろ彼等は過去の歴史のなかにはいって行けるのである。私が甲府の青物屋の前で二人に会ったとき、弁三が私を追いかけて来て「プロペラの廻る話」を持ち出したのは、彼等のその熱意の現われの一端である。それより前、私は挺身隊員やプロペラの話と関係なく、ただその話から思いついて一つの童話を書き出していたが、二十枚あまりで行きどまりになっていた。

その童話

宋三・弁三という二人の疎開学童がいる。

私はこの二人の子供を連れ、今これから過去の歴史のなかにはいって行く。弁三は百科全書を持っていた。宋三は通俗飛行機講座という本を手に持っていた。

私は日本時代史第八巻と第九巻を持って、日本文化史大辞典という厖大《ぼうだい》な本を背中に帯紐《おびひも》で結えつけていた。それから懐中には慶長小判を用意して、私たちは三人とも十徳《じっとく》をきて十徳頭巾《ずきん》をかぶっていた。はじめは、墨染の衣で雲水の姿になろうかと思ったが、昔の儒者や武将などは坊主を憎む傾向があった。私たちは秀吉や新井白石に会いに行くのである。また、二人の子供に雲水の姿をさせるのは、何となく痛々しいような気持もあった。十徳をきて宗匠のような姿なら、私たちの知らないお経を読めと云われるおそれもなかろうと思われて、それで昔の人にも目に慣れた十徳姿を選ぶことにした。

さて、巷間《こうかん》きくところによると、次第によっては過去に突入するのは造作もない。極《きわ》まりない速さで進むのが秘訣《ひけつ》であるとされている。

私は宋三に宋左と改名させ、弁三には弁左と改名させ、私たち、極まりない速さで進むことによって、三人あこがれのまとである過去に突入した。その結果、私は目がくらんで、手に持っていた書物をどこかに取り落し、背中に結えつけていた厖大な本は、いつの間にか帯紐から抜け落ちていた。宋左も弁左も書物を失っていた。

でも幸運なことに、それは後からわかったが、私たちは最初の思い通り昔の江戸の市中にはいって行き、しかも新井白石の邸宅の門前に立っていた。私たちの目の前には、瓦《かわら》をのせた質素な構えの門が明けひろげてあった。門のなかには棗《なつめ》の木や栗《くり》の木などの疎《まば》らな植込が見え、まだ青い栗や棗の実がどっさりついて、庭というよりも果樹園に近い趣であった。その植込のなかに、門のところから玄関まで粗末な飛石がつづいていた。

玄関には障子がはまっていた。はじめ私は、自分たちが現在どこにいるのかわからなかった。通りすがりの、荒縄《あらなわ》の帯に貧弱な着物をきた鬚面《ひげづら》の男にたずねると、その男は小腰をかがめ、

「へい、このお邸《やしき》が、甲府様へ御祗候《ごしこう》の新井様のお宅で御座ります」と都合よく答えた。

その鬚面の男は頭に濡手拭《ぬれてぬぐい》をたたんで載せ、お湯をつかわせたと見え、毛の湿っている犬の仔《こ》を内ふところに入れていた。目がただれて人品は悪かったが、至って腰のひくい親切そうな男であった。私がこの男に、新井様の規定の面会日などのことについてたずねると、

「いいえ、新井様と致しましては、そのような堅苦しい掟《おきて》は御座りませぬ」と答えた。

かつて私は、或る大学の江戸時代史専攻の先生から、日本で初めて自宅での面会日をきめた文学者は新井白石であると教わった。白石がまだ甲府侍講《じこう》になるよりも余程以前から実行し、それは生涯にわたって面会日をきめていたという説であった。鬚面

の男にその話をすると、

「いえ、只今《ただいま》までのところは、そのようなこと決して御座りませぬ。手前は、もと浅草報恩寺中の新井様のお隣屋敷に奉公しておりました。些細《ささい》ながら、お若いときの白石先生に、お金を御用立したことも御座りました。御親父《ごしんぷ》様のお使いや、お客様の御案内で、新井様のこと手前よく存じております。新井様は、至って客好きで御座ります」相手はそう云った。

白石の若年のころ、白石の父親は浅草報恩寺境内に住んでいて、その隣の家にこの男が奉公していたので、白石の父親の使い走りをしたり来客の案内したりして、たびたび白石のうちを訪ねたことがあると云う。

私は自分の歴史の知識に興ざめを覚えた。荒縄の帯をした無学文盲と思われる男さえ、江戸時代史専攻の大学教授の学説を、苦もなく覆えしたのである。

宋左と弁左は、絶えず好奇の目で鬚面の男を見守っていた。やがて私と鬚面の男の会話に一段落がつくと、宋左は鬚面の男に、新井様へ自分を紹介してもらいたいと頼んだ。鬚面の男は、ちょっと躊躇《ちゅうちょ》しながら彼の内ふところにいる犬の仔を見て、

「では、宗匠様」と彼は腰をひくくして私に云った。

「まことに相すみませぬが、暫《しばら》くこの犬を、抱きとっていて下さいまし。このお邸で

は、犬や猫は禁物で御座りますから」

と云いながら、内ふところから犬の仔を出して私の手に抱きとらせた。犬に絶対権の与えられている生類憐《しょうるいあわれ》みのこの御時世に、新井白石邸では犬が禁物であるという。鬚面の男は頭の手拭をしぼってふところに入れ、宋左を連れて小腰をかがめる恰好《かっこう》で門のなかにはいった。犬の仔は私の手から逃れようとして身をもがいた。生後一箇月内外の純粋種の柴犬《しばいぬ》である。私は宋左の様子が気になるので、弁左に犬の仔を抱きとらせて片側の潜戸《くぐりど》のところに近づいて行った。なかの様子は見えないが、玄関まで十歩の距離に足りないので、玄関での話声がおぼろげながら聞えて来た。宋左の可愛らしい声と、それに応じる大人の錆《さ》びた幅の広い声である。ときどき話の内容が聞きとれた。

「明日、私が模型飛行機をつくって参ります。模型飛行機なら、私は幾度もつくったことがありますから」

「おう、それは矢張り空を飛ぶか。その形は、どうあるか」

「単葉と複葉です。明日の朝、二つとも持って参ります」

「単葉とは、その形は、どうあろうか」

話声がよく聞えなくなった。ところが弁左の抱いていた犬が、いよいよ身をもがいて悲鳴をあげだした。すると、門のなかから鬚面の男が慌《あわただ》しく現われ、弁左の手から素早く犬を抱きとると、恐怖に充《み》ちた風できょろきょろとあたりを見まわした。彼は内ふところに小犬を抱きこんで、

「御免を蒙ります」と云い残し、一目散に駈《か》け出した。

それは狂気の沙汰《さた》に近いようであった。犬を啼《な》かせたりいじめたりするのは堅い御《ご》法度《はっと》で、ひょっとして犬を蹴《け》とばしても入牢《じゅろう》か遠島である。鬚面の男は、街かどでちょっとこちらを振向くと、そのまま抜穴でも潜るような恰好《かっこう》で板塀《いたべい》のかげに身をかくした。

宋左が「お待ち遠さま」と云って門の外に現われた。

私は宋左・弁左を連れて足の向くままに歩きながら、白石が幾つぐらいの年に見えたかたずねた。宋左は答えた。

「幾つぐらいか、僕には年はわからない。あの人、顎鬚《あごひげ》を剃《そ》ったあとが、とても青かった。ごつごつした顔で、目が光ってた。筆を手に持ってたけれども、字を書くときには、肘《ひじ》を張って手を動かした。はじめ、玄関番のような若い人が出て、先生は今日はお忙しい。今から詩経の御講筵《こうえん》に祗候されますると云った」

私は参考書の必要を痛切に感じた。白石が詩経の講筵に出かけると云うからには、

彼が甲府侯に召出された以後のことで、その後さほど年月がたっていない頃だということがわかる。甲府綱豊《つなとよ》の新鋭の侍講として、恰度《ちょうど》いま、謂《い》わば白石は雲蒸竜騰《うんじょうりょうとう》の姿の萌芽《ほうが》をはらんでいるところである。参考書がなくて年齢の計算ができないので、仮に白石三十五六歳頃の年であると思うことにした。

宋左の報告によると、白石は定紋つけた薄黄色の麻の着物をきて、麻の袴《はかま》をはき、頭を広く剃りあげて小さく山型に立てて髷《まげ》に結っていた。はじめ宋左が玄関番に飛行機というものについて説明していると、不図それを聞きとめたらしい白石が玄関に顔を出した。そのとき白石は、すでに矢立《やたて》と半紙を手に持っていた。衝立《ついたて》を背にして、ぴたりと宋左の正面にかしこまり、宋左が云うのを筆記する態勢をとった。

宋左が「飛行機には、エンジンとプロペラがついていますから、空を飛ぶことができます」と云うと、白石は「エンジンとは、その形はどうあろうか」と直ぐ筆記しようとした。宋左がそれを説明しかねて口ごもったので、白石は手に持った半紙を袴の膝《ひざ》に置いて宋左の顔をじっと見た。その目つきは、人の肺腑《はいふ》を刺すかのように鋭く冴《さ》えていた。その人は、それでもまた筆記する態勢をとった。宋左が飛行機の模型のことを云うときにも、いまにも筆記の筆をおろそうとした。宋左が「明日、私が模型飛行機をつくって参ります」と答えると、白石は模型飛行機の形を質問して、いまにも筆記の筆をおろしそうにした。宋左が「蜻蛉《とんぼ》のような形であります」と答えると、その人はまた宋左の顔をじっと見た。

「会った後の気持はどうだね。玄関を出たとき、どんな気持だった。からりとした気持がしなかったかね」と訊《き》くと、宋左が「僕、今晩徹夜しても模型飛行機をつくろうと思った」と答えた。

私たちは少し人通りのある街を歩いていた。云うまでもなく、人々の風俗は元禄風である。それでも浮世絵や風俗画で見るように華麗な人の姿ばかり見えるのではない。薄ぎたない身なりの人もいて、むしろ薄ぎたない服装の人が多いのであった。町名はわからないが特に人通りの多い町に、軒に幕を張りめぐらして、入口の左右に「中村七三郎丈へ」と大きな文字で染出した幟《のぼり》を何本も出している芝居小屋があった。看板を見ると、ちょっと入場したくなって来た。宋左もこの芝居を見て行こうと云いだした。

弁左は「幕見でもいいから、ちょっと見て行きたいな」と云った。

私も是非ちょっとでも見たいと思ったが、元禄時代の中村七三郎という俳優は、傾《けい》城買《せいがい》の演技にすぐれていたと何かの本で読んだことを思い出した。もしかして二人の子供に、傾城買の場面を見せることになるかもしれないので私はそれを警戒した。しかし時刻はまだ朝のうちといってもいいのであった。小屋の木戸口から入場して行く人たちは、たいていの人がお弁当の重箱包みを持って、なかには酒徳利をぶらさげているのもあり、或《あるい》はまた太い丸太ほどの煙管《きせる》を下男に担《かつ》がせて、おのれは腕組をして木戸口をはいって行くのもあった。肩で風を切るように威勢よく木戸口をはいって行く若侍もいた。場内の不愉快な雰囲気《ふんいき》が想像されたので、

「しかし幕見の制度は、この時世には、まだ行われてない筈《はず》だ」

と弁左に出まかせを云うと、弁左は大人ぶって、

「新井白石の時代だろう。話せないね、残念だなあ」と云った。

それでも私たちは、急には立ち去りかね、芝居小屋の木戸口の景況に目をとめた。

太鼓の音が小屋の外まできこえていた。白粉《おしろい》を塗った若い女が、歌麿《うたまろ》の浮世絵そっくりの風俗で木戸口にはいって行った。黒絽《くろろ》の着物が、ほのかに彼女の腕の曲線を透かして見せた。頬《ほお》かむりをして茶色の薄地の着物をきた若者が、同じく頬かむりをして緑色の薄地の着物をきた女の手をひいて、こそこそと木戸口をはいって行くのが見えた。人目を忍ぶ風をするつもりかもしれないが、とりわけ人目のせきの多いのは芝居小屋である。彼らは人目を忍ぶ風をすることに、また別様の趣向から多感をそそられようとしているのかもしれなかった。

供の者を連れた老人が、木戸口の小屋者たちに最敬礼されながら中にはいって行くのが見えた。

「あれは、どこかの豪商だね」と弁左が云った。「なにやらわかるものか。ともかく、芝居を見ない代りに、駕籠《かご》に乗ってみようじゃないか」

私はふとしたその場の思いつきで、自分でも思いがけなくそう云った。

私たちは三挺《ちょう》の辻《つじ》駕籠を雇った。

「どこでもよいから、風景のよいところへ行ってくれ」

私が駕籠屋に云いつけると、先棒と後棒が、同時に「へい、合点のすけ」と頓狂《とんきょう》な声を出して私を驚かした。

もしかしたら今、芝居小屋で、駕籠屋のそういう場面を入れた狂言があるのかもわからない。私たちの駕籠は濠《ほり》ばたに出た。濠を越して向側の石垣《いしがき》の上に白壁の土塀《どべい》がつづき、石垣の曲りかどには櫓《やぐら》が建っている。駕籠はその濠ばたについて進み、やがて濠ばたを外れて暫く駕籠にゆられながら行くと、少し繁華な商店街にはいった。私たちは「紙屋十兵衛店」と染めた暖簾《のれん》の出ている店の前で駕籠を停《と》め、宋左の模型飛行機用にする紙を買った。一軒おいた隣の金物屋で切出しを買い、その隣の桶屋《おけや》で竹のきれとプロペラ用の木のきれを分けてもらった。私はもうよほど前から煙草《たばこ》がすいたくてならなかったので、金物屋へ引返してきいてみたが煙草はないと云うので、筋向うの袋物屋で煙草と煙管と煙草入と火打道具を手に入れた。私は先ず一ぷくと、その店の上り框《かまち》に腰かけている坊主あたまの男に火を借りて一ぷくすった。煙草の味は辛すぎた。もう一ぷくすっていると、火を貸してくれた坊主あたまの男が、さっきからの話の続きで袋物屋の店番にこんなことを云った。

「なかんずく、典医の一ばん心得なくてはいけないことは、紫色の鉢巻《はちまき》の幅に意をとめることでげすな。ただ噂《うわさ》だけのことかもしらぬが、今回のごとくに、上様の典医ともあろうものが、わずか一寸一分幅の鉢巻を差上げたとは失態この上ないことでげすな」

この男は五十あまりの年恰好で、渋茶色の薄い着物を着て灰色の帯をしめ、銀細工を施した鉄の煙管で煙草をすっていた。袋物屋の店番は白い郡内《ぐんない》の肌襦袢《はだじゅばん》を着て、その上から黒の前掛をしめていた。これは三十前後の年配で、坊主あたまの客に愛想よく相槌《あいづち》を打った。

「むろん、病人の身熱の度合、また患家の身分格式の違いで、鉢巻の幅さを変えて行くのはわかりまするが、その鉢巻の広い狭いの振合が、また難しいので御座りましょうな」

「だが、一方その紫色の鉢巻は、幅さの広い狭いの振合のほか、もう一つ別の大事なことは、頭を縛《ばく》した結び残りの布でげす。あの垂らし工合に工夫しなくてはね。結えた残りは、長短不揃《ふぞろ》いにするものでげすが、その長短の振合が、患家の身分格式、また病人の身熱の度合によって、自《おの》ずから変って行くべしですな」

「鉢巻の幅さが一寸一分と申しますると、大熱の病人に恰度よいほどの幅さで御座りましょうか」

「いや、一概にそう云えぬ。一寸一分幅の鉢巻を、中熱の病人に締めさしてよいときもげす。結び余りの布の長短を加減して、鉢巻の幅と熱の喰いちがいを節することでげす。一概に云えぬ。一概には云えぬが、典医ともあるべき人が、おのれの迂闊《うかつ》に驚いて鉢巻の幅を改めなおすとは、驚き入ったことでげすな」

私はその談話に区切がつくのを待ちきれなくて、横合から口を出し、火打道具で火を発する順序を店番の男にたずねた。店番は呆《あき》れたように私を見たが、それでも燧石《ひうちいし》の扱いかたを親切に教えてくれた。私は「有難う」と云って店を出て、駕籠を降りた方角で宋左・弁左の姿を目で尋ねた。駕籠も宋左も弁左も見えなかった。私は紙屋十兵衛店の前まで駈けて行き、今度は袋物屋の前に駈け戻ったが、無意味な挙動であるのを意識する余裕がなかった。再び紙屋十兵衛店の前まで駈け戻って、紙屋の店番に問いただした。しかし相手は、子供たちのことも駕籠のことも別に気がつかなかったと云った。事実、知らなかったようだ。

私は道のまんなかに立って、遠くも近くも散々に見て、何の工夫もつかないまま迷子の届をしに辻番所へ行った。私の届を書きとった年配の男が、確信なさそうに、また後の責任も持てないような調子で教えてくれた。

「ちかごろ、妙なことが多い。早稲田《わせだ》村の先の井荻《いおぎ》村の方で、大勢の子供に鳥を追わしておる御大尽の家があるそうな。生類憐みの禁令が出て以来、鳥の害を防ぐには、鳥を追うのが一ばん穏当だ。なんでも、その家は大きな家というから、子供をかくしておくのは造作ない。大勢の子を、どこから集めたろうと噂しておるそうな。人買いがまだ止まぬから、人買いが攫《さら》ったかもしれぬ。無駄《むだ》でも井荻村へ行ってみるがよい。一刻も早いがよい。なに、駕籠で行けば造作もない」

もしかしたら宋左・弁左は駕籠に乗せられて、井荻村まで運ばれたかもしれないという気がして来た。ともかくその御大尽のうちを訪ねることにした。私は相手の男に礼を云って、届に該当する子供が見つかったら、ここに留め置いてもらうように頼んで外に出た。

私は丈夫そうな駕籠舁《かごかき》のついている駕籠に乗った。そうして両側の垂れをあげ、宋左・弁左に似通った子供の姿を見つけ出そうと、絶えず左右に詮索《せんさく》の目を向けていた。したがって、町並や通行人の様子をたいてい見落した。川沿いの道を行くころになると人通りが減って、川向うの右手に木の茂った岡《おか》がつづいていた。左手にはところどころ小さな岡を散らした田圃《たんぼ》がひろがっていた。このあたりは早稲田村という土地であることが駕籠屋の話でわかった。この駕籠屋の道中案内にしたがえば、私は早稲田村から落合村を通りぬけ、それから鷺《さぎ》の宮《みや》というところを通って井荻村にはいった。駕籠屋は私に対して可なり親切な待遇ぶりを見せた。先棒の男が一軒の貧弱なつくりの農家に立ち寄って、この村には御大尽というほどの家が一軒もないことを突きとめてくれた。その代りこの村には、江戸で二番か三番といわれる偉いお殿様の新しい奥方のお邸《やしき》があることを聞き出した。駕籠の後棒の男は、私を置去りにして帰るとも云いかねて遠まわしに云った。

「今から、そのお役人の御隠居所へお出かけになりますと、お帰りは夜になりましょうな。今日はお月様もなし、人通りのない田圃路つづきで、手前ども怖くてなりませぬ。さぞや貴方《あなた》様の方でも、無気味で御座りましょう」

私は駕籠屋の気の向くままにしてもらい、彼らを返してから、そこの貧弱な農家を訪ねて御隠居所に行く道順をきいた。土間のなかで唐臼《からうす》を搗《つ》いていた婆さんが、浅黄色の湯巻ひとつの姿で私の問に答えてくれた。この家の前の道をどこまでも行くと三つ角になって、そこの櫟林《くぬぎばやし》のなかのだらだら坂をくだると沼がある。その沼を前に控えて、こちら向きに岡の片側に門構えの大きなお邸がある。それが御隠居所であると婆さんは教えてくれ、いまお茶でも入れるからと愛想よく云って上り框に円座を敷いてくれた。婆さんは竈《へっつい》の鑵子《かんす》の下に火を焚《た》きつけたので、私は上り框の円座に腰をかけた。そのとき、いかめしい鎌髭《かまひげ》を生やした男が用心棒をついて土間のなかにはいって、

「ばばア、おるか」と無作法に云った。

その男は婆さんが返辞をする前に、用心棒で二つ三つ土間を突き、私に向っても無作法な口をきいた。

「お前も、ここのばばアといっしょに来い。よく云っておくが、お前が逃げたら、このばばアも同罪だ」

婆さんはあまり不機嫌《ふきげん》そうな顔もしなかった。

「ばばア、よいか。今日はお邸で、連歌のお集まりがあるによって、この男も、いっしょに連れて来い。今日は、特に大事な夜じゃと仰有《おっしゃ》っておられるからな、人の数は多いほどよい。こら、早く支度《したく》をせえ、ばばア」

鎌髭の男はまた土間のたたきを用心棒で二つ三つ突き鳴らした。婆さんは大急ぎで裏口から出て行くと、竹竿《たけざお》を二つ持って来て、

「お前さんには、これの方がよかろうな」と、太い方の竹竿を私の手に持たせた。

この農家の隣の家の物干場に大勢の人たちが、男も女もみんな竹竿を持って群がっていた。なかには腰に弁当包みを結び、または草鞋《わらじ》ばきで脚絆甲掛《きゃはんこうかけ》の身支度をしているものもいた。褌《ふんどし》ひとつのものもいた。

私はそれが何のための人だかりか知れなかったが、婆さんがその人だかりのなかにはいったので私もそれを真似《まね》た。もし私が逃げ出すと婆さんも同罪になると鎌髭の男が云ったので、何かしらないが私は逃げなかった。鎌髭の男が物干場から往還に出て行くと、その後から大勢の男女がぞろぞろとついて来た。私もみんなを真似て竹竿を肩にかつぎ、なるべくその行列の後について行くようにゆっくり足を運んだ。みんなもなるべくゆっくり歩こうとしている風で、自然その列は間伸びのした行列になって行った。

先頭を鎌髭の男が歩いていた。彼は道ばたの一軒の農家の前に来ると、土間のなかにはいった。後につづく行列の人は、土間口のところに集まったので一つの人だかりが出来た。間もなく鎌髭の男が土間を覗《のぞ》いて出て来ると、土間から出て行く人も一緒

に鎌髭の後につづいて行った。次の農家でも同じ状景がくりかえされ、次から次にそれがくりかえされて人の数がますます殖えた。

この行列の風態《ふうてい》は種々雑多で、着物の色がさまざまであった。茶色、縞《しま》、褐色《かっしょく》、浅黄、灰色、半裸体などである。茶色の着物をきている一人の若者は、紺色の帯をしめて雪駄《せった》をはき、頭の髪が百日鬘《ひゃくにちかずら》のように茂っている。私はこの男に話しかけて、現在の自分は「蛙《かえる》の声を封じる」ため、鎌髭の男の指揮によって沼のほとりに引率されて来ていることを知った。

この人の話では、今晩、沼のほとりにある大邸宅で連歌の会が開かれる。それで連歌をつくるのに邪魔な蛙の声を封じるために、私たち大勢で沼の水面を竹竿でもって打つのである。現在、その大邸宅に連歌の宗匠が逗留《とうりゅう》して、殿様の奥方に連歌の指南を施している。みんなが蛙の声を封じに出かけるのは、この夏はこれで十九回目である。ときには夜あけまで水面をたたかされたが、後になってからの噂では、奥方が「もう水を叩《たた》くのは、止《よ》してもよい」と命じるのを忘れていたためだそうであった。昨年の夏は、茶の湯の宗匠が逗留していたので、前後三十七回も同じような使役につかせられた。茶釜《ちゃがま》の湯のたぎる音が、蛙の声で乱されるのを防ぐためだというのである。

私たちは沼のほとりに着くと、日没になるまで草の上に腰をおろして無駄ばなしをした。自然、それは数人ずつの群れに分れて行き、そこかしこ草の上に人の群れが散らばった。私はさっき竹竿を貸してくれた婆さんのいる群れにはいって、そろそろ空腹感がつのって来るのを覚えながら、みんなの無駄ばなしをきいていた。百日鬘のような髪の男が、婆さんの隣に坐《すわ》っていた。褌ひとつで素足に草鞋をはいている四十歳前後の大男もいた。月代《さかやき》を広く剃《そ》りこんで、野郎あたまと俗に云う髪かたちにしている若者もいた。私たちを引率して来た鎌髭の男が、何ぞ御用命を仰ぐためかお邸の門のなかにはいったので、人々は勝手に思いのままの口をきいた。殿様の奥方の品定めについて二三の人の意見も出た。

百日鬘のような髪の男は、ちょっとお邸の方を見てこう云った。

「お出入りの者にも姿を見せぬ。どういう代物かよく知らぬが、どうせ傾城《けいせい》の薹《とう》の立ったものに違いなかるまい」

褌ひとつで、赤んぼのような坐りかたをしている胸毛の濃い大男が云った。

「いや、西京からお輿入《こしい》れの、お人形のようなお姫様だんべ。その代り、人形は人形でも浮世人形だんべ。逆さにして見れば、尻尾《しっぽ》が生えておるだんべ」

私に竹竿を貸してくれた婆さんが云った。

「どうせ、ろくなものではあるまいよ」

するとこ野郎あたまの若者が云った。

「話は違うが、おいらは昨日、あのお邸出入りの筆屋から聞いたもんだ。あのお邸におる連歌師は、古今《こきん》伝授つうのを心得ておるそうな。以前は、もうみすぼらしい連歌師であったつうが、それが最近のあのお邸の口ききで目が出て来たつうわ。諸所方々のお金持に、あのお邸の口添で古今伝授を売りつけて、今じゃ俄分限者《にわかぶげんしゃ》になっておるつうわ」

この野郎あたまの若者は、大きな波がしらを藍《あい》で染出した浴衣《ゆかた》をきて、まだ三十には届かない年に見え、一見、道楽者という印象が強いのである。たぶんそういう筋からとも思われるが、ほかの人たちにくらべるとお邸の連歌師の消息に通じていた。

この若者の話だと、お邸にいる連歌師は以前の困っていたときと違って、身なりがえらく向上して来たそうだ。起居動作も言葉つきも見違えるばかりに向上し、彼について伝授を受けたいというものがますます殖えて来るようになった。現に、もと彼を引立ててくれたこの邸の奥方も、古今伝授を受けるためにこの一夏ここへ彼を招いている。奥方がこの連歌師を大事に扱っているのはいうまでもないが、なかんずく今晩は「秋の夜」という題で連歌をつくることになっている。これは連歌師の知りあいの筆屋の云ったことだから間違いない。「秋の夜」という題で歌を考える席に、夏の蛙の声がきこえると、歌をつくる奥方の気分が殺《そ》がれるかもしれぬ。今晩のところは絶えて蛙の声を出させないようにと、奥方から下々へ堅固に申しつけられている。あと一回か二回の修業をつめば、奥方は古今伝授を受けられる予想になっている。今宵の歌の会は大事のなかの大事である。万一にも先夜のように、蛙の声が同時に二箇所も三箇所からも漏れるようなことがあると、用心棒の鎌髭男が仮借なしに怠け者を縛る。縛る前に打擲《ちょうちゃく》するのが鎌髭男の本領だ。

野郎あたまの若者は、そういう消息をもらして私を怖がらせた。

「しかし、筆屋が云っておった。古今伝授といっても、その由来するところは遠いそうな。おいらも、実は筆屋から手ほどきしてもらったので、聊《いささ》か連歌に心得がある。といって、まだ伝授してもらうとまでには行きかねる」

「伝授というのは、何かね」

水色の着物をきて坂田金時のような顔をした若い女が、その質問を出した。

野郎あたまの若者は「それが秘訣《ひけつ》だ」と寧《むし》ろ同好の士を得たというように、会心の微笑をみせた。

「おいらも、まだよくは知らねえが、筆屋の云うように、一口に伝授といっても、いろいろあるつうわ。切紙秘伝、三木三鳥、その他いろいろあるつうわ。流派にもいろいろあるそうな。あのお邸に来ておる連歌師の流派は、堺《さかい》伝授というそうな。奈良伝授という流派もあるつうわ。ちかごろの奈良伝授は、伝授してもらうのに相場が安いそうな。しかし門戸を飾るぶんには、おいらは奈良伝授でも充分だと思うがね」

「おや、出て来た」

水色の着物をきた女がそう云ったので、人々はお邸の方を振向いた。門のなかから二人の男が現われて、彼らは肩をならべて用心棒で地面を突きながら、沼に通じる細道にはいって来た。

私たちはみんな竹竿を手にして立ちあがった。他の群れの人たちも、それから沼の向側にいる人たちも、みんな竹竿を手にとって互に散らばって行った。

私は他の人たちのするのを見習って、左右の人と適宜の間隔をとって水ぎわに出た。草の生えた水ぎわの軟い土は踏み荒らされ、今まで幾夜となく蛙を追いまわった人たちの働きの程度が偲《しの》ばれた。私は竹竿を軟い土に突き立てて、下着といっしょに十徳を裾端折《すそはしょ》りにして肌をぬぎ、袖《そで》と袖を帯の前のところで結びあわした。これでいいと思った。私は竹竿をとって振りあげてみたが、夜あけまでそれを振りつづけるかもしれないと思うと、つくづく鎌髭に捉《つか》まったのが恨めしかった。竹竿は根元のところが鮎釣《あゆつり》の四間竿ほどの太さであった。

私の左側には、百日鬘のような頭の男がいた。彼は私が初めてこの苦役《くえき》に従事するのを知ったので、私のそばに寄って来て小声で注意してくれた。

「蛙を打ち殺しちゃいけねえよ。もし後《うしろ》の方の草むらで啼声《なきごえ》がしても、草むらを打つな、水面《みのも》を打て。打ち殺すと、生類憐みの禁令に触れるからな。万一、過《あやま》って打ち殺したら、竹竿で水を打ちつづけるような真似しつつ、足の先で土の窪《くぼ》みをほじくって、蛙の軀《むくろ》を埋めるのじゃよ」

その男は私のそばを離れたが、また近寄って注意してくれた。

「誰しも、蛙の声が方々できこえだすと、つい夢中になるものじゃ。つい、右に寄ったり左に寄ったりする。それで、人の守っておる領分へ、思わず足を踏みこむことになる。すると、いつの間にか自分の守る領分が広くなる。これは当り前だが、すると疲れがひどくてやりきれんよ。また、広い領分はお前さん一人では守りきれぬから、おいらはお前さんの隣だもんで、お前さんに加勢に行かねばならんような始末になる。おいらの損になる。こりゃここだけの話だよ」

それで私は、この忠告に従う意志を明らかにした。蛙の声を封じる阿呆《あほ》らしいような仕事でも相当の思慮分別を要するのである。

私の右側に、格子縞《こうしじま》の着物を裾端折りして肌ぬぎになった若い女がいた。その赤い湯巻は膝の上までしかない短いものであった。はちきれそうなほど太った両足が、ひどく内股《うちまた》になっているためか、あくまでも太く見える。彼女は踏み荒らされた軟い地面に竹竿を突きたてて、太った両腕で乳房のかくれるように腕を組み、竹竿の先にとまった蜻蛉《とんぼ》を見上げていた。しばらくしてまた女の方を見たときには、彼女は竹竿の先で水面を玩具《おもちゃ》にしてかきまわしていた。

いつの間にか鎌髭の男が二人の用心棒と連れだって、金棒曳《かなぼうひ》きのぶらぶら歩きで沼のほとりを歩きまわっていた。夕焼雲の色が褪《あ》せて行き、それを合図のように一ぴきどこかで蛙が啼きだした。鎌髭の男は「それッ」と私の後の方で気合をかけた。同時に、水を打つ音がして蛙の声が止んだ。今度は直《す》ぐ近くで、一ぴき啼きだすと見せて直ぐ止した。向岸で、蛙の声の出端《でばな》を打ち消す水音がした。こちら側の水ぎわでも蛙が啼きだすと、続いてそれを打ち消す水音がした。みんなよく訓練が行きとどき、いたずらに水をたたくような未熟な振舞はしなかった……。

私は以上のような童話風なこの物語を、そこまで書いて投げ出した。なぜかというに、蛙の啼声を封じる苦役の際に、私は肌ぬぎになって青竹を振りまわした。これでは紙入も落してしまう。私は駕籠屋に賃銀を払った折、紙入を八つ折りの手拭《てぬぐい》の間に入れて懐中にしておいた。それから沼へ行く途中、たびたび汗を拭く都合から手拭を帯にねじ込んで、紙入は露《む》き出しのまま懐中にしておいた。それから肌ぬぎになるとき、その場の慌《あわただ》しい雰囲気《ふんいき》のため紙入のことには気がつかなかった。肌ぬぎになれば懐中物が落ちるのが当然だ。私の紙入は軟い土の上に滑り落ち、足に踏まれて土のなかにもぐりこんだに違いない。

旅空で無一物になったほど不如意なことはない。私は宋左・弁左が見つかるまで、下男奉公でもしてその場を凌《しの》ぐよりほかはない。或《あるい》はお邸の連歌師に追随して、古今伝授の押売りをして歩く不逞《ふてい》行為を演ずることも考えられるが、これは技術的に云って難色がある。古今伝授の学説もその因襲の由来も知らないし、図書館があるわけもなく、文学史全集があるわけでもない。秘伝を知るためには連歌師に報酬をはらわなくてはならないのであって、紙入を失っている私にはそれが不可能である。先ず最上のところ、竹竿を貸してくれた婆さんの口ききで、口入屋から奉公づとめにでも出るのが落ちだろう。運よく宋左・弁左が見つかっても、二人の子供を私が邪魔扱いにするようになって来るだろう。子供を二人も抱えた下男奉公は、朋輩《ほうばい》に対しても雇主に対しても気苦労の多いことである。つい私は、宋左・弁左を口ぎたなく罵《ののし》るようなことがないとも限らない。この二人の子供は当時の世相風潮にしたがって、いっそ淵瀬《ふちせ》に身を投げようと覚悟の家出をするかもわからない。必然は結果を生む。子供同士の相対死ということも考えられる。二人の子供の身の不幸は、ほかに幾らでも想像され得るので、この生活は御破算にした方がいいように思われた。

一方また、江戸市中どこを捜し歩いても、ゴム紐《ひも》が手にはいるわけがないから、私の空想は頓挫《とんざ》した。宋左が幾ら心をこめて模型飛行機をつくっても、ゴム紐が附いてないのに飛ぶわけがない。宋左がその飛行機を新井白石に献納して「ゴム紐があれば、これはこのように飛びます」と空中滑走させてみても、白石は胡散《うさん》くさいやつだと見て「たわけものめ」と云うだろう。元来、白石は格物致知《かくぶつちち》の究理の徒ではないか。どんなに上機嫌《じょうきげん》な日であるにしても、飛ばないものを飛ぶと云って子供におつきあいするようなことはないのである。そういうわけで、私は行きづまりを感じてしまった。

ところで、現実の宋三・弁三はそんな話は知らなかった。ある日、私は甲府に出て東京行の汽車を待つひまに、梅ヶ枝に寄って「歴史のなかを歩く童話」を途中投げしたと二人に云った。

「なにしろ、僕は古今伝授を知らないからね。旅の空で、諸君を不幸にしてしまいそうになったんだ。それで御破算にした」

そういう工合に二人に告げて、その日、私は東京に出て朝日新聞社出版局の伴君を訪ねた。折から伴君は、理化学研究所の藤岡由夫博士のところへ出かけようとしていたので、いっしょに藤岡博士を訪ねた。伴君と博士の談話がすんでから、話のついでに私は飛行機のプロペラのことを博士にきいた。

「それは、ストロボの原理です」

即座に博士はそう云ったが、これまた究理の徒の本性を現わして、何やら混み入った機械を据《す》えつけてある別室に私と伴君を連れて行った。それから博士は室内を暗くしてネオンサインの明りをつけ、壁間に幾つも並んでいるスイッチを次から次に押して行き、プロペラに似てそれを平らに据えてある実験機械の各部分を運転させた。プロペラに似たものは物凄《ものすご》い速さで回転した。確かにそれは逆さにまわっているように見えた。

「ここから見て御覧なさい。はっきり見えます」

博士は私を手招きして、プロペラに似たものを指差しながら、何か私にはわからない熟語をつかって原理を説明した。私だけでなく伴君にもわからなかった風で、伴君はそのプロペラに似たものには興味なさそうに、ほの暗い部屋のなかを歩きまわっていた。

この実験が終ると伴君が云った。

「今日は、僕の誕生日です。心地よい飲物があるということを前もって云いますが、僕のアパートに来ませんか」

そこで私と藤岡博士はアパートの伴君の部屋に行き、三種類の刺戟《しげき》のつよい飲物を飲んだ。私は酔った。その酔いかたは、たとえば階段をころがり落ちて行くような急速な酔いかたであった。ごとんごとんと酔ってしまった。私は真理とか原理について論じているつもりのようになっていた。

翌日、甲府へ帰る汽車のなかで、ポケットに自分には覚えない手触りの紙ぎれがあるのに気がついた。その紙ぎれには、私の酔って書いた乱暴な字があった。

「重要なる筆記。藤岡博士談。逆転するごとく見える理由。プロペラ急速に回転。光が断続される時間にくらべ――プロペラのまわる時間、早い。――或る瞬間は光って見え――故に――最近の自然科学。岩波版……」

――その続きは、殆《ほとん》ど文字の体をなさないので読めそうになかった。泥酔《でいすい》して自分が真理原理を論じているつもりであったのは、藤岡博士の座談を筆記しようとして、目茶目茶の字を自分が書いていたのを、それと錯覚していたのであった。

私は目茶目茶の字の判読につとめた。

「……すべて物の速さは光の早さ以上にはならない。実験的事実の原理をもとにして――過程。基礎過程の三つの一つ――アンリ・ポアンカレー。光の速度以上のもの。因果関係が逆になる。ギリシャ神話ルーメン。光より早い男。普仏戦争。セダンの開戦を見て地球を離れた。光、目に入る。刻々に過去を見る。光より早い男。セダンの開戦。ナポレオンに降伏。地球……」

次はどうしても読めなかった。泥酔していたときの私は、どうか過去に行く法を教えてくれと藤岡博士に頼んだのに違いない。「意識だけなら這入《はい》れましょう」と藤岡氏が云ったような気持がする。

甲府に着くと、私は銭湯の吉野湯で温泉を浴びて帰ることにして、手拭を借りに梅ヶ枝に寄った。帳場で東京の爆撃の趾《あと》の惨状について話していると、私の声を聞きつけて宋三・弁三がやって来た。

「おじさん、古今伝授がわかったよ」

と宋三が嬉《うれ》しげに云った。

「今日、学校で先生にきいて筆記して来ました」

と弁三が云った。この子は広間から持って来た書取帳の筆記を私に見せた。

それは簡単に「三木三鳥――おがたまの木、めどのけずり花、かわな草。稲負背鳥《いなおおせどり》、百千鳥《ももちどり》、呼子鳥」と記してあるだけであった。

「これっぽちでは、つまらないよ」

私は書取帳を弁三に返した。

「なにしろ、身すぎ世すぎの話だ。僕は物語のなかで、下男奉公しているんだ。——これっぽち仕入れて来たって、どうなるものか。——要するに、童話のなかにいるときだったら、僕はそう云うだろう。これくらいのこと、井荻村の博奕《ばくち》うちだって知ってる。そう云って、叱《しか》りとばすかもしれないね。いや、こんなことはどうでもいい。僕に手拭を貸してくれ」

私は弁三のぼろぼろの手拭を借りて吉野湯へ行った。そして温泉につかりながら、弁三のぼろぼろの手拭をひろげて見た。例の「一億一心」という標語を「一徳一心」と間違えて染出した手拭である。布地も粗末で、ところどころ穴のあいた箇所に継ぎはぎが施してある。継ぎはぎのきれは、高価な綾織《あやおり》の敷布の端を切りとったものである。日ごろ彼らの聞かされているにちがいない訓戒が、まぎれもなくこの諷刺《ふうし》を生んだわけだろう。

「こいつは皮肉な手拭だね」

私は口には出さないで、一つの遊戯を思い出した。乱暴な大人が無心な子供の両耳をつまみあげ、「ほうら、京・大阪が見えるだろう」という遊戯である。耳をつまみあげられた子供は、見えないのは嘘《うそ》だと思って痛いのをこらえ遠くの空に目をそそいでいる。——ところが私の書きそこねた童話風の物語も、宋三・弁三をつかまえて「ほうら新井白石が……」と、恰度《ちょうど》その遊戯に似ているようである。

私は、もう一度くりかえす意味で、今度は宋三・弁三を秀吉のところへ案内してやる物語を書くことにきめた。意識だけなら過去に入って行けるのだ。誰に遠慮することもないのである。

やはり私は宋三・弁三を、宋左・弁左と改名することにした。そこで服装いでたちの問題だが、十徳姿では何の買いかぶりもされないことがこの前の経験でわかっていた。しかし安直に風采《ふうさい》をごまかすには、やはり十徳姿が一手段のような気がしたので、私はこの前と同じような服装にした。

路銀や参考書は今度は問題外に置くことにした。秀吉の活躍した桃山時代の一般は、謂《い》わばゴールド・ラッシュの傾向もあって劃期《かっき》的な好況を呈していた。悪法さえなければ誰でも手と足とで働いて食って行ける。そういう考えで「実直な料簡になることが肝心だ」と私は宋左・弁左を戒めて、二人を連れて出発した。

私は驚いた。聚楽《じゅらく》の城外に着いてから二時間とたたない間に、もう私たち三人は城内に奉公する僥倖《ぎょうこう》にありついていた。こんなにてきぱきとした人扱いの仕方は、私の夢にも予想していなかったことである。小田原征伐が首尾よく終った翌々年の霜月一日の朝のことだったので、城中でもそろそろ師走《しわす》の多忙を見越して人手を要求していたようだ。私たちが城下町の口入屋の前を行ったり来たりしていると、その思いきり悪い様子を、通りすがりの一人の武士が目にとめて立ちどまった。その人は附属品を略した地味な鎧《よろい》を着て、よく光るが短い穂のついた手槍《てやり》を持っていた。兜《かぶと》を略してい る頭は大かた禿《は》げあがって、殊《こと》にすこしばかりの白髪は放髻《はなちもとどり》にして後へ垂らしていた。多年戦場を往来して、兜下の逆気で顱頂《ろちょう》がそういう風になったと思われる。

この年老いた武士は、私たちに対して何か興味を持ったようであった。寒さのためも手伝ってか目を細くして私たちを見ていたが、溝《みぞ》をまたぐような恰好《かっこう》に歩いて私たちの前に立ち止ると、「お前がた、奉公の望みがあるのであろうな」と云った。私がその通りであると答えると「お前がた、何と何ができるか」と云った。「もしお膝元の御地内でなら、草とりでも炭焼でも」と答えると、相手は「よい、いまから案内する」と軽く云って、私たちを城内に連れて行った。

私の素通りの観察では、聚楽第は一種の社交地域の観があった。城内といっても諸大名の大邸宅や美術的建造物が建ち並び、風致林もあり果樹林もあり池や馬場などもあった。道路は井然《せいぜん》としてよく清掃され、下水の溝の清潔なことはまた格別であった。この広大な地所は心もち勾配《こうばい》を持っていて、その勾配が急になった高地の行きどまりの地域が城郭に区切られて、ところどころに櫓《やぐら》が見え、大石崖に寄ったところに壮麗な天守閣が聳《そび》えていた。私たちは風致林のはずれにある平屋づくりの家に案内され、奉公を許すと即座に云い渡された。

私たちを案内してくれた老武士は、太四郎という名前であった。太四郎の主人は左近という侍で、羽柴秀次《はしばひでつぐ》に直属する有力な人である。私はその人たちの位階系統が直ぐには会得できそうになかったが、左近という侍は実戦の経験もあり経綸《けいりん》の才の豊かな人に違いないと感じた。彼は玄関の式台の前にうずくまった私たちを見ると、いきなり「お前がたは、茶道を好むか」と云った。私は自分たちの服装から茶人であろうと思われることを極力おそれていた矢さきである。これは大変だと警戒した。

「いえ、茶道のことは、私ども一向に」と答えると、左近はどう思ったか「それにしても、お茶道具の大切なことぐらいは、心得てあるだろう」と苦笑して、私たちの傍《かたわ》らにいた太四郎を見て、

「この者どもに、お天守のよめ・ちょぼの手伝いの役を申しつける」と云い渡した。

その上で、私たちの生国姓名をきいた。まだ三十すぎて間もないものと見えるのに、用件を一瀉千里《いっしゃせんり》に片づける。この侍は人を見て仕事を思いつく生れつきのように思われる。

「よめ・ちょぼのお手伝いとは、それは、いかような仕事で御座いましょう」と私がたずねると、

「いや、毎日お天守に詰めておれば、仕事の方でお前がたを呼んでくれる。そのうち、自然と仕事が湧《わ》いて来る」と云った。彼は眉目《びもく》秀麗であったが左の手の小指がなかった。

宿所は、足軽長屋の裏にある棟割《むねわり》長屋の一戸を割りあてられた。ここは「裏長屋」と云われているそうで、他の長屋と同じく白壁づくりになって外観も悪くない。屋内は大小二部屋に仕切られて、柱も太く、むき出しの天井の梁《はり》も太く、板張の床も頑丈《がんじょう》に出来ていた。裏口から松林が見え、表口からは落葉した木立を透して足軽長屋が見えた。夜具や炊事道具など日用品一式は、当分のうち町家の「よろづ屋」という店から損料貸で借りることにした。宋左も弁左もその損料の安いのに驚いた。食糧薪炭《しんたん》も、「よろづ屋」から後日払で仕入れた。遊歩地の茶店に行けば後日払で食事もできるので、炊事の手を省いても差支《さしつか》えない。

屋内の拭《ふ》き掃除がすんでから、私は後日払で買った酒樽《さかだる》を進物にして太四郎のうちへお礼を述べに行った。彼のうちは足軽長屋の表にある謂《い》わゆる「表長屋」の右の端の一戸である。玄関に小さな式台がついていた。あるじの太四郎は不在で三十前後の女が応対に出たが、剃《そ》り落した眉毛《まゆげ》の跡とお歯黒の色の調和がよくとれて清楚《せいそ》な感じの婦人であった。ところが翌日、私はお天守のお茶道具衆の溜《たま》りへ出仕して、その婦人はよめ・ちょぼの二婦人のうち、どちらかがその一人であったと気がついた。それから数日たって、その婦人はちょぼという名前で、太四郎の妻女の姪《めい》であることを知った。

よめ・ちょぼの二婦人は聚楽第の天守閣に毎日出仕して、倉庫に蔵《しま》ってあるお茶道具の管理にあたっている。二人は北の政所《まんどころ》に誓紙を書いて道具類を取扱っていたそうだ。道具類はすべて関白秀吉の所蔵になるもので、仮にそのお茶道具を唐櫃《からびつ》に入れて運ぶとすれば三十一棹《さお》の分量に及ぶという。ほかに掛軸や屏風《びょうぶ》や漆器類など莫大《ばくだい》な数に及ぶので、その出し入れは別として、書院とか数寄屋《すきや》へ持ち運びまた持ち帰るのは、よめ・ちょぼの二人だけでは間にあわない。この二人の女が倉庫から取りだして来る品物を、谷隼人之助《はやとのすけ》という中年の侍が受取って、隼人之助が溜りまで運んで来ると筆録役の私がその品名を帳面に書きとめる。その前に隼人之助と私と、もう一人斎翁という老人と三人の立ちあいで、箱書と中身が一致しているかどうかを調べ、その上で私が品名を筆録する。隼人之助と斎翁がそれへ署名して、終りに私が署名する。そうして溜りに詰めている衆に命じ、斎翁が附添でその品物を必要とする場所まで運ばせる。また倉庫に納める際には、斎翁の附添で持ち帰った品物を、斎翁と私と隼人之助の三人で箱書と中身を調べ、私が筆録した後へ三人が署名する。実に煩《わずら》わしい手続で、品物の出し入れの頻繁《ひんぱん》な日には万一の間違いが案じられて気疲れがする。

この品物出納《すいとう》の制式は、秀次幕僚の左近が考案したということである。いつかのこと関白自らは、そんな厄介な規則があることは知りたくないと左近に云ったそうだ。もし大事な品物に間違いがあった場合、関白が出納の制式を知っているとすれば、過失を犯したものを罪人にしなければいけないからである。斎翁はその話を私にきかせたとき、「目から鼻へ抜けた聡敏《そうびん》と申しましょう。これは大度量があればこそ」と云った。それで私が「もしものこと、実際に茶入《ちゃいれ》など毀《こわ》したときには、どうなりましょう」とたずねると「やはり関白さまは、お叱りになりましょう」と斎翁は、歯のぬけた口をあけて笑った。「たとえば、過日出納しましたような、新田《にった》肩衝《かたつき》などを毀したら、叱られるだけではすまされないでしょう」と私が云うと、斎翁は暫時《ざんじ》のあいだ口をつぐんでいたが、「いえいえ、決して毀せるものではない」と呟《つぶや》いた。

過日、第内の数寄屋で茶会があったとき、関白からの用命で新田肩衝を出納した。私は初めてこの名品に眼福することを得た。その際、これと同時に出納した品は、牧渓《もっけい》の夜雨の小軸、玉澗《ぎょくかん》の帰帆《きはん》の大軸、井戸茶碗《いどちゃわん》、珠光《しゅこう》の竹茶杓《たけちゃしゃく》、紹鷗《じょうおう》所持の小霰釜《こあられがま》、蕪《かぶら》なしの花入《はないれ》、備前の水差《みずさし》、その他、まだ幾点かの道具であった。その出納の際には、お茶道具衆はみんな緊張の色をみせていた。これらの品物は唐櫃に入れて溜りのものが担《かつ》ぎ取り、斎翁と他に溜詰の二人が附添で運搬した。私はお茶道具には趣味を持たないが、夜雨と帰帆の絵の萋々《せいせい》たる風韻に驚嘆し、新田肩衝にもまた驚嘆した。それは、この有名なお茶道具の美術的真価を識《し》り得た故というよりも、斎翁がこれの市価について教えてくれたからである。この品は関白が豊後《ぶんご》の大友宗麟《そうりん》から得たもので、百貫茄子《なす》という茶道具と共に一万貫の価格で買入れたという。もとは珠光が所蔵していたもので、天下一の折紙がついていたと斎翁が云った。「毀せるものではない」と老人が呻《うめ》いたのも無理はない。

私は新田肩衝の出納が無事に終ると胸をなでおろす思いがした。もしものときのことを考えると、次から次に暗いことが聯想《れんそう》されて重苦しい気持になって来る。溜りに詰めている人たちも、茶杓や軸物の運搬ならともかくも、茶壺や茶碗のときには肩が張るそうだ。運ぶとき落雷があるかもしれないことまで気に病んでいるものもあった。

この溜詰の人たちは、たいてい茶人になりそこねのものが多いとのことである。みんな隼人之助の直接支配に属し、隼人之助が何か話しかけるとき以外には沈黙を守る制式になっている。それで隼人之助は、出納の仕事のない日には、ときどき「武芸をして参れ」と、みんなに命令する。それは散策して来いという意味である。たいていの場合には「隠居に手習のことを聴け」と命令する。これは斎翁老人を中心に雑談して遊べという意味である。この雑談によって、私は秀吉の遠征の模様についてすこしばかり知ることができた。しかし斎翁の戦争談は備中《びっちゅう》の高松城征伐までのことに限られている。斎翁は備中征伐のとき足を射ぬかれてから善い働きができなくなったので、その後の戦《いくさ》には出陣していないのだ。

私の生活は勤務以外のときは概して平安であった。非番の日には、自分でもこれだけは止《よ》そうと思いながらも城外の池へ寒鮒《かんぶな》を釣りに行き、帰りに「よろづ屋」で酒を仕入れて来るのがおきまりであった。こんなことをするよりも、直ぐ目と鼻の先にある天正時代の町や寺庭を見物して歩くべきであった。この絶好の機会を逃がしてはならないと思いながら、非番の日が来ると釣道具を持って太四郎老人を誘いに行く。幸か不幸か、太四郎と私の非番の日は並行して同時であったので、私が誘いに行かない日には太四郎が誘いに来る。不断の日にも、私は勤めが退《ひ》けてからよく太四郎のうちを訪ねた。

斎翁と違って太四郎は、関白から薫陶《くんとう》を受けて来た侍ではない。ちょぼがお天守に出仕するようになってから秀次の部下になり、左近の手に加えられて左近の雑用を果す役にある。以前、この老人は大内家の家臣であったが、主家没落後は最近まで宇治のちょぼの家に身を寄せていた。彼の妻女は先年なくなって、二人の倅《せがれ》は二十年前、大内家没落の合戦のとき戦死した。娘はないが、ちょぼがときどき訪ねて来て、屋内を片づけたり酒をわかしたり、世間ばなしの相手になったりする。したがって、私はこの家でちょぼと顔を合せることが度重なるが、彼女は私の知りたいと思う秀吉や大奥の内輪のことは喋《しゃべ》らない。私が強《し》いてたずねると、彼女は袖《そで》で笑顔を覆い、私の想像に任せるための暗示さえも見せなかった。また内々の命令や準備されている催しごとなども、内輪のことは決して喋ろうとしない。一度、彼女が香油を強く匂《にお》わせながら大鯛《おおだい》を手土産《てみやげ》に太四郎老人を訪ねた日に、そこへ居合せた私の前で初めて大奥の内輪の噂《うわさ》をした。

「来春早々、マンショ様がこの聚楽へお見えになるそうで御座ります。大奥では、もうマンショ様のお話で持ちきりで御座ります」

この前置きで、マンショとその僚友三名が、外国の布教師といっしょに聚楽第に乗りこんで来るという情報がわかった。

そのとき太四郎老人は、隣の部屋で酒の支度《したく》をしていたが板戸越しに云った。

「なに、それは善い話か、悪い話か。次第によっては、干戈《かんか》に及ぶようなことにもなるまいか」

「いえいえ、善い話で御座ります。バリニャーニという布教師が、アラビヤ産の馬や宝物を関白様に御献上に見えるそうで御座ります。マンショ様は九州の伊東家の嫡《ちゃく》流《りゅう》で、大友家御先代様の御名代として、十六のお年のときにローマへお出かけになりました」

ちょぼは、人の聞き慣れない布教師の名前や馬の血統など淀《よど》みなしに口にした。よほど蒸しかえし云わなくては、こんな異国の馬の名まですらすら云えるものではない。ちょぼの云うように大奥ではこの話で持ちきりであったに違いない。マンショという男が非常な美貌《びぼう》な貴公子であろうということも私には想像できた。

「マンショ様は、往復一万里の旅をなさりました。マラッカの港というところでは、生き死にの御病気をなさったそうで御座ります。ゴアというところでは、海賊のためにお苦しみになりました」

そういう風に、ちょぼは人の聞き慣れない言葉をすらすら口にした。

太四郎老人はちょぼに云いつけて酒の支度を私の前に運ばせて、「いや、伊東家の嫡流というても、それならばたいしたものではなかるまい」と云った。「伊東家と大友家と束になって懸って来ても、たいしたことはないのだわい。大友家は先代で武芸が尽きた。その先代さえも、関白様の前では子供同然であった」と笑って、大友家の先代が秀吉の前では子供同然であったと云った。

大友家は当主が義統《よしむね》である。先代は、九州の梟雄《きょうゆう》といわれていた大友宗麟である。宗麟は四年前に病死したが、それより前に隠居して義統に国を嗣《つ》がせていた。義統は洗礼名をコンスタンチノと云い、天主教徒になったところで秀吉の禁教令が出たので改宗した。あまり意志の強い国主ではない。秀吉に対して従順であるかと思うとまた叛《そむ》いたりする。秀吉が立腹して義統から国を取りあげることにすると、宗麟は吾が子の身の成りゆきを案じて九州から遥々《はるばる》と秀吉のところに謝りに来た。そこで前もって取りなしを頼んでおいた秀次や利休の取りはからいで、城中の館の一室に通されると、進物の小判を大きな三宝に山盛りに積みあげて前に置き、秀吉の出座する時が来るのを待っていた。秀吉は義統を処罰することにきめていたので一向に姿を見せなかった。よほどの時間が経過した。秀吉は幼い秀頼《ひでより》をあやすため、女の打掛《か》をかぶって秀頼を追いまわしたり追いまわされたりして、そこらの部屋じゅうを駈けまわっていた。その勢い余って、思わず宗麟のかしこまっている部屋に足を踏み込んだ。宗麟は平伏した。以前、秀吉と宗麟は互に相手の戦力を窺《うかが》っていたことがある。宗麟の方で秀吉を低く評価していたこともある。ところが秀吉は現に目の前に宗麟が来ても、秀頼とふざけるのに夢中であった。ふと三宝の小判を一枚とりあげて「これを一枚、もらう。あとは持ってお帰り。そなた安堵《あんど》してよい。病気らしいが、老体ゆえ御用心」と云いすてて、その小判一枚を秀頼に玩具《おもちゃ》に与え、はしゃいで追いすがる秀頼に追われ、別室に駈けこんでしまった。

老人がこの話をしている間じゅう、ちょぼは浮かぬ顔で沈黙を守っていた。ただ、ときどき思い出したように私と老人の茶碗に酒をついでいた。私は別段それを気にとめなかったが、初め手土産に大鯛を持って来たときの彼女にくらべると、やがて座を立って帰って行く彼女は凋《しお》れ返っているように見えた。彼女が玄関を出て行くのを送り出して来た老人は、お膳《ぜん》の前に坐ると仔細《しさい》ありげに腕組をした。

「弱ったものだの。いや、これは弱ったことに相成った」

老人は独りごとを云って、白髪の放髻《はなちもとどり》を後に撫《な》でおろした。私には老人の弱る理由がわからなかったが、この人がこんなに思いあまった風をしているのは類のない見ものであった。渋紙色の着物の褄《つま》から骨張った膝小僧を出して、お膳にのしかかるようにしてかしこまっている。

「何をそんなにお困りですか。釣り落した寒鮒のことですか」

「いや、弱った。ちょぼは、いま何といったかな。いや、あれはいま何といったかのう」

「バリニャーニですか、マンショですか」

「おう、それだそれだ。どうも今晩は、ちょぼが香油を、えらく燻《くん》づかせると思うた。それに、大鯛を持って来た。それに、珍しく大奥の内幕を云うた。それに、伊東家と大友家のことをこちらが嘲笑《あざわら》うと、青くなって肩で息をしておった。これは、いかにも聚楽《じゅらく》の名折れだの」

　老人は酔って目しる鼻しるを出していたが、その云うことは簡潔で筋が通っているようであった。

　——そこへ左近からの使者が用件の文書を届けて来た。それは先日来、宇治の臼元《うすもと》へ出張中の左近から、火急の遣《つか》わしで届けられた手紙であった。用向きの内容は箇条書で示されていた。
　一、御書院の裏手、もと「尾花ケ茶屋」の取払われた跡に炭焼竈《すみやきがま》をつくること。
　一、炭竈に築く土は、京の清水《きよみず》「百千万」の別邸裏庭に小屋掛けした土を取寄せること。

一、炭竈の大きさは、五俵六俵の炭を、一竈にて焼きとるほどの大きさに仕立てること。
一、竈を築く土をこねるとき、黒土の混らぬように致すべきこと。
一、炭に焼きあげる薪《まき》は、紀州白浜にて姥女樫《うばめがし》を伐採し、海路にて取寄せること。
一、姥女樫の薪の嵩《かさ》は、五竈分か六竈分がほども取寄せること。
一、紀伊の海に風波たかき見込のときは、瀬戸内の北木島または白石島にて姥女樫を伐採取寄すべきこと。
一、炭竈のうちに仕込む粗朶《そだ》は、姥女樫の小枝に限るものと心得ること。
一、以上、極月《ごくげつ》二十五日までに万端完了すべきこと。
この箇条書によると、太四郎は今さら炭焼人夫の手伝いにすぎない仕事を云いつけられたのと同じである。太四郎の意見では、この木樵《きこり》の役を命じてよこした当人は、いま宇治の臼元へ「不審庵の通客」といっしょに出張中である。木樵の手伝いに関するこの箇条書は、不審庵の宗匠の意を受けて左近の書いたことが明白である。それにしても汚い煙を吐き出す炭焼竈を据《す》えつけようとする趣向は、不審庵宗匠の常からの好みとも思われない。それが不思議の一つだと太四郎は云った。

「では、この炭焼竈は、侘茶《わびちゃ》の趣向の一つとして用意されるのでしょうね。近々《ちかぢか》のうち、この聚楽第に珍客が来るのでしょう。珍客といえば、噂に高い伊東ドン・マンショではないでしょうか」

私のこの予想を遥かに飛躍して、老人は「その珍客のお給仕に、ちょぼが出るのじゃ。それに違いはない」と云った。

「ちょぼは、たいてい昨日か一昨日あたり、内々に大奥からのお名指か何かで、何かの役目を仰せつかったのかもしれぬ」

「関白様の侘茶の御趣向中のところを、いちど拝見したいものです。しかし、覗《のぞ》いて見るものがあると、重い罪に問われるという噂があるのは、事実ですか」

「いや、とにかく弱ったものだ。それに、今度の伊東マンショという珍客は、十六で家を出てローマに行き、何年ぶりかに日本に帰ったというからの。年が若すぎるの」

時刻を告げる鐘がきこえて来た。城内の鐘楼で撞《つ》き鳴らす大梵鐘《ぼんしょう》の音で余韻をながく引いている。その棄鐘《すてがね》が終ると、どろどろと太鼓を打ち鳴らす音がはじまった。長屋の者の寝る刻限を告げる太鼓である。

私は挨拶《あいさつ》の言葉もそこそこに外に出た。宿舎に帰ると、ひとあし先に宋左・弁左が帰ったところであった。この二人の子供はお茶道具番の隼人之助のお供をして、朝早くから出て浅香という田舎へ行って来たのである。こういう他出は絶えて珍しいことであった。平日、この二人はお茶道具の出納日にだけ溜《たま》りへ出かけ、お茶道具を入れた唐櫃《からびつ》が溜りの番口で送り迎えされるときに切火を打つ。それだけのことが彼らの任務であった。余分の時間は自由にして差支《さしつか》えなかったので、二人は有効に時間を使って城外の仏通寺という禅寺へ学問の修業に通っていた。また、鷹狩《たかがり》や遠馬に見果てぬ夢を持つという斎翁の好みをとり入れて、二人の子供にときどき乗馬の稽古《けいこ》に出かけるようにさせていた。彼らの出かけて行く城外の馬場は町人の手で経営され、馬場というよりも牧畜用の駒場《こまば》のようであった。二人の子供は乗馬の稽古をして帰った日には、馬の汗くさいにおいをさせ意気軒昂《けんこう》としているのがおきまりであった。私は彼らのそういう順境に対する感謝の気持から、私の先任者の病気がなおるまで、気苦労な筆録の仕事を受持たせてもらっていた。勤務上の私の資格はそのためにすこしばかり向上し、正しくいえば私は隼人之助の「組下」の資格を得て、手当の方は足軽の下級の部類に準ずる程度であった。但《ただし》、いざ籠城《ろうじょう》というような場合には、斎翁の言によると私は穀《ごく》つぶしで弾丸運びにも使えない。

宋左と弁左は、その日は隼人之助に連れられて、城外の馬場の貸馬で遠乗りをして来たと云って喜んでいた。浅香という農村で隼人之助は村役人を案内に立て、宋左・弁左を一軒の農家に連れて行った。この農家の藁葺《わらぶき》の馬小屋に、背の高いよく飼い太らせた馬がいたが、もとこれは関白様の乗馬であったのを、この近郷近在の種馬として下賜されたものである。この農家の親子兄弟は馬を飼う技術にすぐれた天分があるというところから、その特技をますます磨《みが》かせるため特に下賜されたそうである。隼人之助はその農家の十四五歳の「屑《くず》」という名前の男の子に命じ馬の飼葉《かいば》を刻ませて、宋左・弁左に「あれを、よく見ておけ」と云って見学させ、それをお手本にして二人に実地に飼葉を刻む稽古をさせた。また「屑」という子供に、飼葉桶《おけ》を馬にあてがう実演をさせ、宋左・弁左にそれをお手本にして稽古させた。何の造作もない話だと思われるのに、隼人之助は「よく覚えておけ。その手口を忘れな。もう一度、試しにやりなおせ」と再三それを稽古させた。帰りぎわには、「屑」という子供に金一封を与え「屑」の父親には彼らの駒飼の技が非凡であるのに感じ入ったと讃《ほ》め言葉を与えた。また案内の村役人には「まことに、茶祖珠光の言葉が思い出されるではないか」そう云って、いたく村役人を感激させたという。

　二人のこの話の模様からすると、今度の書院裏の茶屋の趣向のうちには、二人の牧童が馬を珍客の前で飼う場面を加えられるのだろうと想像できた。関白は人の思いもよらない趣向を編み出すのが得意である。牧童には宋左・弁左が扮《ふん》するのは云うまでもない。したがって牧童に扮する宋左・弁左は、珍客が待遇されるときには、関白を間近く見ることができる。自然そういう風に予想され、この予想がもし外れたら宋左・弁左の落胆も思いやられるので、私はその話に触れないことにした。私はまだ関白秀吉の大茶会を一度も見たことがなかったので、趣向といっても、たぶん一種の園遊会のようなものだろうと思っていた。それも田園趣味をとり入れた野遊の会のようなものだろうと考えていた。

翌日、私がすこし遅刻してお天守のお茶道具衆の溜りへ出かけると、ここでも伊東マンショの話で持ちきりであった。私の同輩の瓢因《ひょういん》という気軽な男が話の中心になって、みんなでマンショの噂に耽《ふけ》っていた。瓢因は前日までそれについては一口も噂しなかったのに、まるで前々から云いなれていたかのように、云いにくい名前を淀《よど》みなく云った。

「もう一ぺん云うてみまひょう。その四公子の名はね、伊東マンショ、千々岩《ちぢいわ》ミゲル、中浦ジョリアン、原マルチノ、以上の四公子じゃ。すでに、関白様はお船を長州までお差向けになった。その四公子は長崎を出て長州に向い、長州から関白様のお船で大坂にのぼって来るのやね。その舟の舳《みよし》には、十字架《クルス》を首に垂らした布教僧の、バリニャーニが黙然として立っておるのやね。四公子は船ばたに立って、今や遅しと未だ見ぬ聚楽の空を眺《なが》めておるわ。かくて、伊東マンショは一首の和歌を得た」

見て来たような話しぶりで瓢因はみんなを笑わせた。この男は、その自家紹介によると禅坊主くずれで、同時に茶人志願者くずれである。何ごとにつけても耳あたらしい事件の消息に通じている。いつか私の聞いたこの人の独白によると、和漢の書も自分で習った版刷《はんずり》のものは巧妙に読むが、他人の手書した筆録や手紙は気持が悪くて読む気がしない。要するに、自分が読み書きを知らないと同然であることは、自分で認めているというのであった。

早耳の瓢因は、バリニャーニが関白へ贈る献上品のことも知っていた。品目全部については知らなかったが、献上品のうちのアラビヤ産の馬が、初め四頭いたのに三頭まで海上で斃死《へいし》したことを知っていた。長崎帰りのものに聞いたのだという。そこで一座のものは、その他の献上品について各自想像するがままにその品目を云った。瓢因は鉄砲や大筒《おおづつ》もあるだろうと云い、通有という男は毛織物もあるだろうと云った。

「刀剣の類もあるだろう。それから、名画、茶器、ギヤマンの大丼《おおどんぶり》、自鳴時規、というようなところか」

これは茶人くずれの、甚九郎という肥大漢の予想であった。

「むろん、茶器はあるやろうな。だが、ここのお倉のなかにあるものと較《くら》べると、格という点で雲泥《うんでい》の相違があるやろう。ギヤマンの大丼のごときに至っては、見るもの悄々《しょうしょう》として興ざめやね。もはや我々、安土《あづち》セミナリオが開所されて以来、将来品の大小二種の音声器をはじめ、自鳴時規を見ても、ビロードを見ても、敢《あえ》て驚こうとせぬのやね」

これは以前、信長の経営していたセミナリオの学僕で、やはり茶人になりそこねた田光《でんこう》という老人の一家言であった。

「いや、南蛮到来の茶器のうち、例の名品茄子香合《こうごう》、茄子の壺《つぼ》などある。また、唐土将来の三彩《さんさい》の大甕《おおがめ》に、南蛮酒を詰めてあったらどんなものだろう。或《あるい》は、印度より将来の、赤い生鶴を献上されるかもしれぬ」

これは備後神辺《かんなべ》の浪人で、茶人になりそこねた丸八郎という中年者の推測であった。まだ隼人之助と斎翁が出席していなかったので、同輩仲間の気のおけないものばかりで気楽に話していた。折から仕切の奥で、人を呼ぶ鈴の鳴る音がした。

私たちは急に静かになって当惑の顔を見合せた。鈴の音がまたきこえたが、いつもは可愛らしい響に思われるのに、そのときばかりは意地わるい音のような気持がした。

「おう、丸八郎。おぬし、仕切の奥へ行って、隼人之助様はまだお見えになりませぬと、申し上げてくれ」

瓢因が囁《ささや》くと、丸八郎が私を見て、

「おぬし、行ってくれ」

と云ったので、私は何げなく仕切の奥の観音開きを明けた。ところが仕切の向側は、よめ・ちょぼがいるとばかり思っていたが、意外にも狩衣《かりぎぬ》に太刀《たち》を佩《は》いた大男がいた。いきなりその男が声を張りあげて、

「何者じゃ。ここに立ち入ること、まかり成らん」

と私を叱《しか》りつけた。同時に私は丸八郎と並んで板張りの上に平伏して、神妙に次の言葉を待った。

「武士は礼儀が大事じゃ。立ち入るべき場所と立ち入るべからざる場所をば、心得なくてはならん」

そう云って、後は見向きもせずに奥の部屋に消えて行った。

「今のお人は、何様だろうか。関白様じゃないのだろうか」

私が恐る恐る丸八郎に尋ねると、

「あのお人は、高麗攻めの一番手をお勤めになった石田治部《じぶ》様じゃ。ここのお城では泣く子も黙る。見知って置かなくてはならんお人じゃぞ」

丸八郎は耳打ちするような小さな声で囁いた。

そこへ隼人之助が来たので、私と丸八郎は溜り場に引揚げて来たが、今日から聚楽

第のお道具の出し入れは石田治部様の管轄に入ることになったのだ。昨日までは太閤《たいこう》様の甥《おい》御《ご》様の関白秀次様の管轄に属していて、よめ・ちょぼも秀次様の支配に入っていたが、今度からは大坂城中のことも伏見城中のことも聚楽第のことも、すべて関白秀次様の権威は御破算になってしまった。

溜り場では丸八郎も瓢因たちも明らさまに取沙汰《とりざた》しなかったが、隼人之助がその場にいなくなると関白秀次様の罪状を数えあげた。秀次様は高野山で自決を云いつけられることになっており、妻妾《さいしょう》二十五人は加茂河原で斬《き》られることになっているそうだ。妻妾二十九人または三十人が罪を負わされるかも知れないと云う。石田治部の方寸もあるらしいとのことである。

加茂河原の川砂は保元《ほうげん》・平治の昔から罪のない人の血を充分に吸っている。源氏のいたいけない子供の血も吸っている。一ノ谷の合戦のすんだ後には、高位高官の平家の人たちが位階を奪われて六条河原で殺されて首を長刀の先に突きたてられ赤い札をつけられている。今度は秀次の一統が犠牲にされる。

もうこんな惨酷《ざんこく》は止《よ》してもらいたい。歴史に入るのは考えものだ。すべてが順調に果取《はかど》って、いくら紆余《うよ》曲折はあるにしても、「一件落着」という台詞《せりふ》を発言するようなことにはならないだろうか。

解説

河盛好蔵

さざなみ軍記　まずこの作品についての作者自身の言葉を幾つか紹介しておきたい。《戦陣にある少年が、だんだんませてくるところを書こうと、執筆もわざと期間をあけて書き続けてみたのだが、少年が本当にませていたかどうかはわからない。友人の妹の同級生に五箇《ごか》ノ荘《しょう》から来ていた人があったが、他人にしゃべってはいけないという都落ちの記録係の後裔《こうえい》だったらしい。その記録にある都落ちをする以前に木曾の兵が乱暴をしているところから書きはじめ、最後に少年が、生野の棚田《たなだ》に逃げ、都会の戦争から離れて隠遁《いんとん》生活をするところで終りにしようと思ったが、長過ぎるので途中で切ってしまった。全部空想で書いたが、風景は、鞆《とも》ノ津《つ》を意識に入れて室《むろ》の津《つ》としたもの。地名も架空のものだから本当の鞆ノ津ではない。……下士官出身みたいな宮地小太郎をつい戦死させてしまったのはまずかった。あれは生き残しておきたかった》（故伴俊彦氏『聞き書き』筑摩版『全集』月報連載）

《習作をしていた頃は飜訳に近い文章で書いていた。時がたつにつれて少しずつ変って行き、自分の言葉づかいも次第に変って行くようになった。その変化のあとを辿《たど》りながら、一つの物語を綴《つづ》って行った。変化して行く文体を意識的に試みたもので、初めに書きだした頃の文章は後から訂正せず、ひどいと気がついてもそのまま残して置いた。初めは五枚か六枚か書いて、次は一年くらいたって五枚か六枚か書き、書き終ったのは十年目くらいしたときであった。もうその頃、疎開という言葉を覚えた。（中略）したがってこの作品は、私の遍歴した文体の歴史年表である。おかしな文章のところもそのまま残して置いた。校正のときにも再版のときにも直さないで置いた》（新潮社版『自選全集』第二巻・覚え書）

この二つの言葉は重要である。「さざなみ軍記」は昭和五年三月『文学』に「逃げて行く記録」として最初の部分が発表され、引き続いて同年六月、七月、昭和六年八月、十月の『作品』に「逃亡記」と改題して連載。更に昭和十三年一月より四月までの『文学界』に「早春日記」と題して書きつがれて完成。同年四月に『さざなみ軍記』と題して河出書房から刊行された。したがってこの作品は昭和五年（作者三十歳）から十三年まで、足かけ九カ年の歳月を費して完成された労作である。そして作者は作品の内容としては、戦陣にある少年が心身ともに次第に成長して行く過程を精密に描くことを志し、それを表現する文体には、作者が遍歴して来た文体を意識的に再用する、言いかえれば少年の成長につれて作者自身の文体も成長してゆくという困難きわまる技法を用い、この前人未踏の手法に見事に成功したのである。

この軍記は寿永二年（一一八三）七月十五日から始まり、翌元暦元年三月四日に終る《平家某の一人の少年が書き残した逃亡記》という形式を取っている。この公達《きんだち》は一門一族の人たちと共に幼帝安徳天皇を奉じて帝都を脱出するのであるが、そのときは馬上で居眠りをしがちであったために、しばしば侍たちに注意される程の幼さであった。それが二カ月もたたないうちに、父の三位《さんみ》中将から偵察部隊の侍大将に任命されたとき、《三位中将は最初この侍大将の役目を修理大夫《しゅりだいぶ》の末子に与えようとされたらしかった。けれども修理大夫の末子は夜営の陣中でも、彼の父といっしょでなくては眠れないという淋しがりやの子供である。私はたった一人で枯草の上にでも眠ることができる。私の頰《ほほ》ひげは手のひらで触るとざらざらするくらいに濃くなっている。私はまだ一度も敵兵の首を斬りおとした経験はないが、遠矢の距離に於《お》いて敵の楯《たて》を深く射あてたことがある》と書くまでになっている。

また彼は八月十九日に室の津という港に上陸して、一軒の民家の少女から《万一にも、あなたが合戦をお避けになりたいあまり、ここに駐屯している人達の群を脱走なさるならば、それは私の最もよろこびとするところでございます。私はあなたの後を追って行くことができるからです。私はどうしてこんなに二度と会えない人を好きになったのでございましょう？》と土地の言葉でくどかれたとき、《私は彼女の純情に感動すべき筈《はず》であったが、それよりも彼女の衣服や頭髪のにおいによって有頂天になっていた。私は片手を彼女の肩にのせ、彼女がそれを嬉しがって何か気持のよいことを囁《ささや》いていてくれさえすればそれでよかったのである。今は私は私達の階級以外の人から厚意を示してもらいたい》と書くほどにまで大人びてきている。

作者はまた、この軍記を書く前に「平家物語」を読んだこと、あのなかの合戦記が好きなこと、子供のときから武者絵が好きであったことをいつか私に話されたことがあるが、登場する武士たちの戦装束《いくさしょうぞく》がみな絵で書いたように鮮やかなのは、幼少の時から作者の頭に焼きついたさまざまの武者絵のイマージュの働きかも知れない。合戦の場面も読者の手に汗を握らせる。とりわけ覚丹と小太郎の乗り組んだ兵船二艘《そう》が敵の六艘の荷積船を分捕って凱旋《がいせん》する場面が圧巻である。読者もまた水軍の作法に従って「ウッフーイ、ウッフーイ、ウッフーイ」と高らかに喊声《かんせい》をあげたくなる。

歴戦の老勇士宮地小太郎と、比類なき智謀の持主泉寺の覚丹の二人が、主人公の公達に忠誠を尽す姿も美しく、読者に深い信頼感を与えてくれる。しかし主人公の少年が戦争を厭《いと》い、絶えず脱走したい本心を抱いていることを作者は随所にほのめかしている。この作品が完成刊行されたのが、既に軍国主義に向って日本が進撃を開始していた昭和十三年であったことは重要である。その意味から、「さざなみ軍記」は、戦後の「黒い雨」を暗示していたと言えるかも知れない。

ジョン万次郎漂流記　この作品は昭和十二年九月に、河出書房の「記録文学叢書《そうしょ》」の一冊として書き下ろされたものである。作者の覚え書（新潮社版『自選全集』第二巻）によると、《何を書こうかと迷いながら電車を降りて阿佐ヶ谷を歩いていると、毎日新聞学芸部の平野零児が散歩しているのに遭った。「僕は記録文学というのを書くんだが、何か材料はないかね」と訊《き》くと、「なんぼでもある。木村毅《き》がどっさり貸してくれたから、一つお前に分けてやる」と云って、材料や附属読物など貸してくれた。（中略）私の書いたジョン万は木村毅の集めた材料に依存した》とある。したがって「さざなみ軍記」が全部空想で書かれたのに反して、「漂流記」はもっぱら記録に依存して書かれたということになる。しかし五人の漁師が暴風雨に出遭って漂流し始めてから異国船に救助されるまでの物語には、詳細で正確な記録がある筈がないから、これらの見事な描写はやはり作者の空想の産物と言わなくてはなるまい。いやこのことは他の部分についても言える筈で、もしこの作者の手にかからなかったら、ジョン万次郎の生涯はこれほど生彩を帯びなかったであろうことは確実である。

私はこの作品が小型本のシリーズの一冊として刊行されたとき、早速一本を買い求めて一気に読了したことを憶《おぼ》えているが、まもなく当時私の勤務していた大学の同僚の英文学者がこの本の英訳を志し、作者の許しをえるために、頼まれて同道して、井伏さんを訪問したことがあった。井伏さんは快諾され、それから一年ほどして英訳「ジョン万次郎漂流記」が刊行された。その本が井伏さんの手元に届けられた日に偶然伺った私に向って、「僕はこれからこの本を読もうと思う。長い間英語の本を読まないから覚束《おぼつか》ないが、自分の書いた本だから解るだろう」と諧謔《かいぎゃく》を弄《ろう》されたことを思い出す。

私の友人がこの本の英訳を志したのは、日米間の国民感情がそろそろ険悪になり出したのを和らげるためであった。全《まった》くこの作品のなかに描かれた船長ホイットフィールドを始めとするアメリカ人のジョン万たちに対する愛情と信頼はしばしば読者を感動させる。

因みに、この作品は第六回直木賞を受賞した。そのとき強力に推奨したのは亡き大佛《おさらぎ》次郎選考委員で、氏はそのことをいつも誇りにしていた。

二つの話　『自選全集』の「覚え書」によれば、《甲府の甲運村へ疎開して一年目に福山の加茂村に再疎開、終戦でほっとしていたときに書いた。甲府へ疎開していた当時、仕事を見つけに東京に出て来ると、朝日の伴君が私に材料を与えようとして、理化学研究所の藤岡さんのところに連れて行ってくれた。しかし機械のことを聞いても私にはわからない。童話のなかに入った気持で書いた》とある。

この作品が書かれた頃に、郷里に疎開中の井伏さんから頂いた手紙に次のような一節があった。

《随筆という形式、僕にはこのごろ不向きなような気がして来ました。そうかといって小説の形式も不向きのような気がします。詩は、これまた却《かえ》って不自由な気がします。いまに誰か新しい形式のものを発明するといいですね。デカメロンの作者がいま日本にいたらと思います。当地附近のいろいろの話をきくと恰度《ちょうど》デカメロンを読んでいるような、いや、へたくそなデカメロンです》

この大人の童話のような作品は、当時の作者のさまざまな試みの一つだったかも知れない。私はこの作品のなかに、敗戦国日本についての作者の憂苦がにじみ出ているのを感じる。「二つの話」は昭和二十一年四月、『展望』に発表された。

（昭和六十一年八月、文芸評論家）

表記について

新潮文庫の文字表記については、原文を尊重するという見地に立ち、次のように方針を定めました。

一、旧仮名づかいで書かれた口語文の作品は、新仮名づかいに改める。
二、文語文の作品は旧仮名づかいのままとする。
三、旧字体で書かれているものは、原則として新字体に改める。
四、難読と思われる語には振仮名をつける。

本書で文中に引用の文語文の部分は原則として旧仮名づかいのままとした。この部分の振仮名は旧仮名づかいによる。ただし、漢字の字音による語は、古い字音仮名づかいによらず、現代の字音による仮名を振る。

（例えば、「蒼々茫々」「執着」を「サウサウバウバウ」「シフチャク」とせず、「そうそうぼうぼう」「しゅうちゃく」とする）

さざなみ軍記《ぐんき》・ジョン万次郎漂流記《まんじろうひょうりゅうき》

新潮文庫　い－4－7

昭和六十一年九月二十五日　発行
平成二十四年五月十五日　十七刷改版
令和　五　年十一月十五日　二十二刷

著者　井《い》伏《ぶせ》鱒《ます》二《じ》
発行者　佐藤隆信
発行所　株式会社　新潮社

郵便番号　一六二—八七一一
東京都新宿区矢来町七一
電話　編集部(〇三)三二六六—五四四〇
　　　読者係(〇三)三二六六—五一一一
https://www.shinchosha.co.jp

価格はカバーに表示してあります。

乱丁・落丁本は、ご面倒ですが小社読者係宛ご送付ください。送料小社負担にてお取替えいたします。

印刷・株式会社光邦　製本・株式会社植木製本所

ISBN978-4-10-103407-2 C0193